HENRY

O Corgi da Rainha

Título original: *Henry the Queen's Corgi*

Publicado originalmente em inglês pela HarperCollins Publishers Ltd.

EDITORA
Silvia Tocci Masini

EDITORA ASSISTENTE
Carol Christo

ASSISTENTE EDITORIAL
Andresa Vidal Vilchenski

PREPARAÇÃO
Nilce Xavier

REVISÃO
Silvia Tocci Masini
Andresa Vidal Vilchenski

ADAPTAÇÃO DE CAPA ORIGINAL
Larissa Carvalho Mazzoni

DIAGRAMAÇÃO
Larissa Carvalho Mazzoni

Dados Internacionais de Catalogação na Publicação (CIP)
Câmara Brasileira do Livro, SP, Brasil

Crawley, Georgie

Henry, o corgi da Rainha / Georgie Crawley ; tradução Isabela Noronha.
1. ed. -- Belo Horizonte : Gutenberg Editora, 2018.

Título original: *Henry the Queen's Corgi.*

ISBN 978-85-8235-543-5

1. Ficção inglesa I. Título.

18-19880 CDD-823

Índices para catálogo sistemático:

1. Ficção : Literatura inglesa 823

Iolanda Rodrigues Biode - Bibliotecária - CRB-8/10014

A **GUTENBERG** É UMA EDITORA DO **GRUPO AUTÊNTICA**

São Paulo
Av. Paulista, 2.073,
Conjunto Nacional, Horsa I
23º andar . Conj. 2310-2312
Cerqueira César . 01311-940
São Paulo . SP
Tel.: (55 11) 3034 4468

Belo Horizonte
Rua Carlos Turner, 420
Silveira . 31140-520
Belo Horizonte . MG
Tel.: (55 31) 3465 4500

Rio de Janeiro
Rua Debret, 23, sala 401
Centro . 20030-080
Rio de Janeiro . RJ
Tel.: (55 21) 3179 1975

www.editoragutenberg.com.br

GEORGIE CRAWLEY

HENRY
O Corgi da Rainha

Tradução: Isabela Noronha

GUTENBERG

Para todas as famílias e seus animais de estimação neste Natal.

1º DIA

Sábado, 14 de dezembro

HENRY

O problema com os humanos é que eles exigem muitos cuidados. Ah, não estou dizendo que não valem a pena. Só que, falando sério, não sei o que seria deles sem nós, os cães. Olhe só a minha família, por exemplo. Os Walker.

Desde que cheguei aqui, ainda um filhotinho, sempre fomos nós cinco. (Ok, seis, se você incluir *A Gata*. Em geral, eu não a incluo.) Jim, Amy, Jack, Claire e eu, Henry. (Tudo bem... e Sookie, já que você faz tanta questão.) Quer dizer, éramos até a Noite da Fogueira, cinco semanas atrás. (Me lembro da data com clareza, porque tudo aconteceu entre os fogos e os clarões.) Eu estava escondido embaixo da cadeira no quarto de Jim e Amy (como qualquer criatura sensata estaria em uma Noite da Fogueira) quando vi Jim enfiando peças de roupa e outras coisas em sua mala. E ouvi Amy soluçando, perguntando a Jim o porquê.

Às vezes, acho que ela não estava entendendo tanto quanto eu.

Tudo o que sei com certeza é que Jim saiu naquela noite e não deu muito as caras desde então. Não foi como das vezes em que ele saía para trabalhar e eu ficava sentindo sua falta, ou mesmo como quando eles viajavam nas férias e me deixavam no canil.

Mas aquela noite foi diferente. E eu não gostei nem um pouco.

Depois que Jim partiu, me aconcheguei ao lado de Amy enquanto ela chorava até cair no sono. Só depois que seus soluços diminuíram e tive certeza de que ela estava dormindo que me arrisquei a descer para ver os outros. Jack e Claire ainda estavam lá fora, assistindo aos fogos de artifício da escola que ficava aqui perto. Enfrentei o barulho e as luzes para checar se estavam bem e, então, voltei para minha cesta para pensar no que estava acontecendo – e em como eu poderia corrigir aquela situação.

Foi então que Sookie esgueirou-se por detrás do sofá e olhou para mim com aquele olhar sórdido e arrogante que todo gato parece ter.

– Bem, foi por sua causa – ela disse.

Não entendi e ela não estava disposta a explicar. Mas, desde então, venho procurando pistas, ou algo que explicasse o que estava acontecendo – e ideias de como melhorar a situação.

Na manhã seguinte, Amy pediu que Jack e Claire se sentassem e explicou a eles o que estava acontecendo. Eu escutei, claro, mas tudo o que consegui entender era que Jim tinha ido embora, e todos nós precisávamos ajudar e fazer a nossa parte para manter tudo em ordem.

Bom. Isso era fácil! Eu seria o cão mais prestativo que poderiam desejar.

Comecei dando uma olhada em Jack e Claire na hora de dormir. Às vezes, quando eu chegava em seu quarto, Claire estava chorando. Então, eu pulava na cama e me aconchegava um pouco, até ela se sentir melhor ou adormecer. (Eu não tinha lá muita permissão para ficar subindo na cama, mas entendi que tratavam-se de circunstâncias especiais. Além disso, a cama de Claire é *muito* confortável.)

Em seguida, fiz questão de ajudar a manter a casa limpa e arrumada comendo os restos de comida que caíam no chão. Mas depois achei que só isso não resolvia o problema e comecei a pular nas cadeiras da cozinha para limpar os pratos que às vezes eles deixavam depois das refeições. Sempre ficavam bem limpos depois que eu terminava de lamber.

Amy não pareceu gostar tanto disso como eu e, depois de um tempo, Jack começou a colocar todos os pratos na máquina de lavar louça assim que terminavam de comer. Então, comecei a procurar outras maneiras de ajudar.

Uma grande preocupação que eu tinha era que passeariam bem menos comigo. Jack às vezes me levava para explorar o parque, mas geralmente encontrava seus amigos e me fazia esperar até ele terminar o bate-papo. Para Claire, só era permitido me levar até ao mercado do bairro e voltar, e eu já conhecia todos os aromas ao longo dessa rota, então era meio entediante. Além disso, às vezes Sookie nos seguia. Sempre suspeitei que ela era a preferida de Claire.

Amy não parecia ter mais tempo para passear. Mas eu sabia que ela sempre se sentia melhor depois que a gente saía um pouco, então comecei a pegar minha guia no gancho do corredor e sair correndo pela porta da frente sempre que estava aberta. Assim, ela teria que vir atrás de mim. Quando me alcançava, me prendia na guia e a gente voltava para casa, já tínhamos feito algum exercício e respirado ar fresco. Amy nunca me pareceu muito grata por isso, mas eu sabia que estava ajudando, de verdade.

Ainda assim, de maneira geral, o clima na família Walker não estava tão animado e cheio de luz como eu estava acostumado... Jim não tinha voltado nem uma vez. Apesar dos meus esforços, minha família estava sofrendo.

Mas então, certa manhã, tudo mudou.

Decidida, Amy desceu rapidamente as escadas, enfiando coisas na bolsa e fazendo sanduíches de pão de forma. Algo estava acontecendo, e eu precisava saber o quê.

– Jack! Onde está sua mochila azul? – Amy gritou para o andar de cima. Me aproximei da mesa perto da porta de entrada para observar.

– Posso levar meu tablet? – Claire perguntou, segurando o dispositivo eletrônico.

– De jeito nenhum – respondeu Amy. – Por que não leva o livro novo que a vovó te deu?

– Que mochila azul? – Jack apareceu no alto da escada, ainda de pijama.

– Jack! Você não está pronto! – O rosto de Amy estava ficando levemente vermelho.

– Porque não quero ir – disse Jack. – Falei para você.

– Bom... que pena. Vamos todos. Vai ser uma aventura.

Aventura. Eu gostei do som da palavra!

– Agora, ache sua mochila.

– Que mochila? – perguntou Jack de novo – E por que tenho que ir? Leve a Claire.

– Vou levar vocês dois – disse Amy. – Portanto, vá achar a mochila que comprei para a sua viagem do Duque de Edimburgo e *trate de ficar pronto.*

Jack olhou para a mãe por um longo instante. Eu conhecia aquele olhar. Ele estava pensando se poderia insistir mais. Pelo jeito, decidiu que não.

– A mochila é vermelha – ele disse, resmungando, mas mesmo assim voltou ao quarto para se vestir.

O que me deixou com a dúvida: se vestir para o quê? Amy não havia dito. Ela disse que todos estavam indo para uma aventura – mas será que isso me incluía? Torci para que sim. Se não... Bom, talvez eu apenas pegasse minha guia e fosse atrás deles! Não perderia o que prometia ser a maior diversão que teríamos em semanas!

– Bem, isso parece interessante. – Sookie roçou ao meu lado enquanto se sentava em seu lugar de sempre, próximo ao aquecedor. – O que acha que está acontecendo?

– Estamos nos preparando para ir a algum lugar – respondi, observando Amy enquanto ela corria entre a cozinha e o corredor, reunindo mais coisas.

– Obviamente. – Sookie varreu sua cauda felpuda de um lado para o outro no piso de madeira. – Mas para onde?

– Uma aventura. – Não consegui disfarçar a empolgação na voz.

– Té-di-o. – Sookie revirou os olhos e foi para a cozinha.

Gatos. Eles não têm nenhum senso de aventura.

Amy voltou a aparecer no corredor, com Claire logo atrás dela.

– Se eu tivesse meu próprio telefone, poderia ficar jogando nele no trem – disse Claire. – Quer dizer, já tenho 12 anos. Todos os meus amigos têm um celular, sabia?!

– Combinamos de conversar sobre um telefone quando você tiver 13 – Amy nem sequer olhou para ela ao responder. Depois de tantas vezes que tiveram essa mesma conversa, não fiquei muito surpreso.

– Só estou dizendo que tenho *quase* 13 anos.

– Você fez 12 em outubro. Dois meses atrás.

– Um celular seria um presente de Natal incrível – Claire continuou, ignorando a tentativa da mãe de usar a lógica contra ela.

Suspirando, Amy voltou a olhar para a filha.

– Claire, já falamos sobre isso. Você sabe que o Natal será um pouco... diferente este ano. E presentes caros assim não são uma opção agora, infelizmente.

A expressão de Claire se fechou. Muitas vezes ela fazia aquela cara antes de colocar a guia em mim e me arrastar até o mercado a toda velocidade. Como todo cachorro, adoro uma caminhada, mas quando a Claire sai correndo assim não dá nem tempo de aproveitar.

– Tudo bem – ela respondeu, cruzando os braços sobre o peito. – Vou pedir para o papai, então.

Amy desviou o olhar, uma tristeza repentina em seus olhos. Eu quis tanto me aconchegar a ela, para lhe dar algum conforto.

– Faça isso.

A tensão continuou enquanto Amy terminava de fazer a sua mala e a mochila vermelha de Jack, depois que ele a atirou escada abaixo. Claire sentou-se à mesa da cozinha, no campo de visão do corredor, ainda enraivecida. Sookie passou por ali, entre as pernas de Claire, que pendiam da cadeira, mas a menina nem lhe fez carinho.

Fui me sentar perto da minha guia. A gente precisa muito dessa aventura. Todos nós.

– Certo – disse Amy, novamente decidida. – Casacos, todo mundo. Hora de ir!

Jack desceu a escada e puxou seu casaco do gancho. Claire vestiu sua jaqueta vermelha fofinha e Amy abotoou seu velho casaco de feltro. Ela pegou sua mochila, entregou a de Jack para ele e...

Sim! Pegou minha guia do gancho e a prendeu na minha coleira!

Um sentimento de calma e paz tomou conta de mim. Aonde quer que meu pessoal estivesse indo, eles me queriam junto. Isso era tudo o que importava.

– É melhor você torcer para que o tragam de volta também – Sookie murmurou, enquanto passava por nós para subir as escadas.

Não dei a mínima atenção. *Claro* que me trariam de volta para casa.

Eu era parte essencial daquela família. Vamos encarar os fatos: todos estariam perdidos sem mim.

AMY

Foi uma boa ideia, Amy decidiu, finalmente, quando viu ao longe a placa pela qual procurava.

Mesmo quando o trem parou na estação Victoria, ela ainda não tinha certeza. Jack tinha ficado em silêncio durante a maior parte da viagem. Na verdade, tinha ficado em silêncio quase o tempo todo nas últimas seis semanas, desde que Jim tinha ido embora. Mas o silêncio parecia ter ficado mais profundo com o passar dos dias sem um retorno do pai. Pelo menos, ela ainda conseguia tirar algumas palavras dele, às vezes. Jack nem sequer falava com Jim quando ele ligava. Tinha desligado todas as vezes em que atendeu os telefonemas do pai.

E Claire, sua menina radiante e feliz, estava diferente ultimamente. Queria discutir por tudo, queixava-se de qualquer pequena alteração da rotina... e houveram muitas. Até o comportamento de Henry tinha se tornado estranho desde a partida de Jim. O pobre corgi parecia determinado a lembrar a todos que ainda estava lá, e fazia isso causando problemas. Antes de Jim ir embora, Henry era um cão extremamente comportado. Naqueles últimos dias, Amy parecia gastar metade do tempo tirando-o de cima das camas ou perseguindo-o pela rua quando escapava. Precisou até incumbir Jack da tarefa de colocar os pratos na máquina de lavar louça, para impedir Henry de comer os restos diretamente dali.

Ainda assim, não podia culpar o cachorrinho por estar agitado, talvez até um pouco assustado. Todos estavam. Tudo estava muito diferente.

Quando foi embora, Jim levou junto seu salário. Ainda pagava a sua metade da hipoteca da casa e ofereceu depositar mais para as crianças, mas Amy não aceitou. Por que deveria? Só para ele se sentir melhor, como se estivesse fazendo o suficiente pela sua família?

Não estava! Nem de longe.

Sua família precisava da presença dele. Não de seu dinheiro.

E se não podiam ter Jim... bem, então ela daria um jeito sozinha. Em tudo.

Provaria que no fim das contas estavam melhor sem ele. Assim, se sentiria melhor do que dando uma bofetada em sua cara estúpida. Pelo menos era o que achava.

Seus amigos falaram um monte sobre a partida de Jim, é claro a maioria comentários mordazes sobre ele estar fazendo o que todos faziam, ou que só reconheceria o que tinha perdido quando fosse tarde demais. Todos tinham boas intenções, Amy sabia, e até ajudaram um pouco: foi bom saber que todas aquelas pessoas estavam ao seu lado. Mas o conselho mais útil, na verdade, veio de uma fonte um tanto surpreendente, o novo médico no consultório onde ela trabalhava como enfermeira. O Dr. Fitzgerald era novo no lugar e, segundo rumores, recém-divorciado. Amy o viu no parque perto do consultório algumas vezes, passeando com seu dálmata. Mas, até o mês passado, raramente trocavam algumas palavras. Na semana seguinte à partida de Jim, ele colocou a cabeça dentro da sala em que Amy trabalhava e perguntou se ela estava bem.

Amy abriu um sorriso, tentando demonstrar que sim, mas ele enxergou a verdade na mesma hora.

– Todos vão dar muitos conselhos para você – ele disse, com um sorriso gentil. – E alguns até serão bons, outros com certeza serão péssimos. A única coisa que posso dizer é: você é a única que vai ter que viver a sua vida quando tudo isso passar e todo mundo tiver seguido em frente. Uma vez que tudo se acalmar, ele ainda será o pai dos seus filhos, seja lá o que tenha feito. E você ainda será você, mesmo que não ache isso agora. Então, permita-se sofrer e ter raiva pelo que perdeu. Mas, no fim das contas, é preciso se concentrar no futuro.

O futuro... Ainda parecia tão longe, mas Amy estava tentando. Tentando imaginar um futuro onde os dias não eram tão difíceis, onde ela estava feliz novamente e sua família também.

E era isso que estava tentando fazer hoje. Começar o futuro, ali mesmo. Criar o futuro feliz que desejava para sua família. E que lugar melhor para isso do que o *Winter Wonderland*?

– O que acham? – Ela perguntou, enquanto saíam da estação e caminhavam no ar gelado de dezembro, em direção ao *Hyde Park*. A seus pés, Henry trotava ao seu lado, contente por estar em meio à multidão na calçada. Ainda bem! Ela realmente não precisava que ele fizesse nenhuma de suas travessuras naquele momento!

Jack e Claire vinham um pouco atrás, se arrastando, não viram a placa na mesma hora que Amy, mas quando a viram...

– Mãe! A gente vai entrar? Jura? – Amy sorriu. Por um momento, Claire falou como sua garotinha de novo. Nossa, como ela estava com saudade daquele som.

Logo em frente, a multidão só aumentava, todas as pessoas indo em direção aos enormes portões brilhantes e coloridos. Mesmo à luz do dia, as luzes de Natal estavam acesas e a música natalina preenchia o ar. Atrás deles, a roda-gigante erguia-se sobre todo o parque. Só de ver aquilo, Amy sentiu uma corrente de emoção, e até Henry latiu de felicidade.

Sim, tinha sido uma boa ideia.

– Winter Wonderland? – Jack tentou parecer maduro e indiferente, mas Amy o conhecia muito bem. Conseguia ouvir aquela centelha de excitação, escondida bem debaixo de suas palavras. – É para isso que estamos aqui?

– Sim! – Ela sorriu para as crianças, seu coração se aquecendo ao vê-los sorrir de volta, e entregou o mapa que havia impresso antes. – O que querem fazer primeiro?

Jack e Claire seguraram juntos o mapa, falando um por cima do outro ao escolher suas atrações favoritas. Queriam ter ido no ano passado, e no ano anterior, mas Jim sempre dizia que era muito cheio e muito comercial. Em vez disso, dizia que queria levar todos para esquiar, mas nunca tiveram condições de pagar para os quatro, mais o hotelzinho para Henry e Sookie.

A entrada para o *Winter Wonderland*, felizmente, era gratuita. Claro, havia muitas atrações pagas lá dentro, e foi por isso que Amy havia planejado toda a viagem com tanto cuidado. Havia orçado e reservado com antecedência duas das maiores atrações: a roda gigante e a patinação no gelo perto do coreto. E, trazendo Henry, garantiu que teria que ficar de fora com ele, então, só precisavam de dois ingressos. Ela tinha guardado dinheiro suficiente para as crianças escolherem mais uma atração cada uma, e trouxe algumas libras que a avó daria aos dois no Natal, doadas uns dias antes para essa finalidade, se ainda quisessem gastar mais.

Tinham comido mais cedo no trem, então não precisariam comprar comida em nenhuma das barraquinhas supercaras do parque. E Amy planejou um jantar em um restaurante italiano bem em conta, que se lembrava da época em que namorava Jim, aonde iam depois de passearem pela Oxford Street para ver as luzes de Natal. Some a isso uma passada para verem o Palácio de Buckingham e eles teriam um dia completo e memorável, e Amy ainda teria dinheiro para a comida da ceia de Natal. *Nada mal,* ela pensou.

Felizmente, as crianças não pareciam ter percebido que tudo o que faziam estava dentro de um plano de contenção de gastos. Claire ficou hipnotizada pelas luzes e pela beleza do mercado de Natal, e até Jack pareceu estar envolvido pela música e ansioso para ver como era a vista da roda-gigante. Henry ficou bem perto de seus pés e quase a fez tropeçar algumas vezes. Mas, em geral, não estava causando problemas, o que era uma vantagem.

Por um momento, foi quase como se as últimas semanas não tivessem acontecido. A não ser pelo fato de que Jim não estava lá.

Amy observou a enorme roda girando contra o céu cada vez mais escuro de Londres, e deixou-se imaginar, apenas por um momento, como tudo poderia ter sido diferente se Jim nunca tivesse contratado Bonnie como sua nova secretária. Se nunca tivesse se apaixonado por ela. Nunca tivesse decidido desistir de quase 20 anos de casamento em um piscar de olhos.

E então balançou a cabeça. Não havia motivo para ficar presa ao passado. Precisava se concentrar no futuro e fazê-lo ser perfeito para seus filhos, sem Jim ao seu lado.

Não queria que Jack e Claire odiassem o pai: acrescentar mais amargura à situação não ajudaria ninguém. E o Dr. Fitzgerald estava certo. Jim ainda era o pai deles, mesmo depois do divórcio consumado. Mas em meio a seus esforços para manter a civilidade e a educação, Amy não pôde deixar de pensar que tinha sido a parte prejudicada naquela história toda. O fato do marido ter tido um caso e, quando forçado a escolher, ter escolhido Bonnie, fez Jack parar de falar com o pai. Quanto a Claire... Amy não tinha nem ideia do quanto a menina sabia sobre o que tinha acontecido. Afinal, Jim ainda não tinha apresentado os filhos à nova namorada.

Mas aquilo não poderia durar para sempre. Em breve, eles teriam uma pessoa nova em suas vidas, uma nova situação permanente para lidar. Alguém com quem compartilhar feriados e ocasiões especiais. No próximo ano, estariam negociando quem ficaria com as crianças e quando, quem passaria a noite de Natal com eles, quem ficaria no dia seguinte, e quem seria responsável pelas meias na véspera de Natal...

Naquele ano, porém, os filhos ainda eram todos dela. E Amy pretendia aproveitar ao máximo cada minuto. Jack tinha quase 18 anos e aquele poderia ser seu último Natal familiar. Portanto, Amy estava determinada a tornar aquela data mágica para ambos. Dar a eles um último ano para serem crianças no Natal.

Mesmo que tivesse que fazer aquilo sozinha.

Henry roçou suas pernas e ela se abaixou para lhe fazer um carinho, quando a roda gigante parou.

– Podemos fazer isso, não podemos, garoto? – ela murmurou, enquanto observava o desembarque de Jack e Claire.

Henry apenas apoiou a cabeça em suas patas, em cima de seus pés. Pelo menos, ela podia ter certeza de que Henry não ia a lugar nenhum. Era bom ter pelo menos *um cara* em quem podia confiar.

Mesmo que ele fosse um corgi.

HENRY

Preciso admitir, havia muito mais cheiros interessantes nesse *Winter Wonderland* do que na nossa casa em Redhill. Lá, eram principalmente outros cães, crianças, carros, caixas e um ou outro esquilo no parque local. Aqui, havia castanha assada (pelo menos foi o que disse o homem que gritou para nós enquanto passávamos) e todos os tipos de doces, além do aroma cortante do gelo e do ar frio. Além disso, o cheiro de excitação, que percorria todo o lugar... eu conseguia senti-lo até mesmo em Jack, Claire e Amy, o que foi uma mudança adorável.

Claire gemeu quando chegou a hora de partirmos, mas não fez a cara feia com que nos acostumamos ultimamente. Amy passou um braço ao redor de seus ombros magros e prometeu-lhe que haveria muito mais diversão em seguida, e Claire se animou novamente.

– Então o que vem agora, mãe? – perguntou Jack, com quase nenhum sinal do habitual mau humor em sua voz. Sentei-me aos pés dele, meu rabo curto abanando em aprovação. Gostava de ver meus Walker felizes, e aquela era a primeira vez em que via isso em semanas.

Talvez tudo estivesse bem de novo, para todo mundo.

– Pensei em irmos ver o Palácio de Buckingham. – Amy dobrou com cuidado o mapa do *Winter Wonderland* e colocou-o de volta na bolsa. – E depois talvez passear pelo St James's Park para ver os pelicanos. Então, mais tarde, quando estiver escuro, podemos pegar o metrô para Oxford Street para ver as luzes de Natal, antes do jantar. O que acham?

Claire descansou a cabeça no braço da mãe.

– Parece incrível.

– Ótimo! – Amy sorriu.

Saltitei com satisfação ao lado de Amy enquanto abríamos caminho entre as barracas de madeira do mercado e as crianças na patinação no gelo, os sons de riso e alegria enchendo o ar. Hoje foi um dia muito bom, de verdade, e eu definitivamente gostei do som das palavras "St James's Park"!

Parques, na minha experiência, eram lugares para correr e perseguir, buscar novos aromas e caçar esquilos. Amy sempre ficava relaxada no nosso parque local; ela sabia que eu conhecia o caminho, então não precisava me vigiar de perto. Além disso, sempre conhecemos pessoas interessantes lá: o vizinho com o yorkshire terrier, o novo médico que se mudou para a cidade no mês passado e tinha uma dálmata muito divertida. Até os amigos de Claire da escola, ou os companheiros de Jack, eram frequentemente encontrados no parque. Nós sempre paramos para conversar e, durante o último mês ou dois, ter aquelas pessoas para conversar parecia ajudar a melhorar o humor da minha família.

Afinal, apesar de eu ser um *excelente* ouvinte e dar muito conforto a eles (ao contrário de Sookie, que desaparece na primeira fungada), às vezes meus humanos também precisavam de outros humanos para conversar.

Eu estava certo! St James's Park foi incrível. Amy me deixou sem a guia e fiquei livre para explorar à vontade, como mandasse meu coração. Mesmo a terra fria e congelada era mais macia para as minhas patas do que o concreto duro das calçadas em que caminhamos até chegar lá, então aproveitei a liberdade apenas para correr e correr.

– Sem perseguição aos pelicanos agora! – Amy me chamou, enquanto ela e as crianças seguiam. Lati uma resposta rápida por cima do meu ombro. O que afinal eram pelicanos? Não poderia me comprometer a não os perseguir até descobrir. E se fossem como esquilos? Os esquilos eram os meus favoritos para perseguir. E os pombos vinham logo depois, em segundo lugar. Mas eu estava disposto a recolocar os dois primeiros se os pelicanos fossem ainda melhores...

Os humanos escolhiam os caminhos mais difíceis enquanto eu ziguezagueava pelo parque, principalmente na grama, sempre mantendo-os à vista. Jack jogou gravetos para eu pegar, o que foi muito divertido. Quando chegamos ao lago, Claire apontou para uma ilha no meio dele, bem na hora em que eu estava avaliando se estava mesmo frio demais para uma entradinha na água.

– Olha, mãe! Os pelicanos!

Levantei a cabeça, as orelhas em pé, escaneando o horizonte. O parque estava verde, mesmo sendo inverno, e o lago não tinha congelado, então ainda havia muita vida selvagem ao redor. Olhei para onde Claire estava apontando e vi os pássaros imensos e ridículos que pelo jeito viviam ali no parque.

Eles eram enormes e tinham uma espécie de cor branca suja, bicos gigantes e pontudos com uma bolsa molenga na metade inferior. E, mais importante, eles eram maiores do que eu.

Na beira do lago, dei um passo ou dois para trás. Aquelas criaturas definitivamente pareciam ser capazes de engolir um pombo ou um esquilo inteiro. Eu não queria que eles testassem a bicada em um corgi.

– De quem eles são? – Claire perguntou, ainda olhando para os enormes pássaros.

Senti uma pontada de saudade dos pardais e tordos do nosso quintal, da nossa casa em Redhill. Aqueles é que eram pássaros de verdade. Aves que conheciam seu lugar na ordem dos animais.

– Bem, o St James's Park é um dos parques reais – Amy explicou. – Então acho que eles pertencem à Rainha.

A Rainha tinha um gosto muito peculiar para animais de estimação, não pude deixar de pensar.

– Os primeiros pelicanos daqui foram um presente do embaixador russo ao rei Carlos II em 1664.

Todos olhamos para Jack, surpresos, e ele mostrou o celular.

– O poder da internet. Agora, vamos, está congelando! O que vem agora?

– Vimos os pelicanos. Vamos ver se conseguimos ter um vislumbre de sua dona – sugeriu Amy. – Li no jornal desta manhã que ela sairia do Palácio hoje mais tarde. Nunca se sabe, podemos ter sorte.

Eu não estava certo sobre o quanto de sorte realmente haveria em conhecer o dono daqueles pássaros medonhos, mas Claire deu pulinhos, batendo palmas, então talvez houvesse algo que não estava entendendo.

Seguimos ao longo do lago, em direção à saída do parque. Amy não colocou minha guia, o que me deixou feliz. De qualquer forma, fiquei por perto, ao menos até ter certeza de que estávamos fora do campo de visão dos pelicanos.

Decidi que aquele era um parque que, por mim, poderia viver sem visitar de novo. Preferia o parque perto de casa, com todas as pessoas e cães que conhecíamos, e alguns bons esquilos gorduchos para perseguir.

Na saída do parque, avistamos uma aglomeração de pessoas reunidas em torno de um conjunto de grades. Havia muito burburinho enchendo o ar gelado, e Amy nos apressou para atravessarmos uma rua larga. Tentei dar uma olhada em volta, para me localizar, mas tudo o que conseguia ver eram pernas: pernas finas, pernas grossas, pernas em calças e botas escuras e pesadas, ou em jeans ou em meias-calças. Pernas em todos os lugares, bloqueando minha visão.

– O portão está se abrindo! – Claire gritou, e, de repente, os três correram para se aproximar das grades em frente. Fiquei com eles, passando entre as suas pernas para garantir que não me perderia.

– Vamos, Henry – Jack chamou, olhando para mim.

Notei que ainda não estava com a guia presa na minha coleira, mas os Walker estavam ocupados demais olhando para a multidão para pensar nisso.

De repente, os níveis de ruído aumentaram novamente. Através do mar de pernas, vi uma moto saindo pelos portões, suas luzes piscando. Atrás dela, um grande carro preto, também com luzes e, quando passou por nós, saudações e gritos encheram meus ouvidos e a multidão ficou insana. Era pior do que na Noite da Fogueira. Me encolhi, mas havia mais pernas atrás de mim, e o ruído estava em toda parte, tão alto que eu não conseguia escapar.

Mas precisei. Queria me enfiar debaixo da minha almofada, dentro da minha cesta, em casa. Queria me aconchegar com o meu rato de brinquedo. Queria que Jack acariciasse minha cabeça e dissesse que tudo voltaria a ser silencioso em breve.

Mas eu sabia que não seria assim. Londres tinha sido barulhenta durante todo o dia, desde o trem às multidões no *Winter Wonderland*, aos grasnados dos pelicanos enquanto se alimentavam de peixe. Mas aquela multidão era ainda pior, e eu precisava me afastar dela.

Chorando, mas só um pouco, recuei, lutando para passar entre as pernas e fugir do barulho para chegar na parte de trás da multidão.

Eu poderia esperar pelos Walker ali. Eles me encontrariam rapidamente, assim que tudo acabasse.

Atrás de todas as pessoas, a agitação era um pouco menor, mas eu ainda queria colocar minhas patas sobre meus ouvidos e me esconder de tudo. Corri um pouco mais, apenas para ficar seguro, até encontrar um pedaço de vegetação em que poderia me esconder. Enquanto me escondia ali, um pombo grande e gordo passou por mim. Eu o estudei com atenção, me distraindo do barulho ao imaginar como poderia pegá-lo. Os sons da multidão desapareceram quando me concentrei na minha presa.

Sem saber que era observado, o pássaro pulou mais para perto. E mais perto. Até que eu quase consegui...

Exatamente no momento certo, dei o bote e o pombo se precipitou para o céu em pânico. Assisti enquanto ele voava sobre o arbusto no qual eu me escondia, aterrissando do outro lado. Fácil demais.

O arbusto era ainda mais denso do que a floresta de pernas, mas muito mais silencioso e certamente menos propenso a pisar nas minhas patas. Fui me embrenhando entre os ramos, parando apenas um segundo quando me deparei com duas barras de metal altas no meio da vegetação, que não cediam aos meus empurrões.

Então, inclinei minha cabeça para passar entre elas, ajeitando meus ombros para encaixar, depois minhas costas, meu traseiro e minhas patas de trás. Disparei para o outro lado, sacudindo o mato a tempo de ver o pombo ciscando em um pedaço de grama. A perseguição começava.

Pombos são pássaros verdadeiramente estúpidos. Nunca parece lhes ocorrer que basta apenas voarem alto suficiente, ou longe o suficiente, que não vou conseguir alcançá-los. Em vez disso, eles ficam agitados por alguns instantes, pairando no ar, depois pousam novamente a uma curta distância.

Como eu disse: estúpidos. Mas isso deixa a caçada mais divertida.

Corri atrás do pássaro, latindo alegremente. O som da vibração e dos gritos da multidão era quase inaudível ali. Aliás, onde é que eu estava? Parecia outro parque, como aquele com os pelicanos, com muitas árvores e vegetação. Tudo bem, então. Os parques sempre foram um bom lugar para os cães, e os Walker saberiam me encontrar ali assim que terminassem de fazer o que quer que estivessem fazendo naqueles portões. Afinal, eu não tinha ido longe.

Por fim, o pombo teve o bom senso de voar até uma árvore e ficar lá, mas não me importei. Só significava que eu poderia aproveitar para explorar este novo parque, sempre atento aos pelicanos, é claro.

Passei momentos maravilhosos farejando os caminhos e os canteiros, as árvores e os arbustos. Mas, depois de um tempo, até eu precisei admitir que minhas patas estavam cansadas. E, pior ainda, estava começando a ficar escuro. Amy não havia dito algo sobre o jantar? Sim, que quando ficasse escuro a gente ia ver umas luzes, em um lugar chamado Oxford Street, e depois ia ter um jantar legal. Eu não queria perder aquilo.

Bocejando, voltei calmamente pelo mesmo caminho por onde tinha vindo, em direção ao grande edifício em frente ao qual os Walker estavam. Como Amy o havia chamado? O Palácio. Palácio de Buckingham. Mas preciso admitir: parecia um pouco diferente desse ângulo. Para começar, não havia um grande portão nem grades. Ainda assim, era o mesmo lugar. Os Walker tinham que estar por ali, certo?

Porém, não havia multidões desse lado do Palácio. Nem guardas com chapéus engraçados. Na verdade, não havia pessoas.

Parei, estava mais perto do Palácio do que me lembrava de ter ficado do outro lado. Só precisava encontrar um caminho de volta, só isso. De volta aos Walker. Eu tinha entrado em um arbusto, não tinha? Então precisava fazer isso novamente.

Se ao menos eu conseguisse lembrar *qual* era o arbusto.

– O que está fazendo aqui? – Uma voz mal-humorada atrás de mim me fez pular de susto. Me virei tão rápido que quase peguei meu rabo e vi um homem com um terno escuro e uma camisa branca olhando para mim.

– Você deve ser o novo, eu suponho. Pensei que Sua Majestade tivesse levado você com ela, mas, pelo visto, me enganei. Não, por aqui você só precisa correr, ficar se enroscando nos pés de todos e causar pequenos "acidentes", e todos temos que fingir que o amamos. Assim como os outros três. Francamente. Pensei que não haveria mais novos animais de estimação do Palácio. Mas não, ela não poderia resistir a um pobre corgi, não é?

Ele suspirou e abriu uma porta para o Palácio.

– Suponho que não seja culpa sua. Vamos. Voltemos para o lugar a que você pertence.

Minhas orelhas se levantaram quando ele falou isso. A parte sobre Sua Majestade e os acidentes não fazia sentido, mas voltar para onde eu pertencia, com os Walker, era *exatamente* o que eu queria. Então saltitei obedientemente porta adentro, preparado para seguir o mal-humorado homem de terno aonde quer que os Walker, eu tinha certeza, estariam esperando por mim.

Meus olhos se arregalaram quando entrei. Não tinha entendido muito bem o que "Palácio" significava, exceto que se tratava de uma casa muito grande. Mas o lugar pelo qual entramos não tinha nada a ver com a entrada da nossa casa. Para começar, não havia uma escada reta levando para o andar de cima, com objetos pertencentes à família espalhados pelos degraus, esperando serem devolvidos aos seus quartos. Não havia a mesinha do telefone, com o bloquinho que era bom para mastigar. Nem o cabideiro de casacos, com o cesto de sapatos embaixo. Nem gancho para a guia também.

No lugar disso, havia uma enorme sala depois da porta, com um tapete vermelho-escuro, muitas cadeiras vermelho-escuras e sofás (nos quais suspeitei que não poderia subir) e colunas altas feitas de pedra esbranquiçada. Nas paredes, havia imagens gigantes de pessoas com roupas engraçadas. E no centro da sala havia uma enorme árvore de Natal, decorada com ornamentos vermelhos de pelúcia em forma de coroa.

Era tão imponente, quase quis me esconder atrás das pesadas cortinas vermelhas e douradas. Mas aí eu nunca mais voltaria para minha família.

– Bem, vamos, então – disse o homem mal-humorado, me conduzindo em frente. – Se não se apressar, perderá o jantar, e será um inferno.

O homem tinha razão. Amy *não* ficaria feliz se eu atrasasse todo mundo e os fizesse perder o jantar. Eu também não gostaria nada de perder uma refeição. (Afinal, eu não tinha comido o pombo. E corri para lá e para cá o dia todo. Era o suficiente para deixar um corgi faminto.)

O único problema era que eu não tinha ideia de para onde eu deveria ir. O homem suspirou de novo, bem fundo.

– Certo. Você é o novato. Acho que ainda não sabe onde fica cada lugar. Venha, então. Vou te levar.

Achei que ele me guiaria diretamente para outra porta, para o lado de fora, mas, em vez disso, passamos por salas cada vez mais impressionantes até chegar a uma enorme escadaria, adornada com corrimões dourados e ainda mais ouro nas paredes. Ao pé da escada, havia uma estátua branca, ao lado de um grande relógio. Guirlandas compridas e verdes, cheias de bolas de Natal brilhantes enfeitavam todo o corrimão. Bem diferente da casa dos Walker.

– Certo, lá para cima, vai.

O homem mal-humorado acenou em direção à escada. Fiquei sentado, olhando para ele e para os degraus acima. Os Walker não podiam estar lá, poderiam?

– Vamos. Suba!

Todas aquelas aulas de treinamento a que Jim tinha me levado voltaram de repente e a ficha caiu; ao tom de comando na voz do homem mal-humorado, subi direto para os primeiros degraus. O homem veio atrás de mim. Me perguntei o que encontraria lá em cima.

Torci para que fosse minha família.

Os corredores do andar de cima também eram ricamente decorados, e estavam enfeitados para o Natal. O que me fez lembrar que Amy ainda não havia montado a árvore de Natal deste ano. Provavelmente porque era algo que Jim costumava fazer.

Fiquei feliz por ter o homem mal-humorado para seguir; sem ele, eu estaria perdido em um piscar de olhos.

– Aqui vamos nós.

Ele agarrou a maçaneta da porta pesada e vermelha a nossa frente. Havia uma placa nela. Minha leitura não é excelente. Aprendi algumas palavras: Henry, cão, comida e corgi. E a placa definitivamente dizia algo sobre corgi.

A porta se abriu e outros três cães me encararam.

Olhei para trás.

Supus que a outra palavra na placa era "sala".

Era uma sala cheia de corgis.

Onde diabos eu estava?

AMY

— A gente viu a Rainha!

Tá, tinha sido apenas um breve vislumbre de um chapéu e, talvez, da orelha de um corgi, enquanto o grande carro preto saía do Palácio, mas Claire ainda estava dando pulos de alegria, como se tivesse tido um encontro pessoal.

– E eu filmei tudo – acrescentou Jack, apertando o botão *stop* no celular. – A vovó vai amar.

– Vai mesmo – concordou Amy.

Sua mãe, Vovó Freida, era uma grande fã de tudo relacionado à realeza. Jack tinha basicamente conseguido garantir os melhores presentes de Natal até o fim da vida em troca da visualização daquele vídeo de 90 segundos com a imagem de meio segundo de Sua Majestade.

Realmente, Amy não poderia ter planejado um dia melhor. As crianças estavam felizes e empolgadas e ela se sentia relaxada pela primeira vez em meses. Agora eles iriam ver as decorações na Oxford Street e, depois, jantar. Tudo seria adorável e perfeito, o Natal mágico pelo qual ansiava.

O Dr. Fitzgerald tinha razão. Concentrar-se no futuro era o melhor caminho.

– Cadê o Henry? – Jack perguntou, franzindo a testa, e Amy sentiu todo seu relaxamento evaporar naquele instante, sendo arrastada de volta para um presente subitamente aterrador.

– Do que está falando? Ele estava bem aqui. – Amy olhou para o lugar onde Henry havia ficado sentado, a seus pés, calmo e contente, durante todo o dia. Mesmo no frio, as palmas de suas mãos estavam suadas. Ela checou a guia na mão. Era do tipo retrátil e estava completamente retraída. Nenhum cão preso ali. Porque havia liberado Henry para que ele pudesse correr pelo St James's Park e então...

– Me esqueci de prender a guia de volta na coleira. – O coração de Amy bateu tão forte que pareceu que ia saltar do peito. – Mas… Mas ele deve estar por aqui em algum lugar. Ele não iria simplesmente fugir.

Iria? Henry tinha ido a todas as aulas de adestramento e, em geral, era sensato o suficiente para ficar por perto quando a situação se agitava – principalmente para garantir que não perderia nenhuma comida. Mas, em um evento como o daquele dia, com todo o barulho e a pressão da multidão, e em um lugar tão estranho… Sem mencionar o hábito recente de fugir pela porta da frente sempre que estava aberta. E se ele tivesse fugido de novo? E para onde poderia ter ido?

– Ele pode estar em *qualquer lugar* – disse Jack, com a voz cheia de angústia.

Ela deveria ter ficado mais atenta. Ter sido mais cuidadosa. Mais atenciosa. Como pôde se esquecer de recolocar a guia na coleira? Como pôde ter se esquecido de *Henry*, mesmo que só por um instante, enquanto a Rainha passava?

Tinha falhado com ele. Com sua família. Tinha sido uma idiota em pensar que poderia fazer tudo sozinha. O desespero tomou conta de Amy enquanto ela procurava ao redor, esperando ver uma cauda curta e fofa, ou um sorriso de cachorrinho.

Nada.

Não. Amy balançou a cabeça. Não tinha tempo para desespero. Precisava ser mãe de novo. Assumir o controle. Afinal de contas, era a única que podia fazer algo naquele momento.

– Precisamos procurá-lo. Vamos chamá-lo – ela disse, tentando articular um plano. – Ele sempre vem quando escuta o próprio nome. Vamos nos dividir. Jack, você procura deste lado das grades, Claire e eu vamos para o outro.

A multidão havia se dispersado para o Palácio de Buckingham, e eles podiam, ao menos, enxergar a calçada. Mantendo Claire por perto – a última coisa que precisava era perder a filha, além do cachorro –, Amy foi percorrendo as grades, chamando Henry.

– Ele não poderia ter corrido para a rua, a gente teria visto – disse Claire, indo atrás dela. – Então ele tem que estar por aqui em algum lugar, né?

– Com certeza – concordou Amy, fingindo muito mais confiança do que sentia. – E mesmo quando ele foge para o parque, sempre para e olha para trás para conferir se eu estou seguindo. Ele não deve ter ido longe. Não vamos demorar para encontrá-lo.

Três horas depois, no trem de volta para casa, Amy passou o braço pelos ombros de Claire, o coração partido pelas lágrimas da filha. Em frente a elas, Jack estava sentado, amuado, olhando pela janela. Ele não tinha olhado nos olhos da mãe desde o momento em que perceberam que Henry estava desaparecido.

O policial com quem haviam falado foi prestativo, mas não deu muita esperança. Londres era uma cidade tão grande. Henry poderia estar em qualquer lugar.

– Ele tem um microchip – Amy lhe disse, desesperada.

– Bem, se ele aparecer, ao menos saberão quem é o dono – disse o policial, obviamente tentando não enfatizar o "se".

– Ele pode ter sido roubado – disse Jack, de repente, provocando mais soluços de Claire. – Corgi é uma raça popular. Alguém pode ter pegado Henry quando não estávamos olhando.

– O que significa que nunca mais o veremos! – Claire lançou um olhar acusador à mãe.

Amy não a culpava. Era mesmo sua culpa. Estava tão ocupada se parabenizando por ter organizado um dia perfeito e mágico para os filhos sem Jim, que havia perdido de vista o que realmente importava: todos passando o dia juntos.

Incluindo Henry.

Ele devia estar tão assustado, sozinho na cidade, ou com estranhos. Não entenderia o que estava acontecendo, ou aonde eles tinham ido. Só saberia que não estava com eles. Que o deixaram para trás. Pouco importava que as crianças não a perdoassem. Amy nunca se perdoaria.

Jack tinha voltado a olhar pela janela, para aquela amarga noite de inverno. Podia até não ter dito muito, mas Amy sabia que estava tão chateado quanto Claire. Henry era o cachorro dele, na verdade, dele e de Jim. O pai o trouxe para casa quando Henry era apenas um filhote, e Jack havia acabado de completar 10 anos. Desde então, treinar Henry, levá-lo para passear, cuidar dele, tinha sido algo que pai e filho faziam juntos. Mas Jim tinha ido embora, deixando Henry para trás para preencher a separação do resto deles.

No começo, Jack pareceu encarar numa boa a partida do pai. Mas, à medida em que as semanas passavam, ele foi ficando mais calado. Sempre falava sobre se tornar veterinário e havia pesquisado exatamente que cursos precisaria fazer e que experiências de trabalho seriam melhores para conseguir uma vaga em seu tão sonhado curso. Tinha trabalhado tão duro nos últimos dois anos, determinado a conseguir o trabalho de seus sonhos. Mas, nas últimas semanas, parecia ter se esquecido daquilo.

Mas Henry... Henry sempre foi importante para todos eles. Ainda que às vezes a deixasse frustrada, Amy sabia que Henry amava toda a família com a devoção inabalável dos cães. Ela podia não gostar de vê-lo subir nas camas, mas sabia que Claire dormia melhor com Henry ao seu lado. Não apenas Claire, nas últimas seis semanas, Amy havia acordado com Henry aconchegado ao seu lado, mantendo-a aquecida na ausência de Jim.

E Jack... Jack podia não falar com ela sobre como estava se sentindo, mas ela sabia que ele conversava com Henry quando achava que ninguém podia ouvi-los. Com quem ele falaria agora?

Amy olhou para o filho, a cabeça apoiada na janela, cabelo escuro caído na testa, e o coração doeu. Seu garoto, quase um adulto, mas não tão adulto a ponto de não precisar mais dos pais.

De não precisar mais do pai. E de seu cachorro.

Amy se permitiu fechar os olhos por um segundo e inclinou a cabeça para descansar contra o apoio do assento. Apenas um momento para sofrer e sentir que tudo estava perdido.

Então, abriu os olhos, endireitou a coluna e voltou ao assunto. Ok, ela havia registrado o desaparecimento de Henry e garantido que todos soubessem que ele tinha um microchip. Fez buscas na região, chamou pelo nome dele, e tentou atraí-lo com guloseimas. Perto do Palácio de Buckingham, falou com todos os turistas que conseguiam compreendê-la e perguntou se tinham visto Henry. Tinha feito tudo o que podia no local.

Então a próxima questão era: o que poderia fazer de casa para trazer Henry de volta?

A família Walker já tinha sofrido perdas demais naquele ano. Ela não ia desistir de outro membro da família sem lutar.

– Ok, crianças – ela disse, esperando ter toda a atenção dos filhos antes de continuar – O que precisamos agora é de um plano.

2º DIA

Domingo, 15 de dezembro

HENRY

Por um momento, quando acordei, não sabia onde eu estava. A cesta em que adormeci era macia demais e confortável demais para ser a minha velha cesta. E a sala estava muito silenciosa. Não havia barulho do rádio ligado na cozinha ou de Jack descendo as escadas.

Não parecia nada com a minha casa.

Então, abri meus olhos e tudo o que tinha acontecido no dia anterior voltou à minha cabeça.

Depois que o homem mal-humorado me trouxe para a Sala dos Corgi, não demorei a perceber o erro que cometeu. Ele achou que eu era dali, do Palácio, e me trouxe para onde os outros cães viviam, em vez de me levar de volta aos Walker, como eu esperava.

Onde estava a minha família agora? Será que tinham ido embora sem mim? Ou ainda estavam me esperando, procurando por mim?

E se pensassem que eu *quis* fugir, deixando-os para trás, como Jim havia feito? Eu esperava que todos soubessem que eu os amava demais para fazer isso.

Passar uma noite em um Palácio poderia ser uma bela aventura para um cachorrinho, mas me fez sentir um pouco de saudade da minha vida real e da minha família. Em que tipo de problema poderiam se meter sem mim para cuidar deles?

Quem ia garantir que Amy faria suas caminhadas diárias? Ou aconchegar-se com ela para assistir a filmes românticos nas noites de sexta-feira? Quem comeria os restos de Claire no jantar, que ela colocava sob a mesa quando Amy não estava olhando? Quem faria companhia a Claire de noite quando ela estivesse triste e precisasse de um corpo fofinho e peludo ao seu lado para lhe dar conforto? Ela podia estar grande para os ursos de pelúcia (na maior parte do tempo), mas certamente não era grande demais para mim. E o mais importante de tudo, quem ouviria Jack falar sobre a saudade que tinha do pai? Sabia que ele não queria que mais ninguém soubesse como se sentia. Mas precisava de alguém para conversar. Precisava de mim.

Todos eles precisavam.

Mas, pelo visto, os Walker teriam que aprender a se virar sem mim, pelo menos por enquanto. Só até eu conseguir resolver aquele mal-entendido e encontrar um jeito de voltar para casa.

Enquanto isso, já que eu estava no Palácio… também poderia aproveitar ao máximo. Não demoraria muito até alguém perceber o que aconteceu e Amy chegar para me levar para casa novamente. Sim, não havia nada com que me preocupar. Não ainda, pelo menos.

Esticando-me na cesta supermacia, observei o restante da sala ao meu redor.

Dado o luxo daquele Palácio, talvez eu não devesse ter ficado tão surpreso que a Sala dos Corgi fosse tão chique. Mas eu estava... Cada um dos cães tinha sua própria cesta de vime, elevada um pouco acima do solo por algum motivo. Me perguntei na cesta de quem eu estava e quando ele ou ela retornaria para pegá-la de volta.

Mas é claro! No momento em que isso acontecesse, os humanos no Palácio perceberiam que tinham cometido um erro, e então eu seria levado para casa, para os Walker. Era apenas uma questão de tempo, na verdade.

Mas, enquanto os humanos poderiam não ter percebido que eles tinham o cachorro errado, os outros cães eram muito mais inteligentes. Não levariam tanto tempo, eu tinha certeza.

Havia, pelo que pude ver no dia anterior, outros três cães no Palácio: um corgi como eu e outros dois que se pareciam um pouco com corgis, mas não eram um. Tinham a cara e o corpo mais longos, e ficavam ainda mais próximos do chão do que eu. Pretendia perguntar de que raça eles eram, mas, com os olhares suspeitos que me deram no jantar na noite anterior, decidi esperar até que me conhecessem melhor.

Mas, pelo visto, os cães do Palácio não gostavam de esperar. Sentando bem reto em minha cesta, percebi que os outros três cachorros estavam olhando para mim, sem qualquer tipo de simpatia nos olhos.

– Então, você é o novo cachorro – disse o corgi, cuspindo a palavra "novo" como se fosse um biscoito canino mofado.

– Eh...Tipo isso? – Eu precisava descobrir qual era a situação ali antes de deixar escapar a verdade sobre minha chegada pouco ortodoxa.

– Achei que você iria com *Ela* na viagem – disse um dos outros cães. – Tratamento especial e tudo mais.

O homem mal-humorado não havia dito ontem algo sobre *achar que eu tinha ido com Sua Majestade*?

– Houve uma mudança de plano – eu disse, pensando que aquilo não era uma mentira.

– Não é tão especial, afinal de contas – disse o terceiro cachorro. – Bem, suponho que é melhor a gente se acostumar em ter você por perto. Sou Candy. Esse é Vulcan e esse – ela indicou com a cabeça indicando o corgi no meio – Willow.

Candy parecia amigável, e decidi tentar tirar mais algumas informações dela.

– Belos nomes – eu disse. – E é sempre adorável conhecer outro corgi. Qual é a sua raça, Candy?

– Vulcan e eu somos dorgis – explicou. – Meio dachshund, meio corgi.

Bem, isso explicava a altura.

– É de bom tom, quando alguém lhe diz o nome, retribuir a gentileza – disse Willow, com uma voz muito altiva e poderosa. Ela quase falou como... *Sookie*.

– O quê? – perguntei, sem entender bem a pergunta.

Vulcan revirou os olhos.

– Seu nome – ele disse. – Seria educado você nos dizer seu nome, agora que sabe os nossos.

– Ah, desculpe. Sou Henry – eu disse, automaticamente. – Prazer em conhecê-los.

Willow levantou cabeça e deu um passo adiante para me estudar mais atentamente.

– Henry, certo? Mas nos disseram que o novo cão se chamava Monty.

Ah... Eu estava encrencado.

Dei um belo e largo sorriso de cachorrinho usando todo o meu charme para sair daquilo, do mesmo jeito que fiz com Amy quando um estranho pássaro canoro apareceu morto no quintal.

– A história é meio engraçada, na verdade.

Contei sobre os eventos do dia anterior do jeito mais divertido que pude. Infelizmente, Willow, Candy e Vulcan não acharam muito engraçado.

– Então você é um impostor – disse Vulcan, apontando seu longo focinho para mim.

– Um intruso até – acrescentou Candy.

No começo, ela parecia a mais amável de todos eles, mas agora era qualquer coisa menos isso. Seus olhos eram frios, e não havia nenhum indício de que seu curto rabo queria balançar.

– Gosto mais de pensar em mim como um... convidado inesperado – eu disse, tentando fazer soar como uma piada.

– Não deixamos qualquer um entrar no Palácio de Buckingham, sabe – disse Vulcan. Ele parecia ser, de longe, o mais rabugento dos cachorros, e o que tinha as pernas mais curtas. Talvez sofresse da síndrome do cão baixinho, pensei. Daí a necessidade de se sentir mais importante do que era.

Lembre-se, ele era um "cão real". Isso tinha que valer para alguma coisa.

Candy e Vulcan voltaram-se para Willow, presumivelmente buscando uma orientação sobre o que fazer a seguir. O único outro corgi na sala era claramente líder da matilha. O que era compreensível. Corgis são sempre os cães aos quais se recorrer para liderança e bom senso.

Eu só esperava que Willow ficasse do meu lado. Mas ela não parecia mais feliz do que Vulcan com minha presença ali.

– Bem, suponho que tudo será esclarecido quando *Ela* retornar e jogar você de volta à rua, onde é o seu lugar. – Willow deu uma fungada. – Até lá... parece que teremos um convidado *indesejado*.

Candy e Vulcan ecoaram a fungada e viraram as costas para mim. Os três voltaram às suas cestas. Willow tinha deixado bem clara a sua opinião, e os outros a seguiriam.

Sabe *quando* eu faria novos amigos enquanto estivesse no Palácio? Todos os cães me odiavam e *Ela*, quem quer que fosse, me colocaria para fora dali a qualquer momento. Pelo visto, eu não era querido e nem bem-vindo, e, pior de tudo, incapaz de voltar para casa e reencontrar minha família. Bem, eles até podiam ter uma ideia do cachorro que eu *não era*, mas claramente não sabiam que tipo de corgi eu *era*.

Porque eu não era o tipo de corgi que desistia com facilidade. E todos veriam isso em breve.

– Aposto que vocês, lindas criaturas, estão prontas para o café da manhã, certo?

Levantei a cabeça e vi um ser humano loiro com uma bolsa de ração na porta da Sala dos Corgi.

Minha salvadora!

Quem precisava de bichos de Palácio mimados, afinal? Tudo o que eu precisava era de um ser humano com bom senso. Disparei em direção a ela, esperando fazê-la entender, de alguma forma, que não era para eu estar ali. Que eu precisava voltar para casa.

Ela sorriu e se abaixou para acariciar meus pelos.

– Você deve ser nosso novo garoto! Ouvi dizer que, no fim das contas, decidiu ficar conosco no Palácio. Boa escolha. Qual é o seu nome mesmo?

Levantando a plaquinha na minha coleira, ela leu.

– Henry. Bem nobre. Muito apropriado. Eu sou Sarah. Sarah Morgan. Prazer em conhecê-lo, Henry.

Ela estendeu a mão e levantei uma pata para encontrá-la, contente por Jack ter insistido para eu aprender aquele truque. Aquilo significava que eu não me sentia tão por fora ali, mesmo que tudo no Palácio de Buckingham fosse novo e estranho, e Willow tinha uma certa expectativa sobre como um corgi devia se comportar que eu aparentemente nunca conseguiria corresponder.

Puxando quatro tigelas prateadas da prateleira na parede, Sarah colocou-as no chão em nossa frente.

– Bem, creio que há uma ordem muito rígida para isso – ela disse, sorrindo. – Mas também sou nova aqui e terão que me perdoar se eu fizer algo errado.

Ela sacudiu a comida seca e carnuda na primeira tigela. Não parecia a mesma comida do jantar, mas, para ser sincero, na noite anterior estava assustado e perdido demais para notar o que eu comia. Na verdade, tinha deixado muito no prato, o que significava que estava morrendo de fome agora.

Eu teria pulado de uma só vez naquela tigela para começar a comer, mas os outros três cachorros se contiveram, então esperei também. Obviamente, essa era outra regra do Palácio que eu não entendia. Quero dizer, fala sério... quem espera para comer?

Depois que encheu as tigelas, Sarah deu um passo para trás e olhou para nós.

– Preciso dizer alguma coisa? Eh… Comer?

Eu me projetei para frente, mas Vulcan e Candy latiram para mim.

– Você não! – Candy me repreendeu, bruscamente.

Recuei, e Willow avançou delicadamente, mergulhando o focinho na tigela e comendo.

Olhando as tigelas mais de perto, percebi que havia um nome inscrito na frente de cada uma delas, menos na minha. Talvez ainda não tivessem conseguido gravar o nome do desaparecido Monty ou talvez tivessem levado a tigela dele na viagem e aquela fosse uma extra. Eu não sabia.

Só sabia que a minha tigela ainda estava vazia. E estava começando a achar que a minha vez poderia demorar a chegar.

Eu tinha razão. Em seguida, foi a vez de Vulcan e, depois, Candy. Ambos tomaram o café da manhã sem a menor pressa, provavelmente só para me irritar. Então, finalmente, Sarah encheu minha tigela e os outros cães se afastaram para me deixar comer. Sarah riu ao ver me devorando a comida.

– Estava com fome, hein, garoto?

Eu teria latido um "sim", mas estava ocupado demais. A comida era fantástica, mesmo sendo ração. Carnuda, úmida, saborosa e consistente. Exatamente o que um corgi perdido e com fome precisava. Por fim, a tigela estava vazia. Olhei suplicante para Sarah. Era o meu melhor olhar, aquele que fazia Amy se render todas as vezes, mas Sarah já estava guardando o saco de comida.

– Desculpe, Henry – ela disse. – Mesmo sendo nova, conheço essa regra. Só uma tigela de comida, e agora só no jantar.

Ela colocou o saco de volta na prateleira e recolheu as tigelas.

– Vejo vocês mais tarde, se eu tiver sorte. Espero que, como Sua Majestade está fora, eu consiga permissão para servir o jantar de vocês também. Ouvi dizer que o *chef* está preparando um coelho para vocês.

Ela se virou e saiu, deixando o meu estômago roncando só de pensar no coelho. Na verdade, fiquei tão distraído pensando no jantar que demorei a perceber que ela tinha deixado a porta aberta e que os outros três estavam indo em direção a ela, confiantes.

Um erro? Talvez Sarah não soubesse que a porta deveria ficar fechada. Ou era mesmo permitido que saíssemos para explorar o Palácio? Parecia improvável. Tudo era enfeitado demais, especial demais para quatro cachorros saírem perambulando por ali. Não é?

Willow, Candy e Vulcan obviamente não compartilhavam das minhas preocupações. Já haviam atravessado a porta e estavam no corredor. Parei um instante antes de ir atrás deles.

Sem saber aonde ir, segui os três até chegarmos às escadas que eu subi no dia anterior.

Por cima de seus flancos, Vulcan olhou para trás.

– Onde pensa que está indo?

– Eh... para o andar de baixo? – arrisquei.

– Pode ir, então – disse Candy e, antes que eu conseguisse entender o que estava acontecendo, os três viraram para um canto e seguiram caminhando pelo corredor na direção oposta à Sala dos Corgi. Enquanto eu observava, um homem com o mesmo tipo de roupa que o *homem mal-humorado* segurava uma porta aberta para a procissão de um corgi e dois dorgis. Eles trotavam, imperiais, como se fossem a própria Rainha, em vez de apenas os cães dela.

O homem me olhou com curiosidade, obviamente esperando para ver se eu os seguiria. Mas não fui. Não iria a um lugar onde não era desejado. O que significava que precisava encontrar um lugar onde eu *fosse* desejado.

Afastando-me da porta, desci as escadas, primeiro as patas dianteiras depois as traseiras, tentando administrar aqueles degraus enormes. Talvez o andar de baixo fosse mais divertido.

Errei o caminho algumas vezes antes de conseguir chegar à sala vermelha pela qual eu havia entrado no dia anterior. Depois, achei a porta por onde tinha passado, mas estava fechada. Procurei alguém que pudesse abri-la, mas não encontrei.

Pressionando o nariz contra o vidro da porta, olhei para os jardins com saudade. Ontem, estavam tão tentadores, que não pude deixar de entrar neles para perseguir aquele pombo. E sei que se alguém abrisse a porta naquele exato momento para mim eu correria com tudo. Sou um cão que gosta de ar livre, sabe. O Palácio pode ser muito luxuoso, mas até agora os jardins ainda são minha parte favorita dele.

Ainda que tenham me afastado da minha família. Será que eles estavam procurando por mim? Eu não tinha ido longe. Achei que bateriam aqui na porta e perguntariam se alguém tinha me visto. Então o *homem mal-humorado* poderia perceber seu erro e me devolver.

Bom, pelo menos Sookie ficaria feliz em não me ver.

Para minha surpresa, pensar em Sookie me fez sorrir por um segundo. Sookie, felina que era, teria amado o Palácio. Ela seria ainda mais imperial que os cachorros da realeza. Sookie se encaixaria bem no Palácio de Buckingham; já eu, achava que nunca conseguiria.

Não, não podia pensar assim. Se tinha encontrado um jeito de entrar no Palácio, também poderia encontrar um jeito de sair. Um caminho para casa.

Eu sabia que o Palácio de Buckingham era muito maior do que a minha casa, mas não tinha ideia de quão maior até começar a explorá-lo. Comecei pelo piso térreo, indo de um cômodo luxuoso a outro, todos muito maiores do que qualquer quarto na casa dos Walker.

Em todo lugar que eu olhava, via algo de ouro ou prata, ou que brilhava com luzes. Sob minhas patas, os tapetes eram altos e macios, a maioria deles de um vermelho escuro e intenso.

Todas as pessoas que vi abriram passagem para mim, como se eu realmente fosse um dos animais de estimação da Rainha. E, apesar de querer muito que percebessem que eu não era de lá, o fato de não saberem me deu confiança para continuar minha expedição.

Em algum lugar tinha que haver uma porta aberta. Uma pela qual eu poderia fugir e encontrar minha família novamente. Eu só precisava achá-la.

Nas minhas andanças, encontrei uma sala com uma grande mesa de madeira escura no centro, cheia de pilhas de objetos brilhantes de prata. Quando me aproximei, vi uma mulher vestindo um uniforme igual ao que Sarah usava de manhã, movimentando-se alvoroçada para o outro lado, murmurando algo sobre o polimento. Intrigado, entrei.

A pilha de prataria sobre a mesa parecia um tesouro pirata daqueles filmes a que Jack adorava assistir quando era mais jovem, tudo brilhando à luz do sol que entrava pelas janelas. No topo de uma das pilhas, vi uma tigela de prata parecida com a que Sarah tinha nos servido o café da manhã. Inclinando minha cabeça para o lado, pensei.

Era improvável que ainda tivesse comida nela, certo? Mas seria uma bobagem não verificar. Quem sabe? Afinal, quando encontrar minha rota de fuga, precisarei de toda energia possível para chegar em casa. Um pouco de comida extra não seria mal nesse caso.

Saltando em uma cadeira próxima, apoiei as patas dianteiras na mesa e espiei a prataria. Ainda estava muito longe para eu conseguir ver se havia alguma comida me aguardando no topo da pilha de tesouros. Nos filmes de Jack, o tesouro sempre valeu o risco que se corre para consegui-lo. Achei que o mesmo se aplicaria ali.

Com uma rápida olhada ao redor para me certificar de que ninguém estava assistindo, subi em cima da mesa, e, com cautela, comecei a escalar a pilha, tentando alcançar a tigela no topo. Equilibrei-me cuidadosamente entre cada item, tentando distribuir bem meu peso. Só não contava que a prataria seria tão escorregadia. E barulhenta.

Quando cheguei a milímetros daquela tigela ardilosa, minha pata traseira escorregou em um prato logo abaixo e, de repente, tudo estava se movendo. Lutei com minhas garras contra os pratos e bandejas, mas não adiantou nada. Com um barulhão, a pilha de prataria que escalei foi ao chão, e eu, em seguida.

A tigela que eu tinha tentado alcançar caiu bem na minha cabeça.

Estava vazia.

– Mas que diabos! – Mais dois membros da equipe do Palácio vieram correndo para ver o que estava acontecendo, e decidi que era uma boa hora para sair em disparada. Passando por baixo das pernas deles, voltei por onde tinha entrado.

Talvez algum dos outros cães soubesse onde havia uma saída do Palácio. Eles pareciam tão ansiosos pela minha partida quanto eu para ir embora.

Claro, eu não tinha ideia de onde eles estavam, então não tive muita escolha a não ser voltar para a Sala dos Corgis e esperá-los.

Senti minhas patas pesando quando subi as escadas de volta. Eu mal tinha explorado uma parte inteira do Palácio, mas já sabia que havia muito mais naquele prédio do que seria possível ver em um dia.

Pelo menos, a porta da Sala dos Corgis estava aberta. Entrei e vi que estava sozinho. Fui para a minha cesta, me encolhi e esperei que um dos outros voltasse e me ajudasse a encontrar uma saída.

Mas enquanto eu estava lá deitado, outro pensamento terrível me ocorreu. Willow tinha dito que quando *Ela* voltasse – quem quer que *Ela* fosse, mas eu imaginava que tratava-se da Rainha – me atirariam de volta à rua na mesma hora em que vissem que eu não era o Monty. Por mim, tudo bem, pois eu poderia ir para casa.

Porém... Eu não sabia me localizar em Londres e certamente não conseguiria voltar para os Walker sem ajuda. Sabia que tínhamos vindo de trem, mas como poderia saber em qual? E, mesmo que soubesse, tinha certeza de que não me deixariam embarcar sem um humano.

Meu grande plano de fuga era uma furada, mesmo que eu conseguisse encontrar uma porta aberta.

Não, eu precisava tentar melhorar minha situação ali no Palácio até que Amy conseguisse me encontrar, se é que estava procurando por mim. E se não estivesse... Bem, eu era um cãozinho encantador. Talvez se fizesse amigos suficientes ali, eles me deixem ficar. O que significava que teria que conquistar Willow e os dorgis. Pouco provável.

Antes que eu pudesse pensar, uma sombra apareceu na entrada. Willow.

– Onde estão seus capangas? – perguntei, me levantando.

Willow balançou a cabeça.

– Não são capangas. São minha família.

– E eu não. Entendi.

– Você é... não é como nós – disse Willow, com mais diplomacia do que em qualquer outro momento. – Mas, pelo visto, vai ficar por um bom tempo.

– Acabou de descobrir isso? – eu disse, canalizando minha Sookie interior para dar o tom sarcástico perfeito.

– Escutei um dos criados falar – explicou Willow. – Aquele que segurou a porta perto da escada para a gente. Ele disse que o novo cão não parece estar se adaptando muito bem, e que talvez *Ela* devesse ter levado você.

– E?

– E eu achava que os humanos, assim como nós, iam notar sua falta de finesse e perceber que você não é Monty. Pelo visto, eu estava dando muito crédito a eles.

– Sarah não percebeu – ressaltei. – Por que acha que um criado, perceberia?

Provavelmente, o homem mal-humorado de ontem era um criado então. Parecia haver muitos deles pelo Palácio. Perguntei-me quais seriam seus trabalhos.

– Bem, ela é como você, não é? – Willow disse.

– Quer dizer novata?

– Quero dizer... uma estranha. Não nasceu para isso. Ainda não sabe como tudo funciona. – Willow entrou em sua própria cesta, dando algumas voltas antes de se acomodar. – Ela vai aprender, ou terá que ir embora.

E eu também, entendi a mensagem. Se quisesse ficar ali tempo suficiente para que os Walker me encontrassem, precisava me adequar, ou perceberiam que eu não era Monty. Precisava aprender mais sobre aquele lugar. E sabia muito bem quem poderia me ensinar.

– Então, me fale sobre Monty – eu disse e saltei em direção à cesta de Willow. Acomodei-me no tapete, sobre o qual ficava a sua cesta de vime, um pouco acima do chão. – E sobre este lugar. Como vocês têm um quarto particular? E por que as cestas não ficam no chão?

Todas perguntas válidas, pensei, e eu tinha muitas outras. Mas Willow me olhou como se eu fosse o cão mais estúpido do mundo. E ela provavelmente achava que eu era.

– Monty é o mais novo integrante da nossa matilha – disse Willow. – Ainda não o conhecemos bem, mas, tendo em vista seu pedigree e seus donos anteriores, tenho certeza de que ele vai se encaixar perfeitamente. Para começar, vai respeitar a hierarquia.

– Hierarquia? – Talvez eu fosse mesmo tão sem noção quanto Willow achava. Não tinha nem ideia do que aquela palavra significava.

– Claro. O cão que está aqui há mais tempo, eu, no caso, é o líder. A Rainha, por assim dizer. Os outros seguem na ordem em que chegaram.

– Então é Vulcan, Candy e depois eu – adivinhei. – Isso explica a ordem para servir o café da manhã e tudo mais. Ontem à noite, nem percebi.

– Bem, você estava atrasado – Willow disse. – Mais um ponto contra você. A pontualidade é uma virtude, especialmente no que diz respeito ao jantar.

Nisso a gente concordava.

– Então Monty também ficaria em último lugar na matilha?

Achei que fazia sentido. Sookie tinha um ano a mais com os Walker do que eu e sempre deixou claro que achava que também era a líder. Mas até aí, Sookie provavelmente acharia isso mesmo se eu estivesse lá anos antes dela. Sookie era assim.

Era estranho que eu estivesse começando a sentir saudade daquela velha gata malvada?

– Claro! Além disso, Monty não é um bicho de estimação *real*, sabe. – Willow se inclinou um pouco para fora de sua cesta, falando comigo como se me contasse uma informação secreta (por exemplo, onde guardavam as comidas ali).

– Ela decidiu há alguns anos que não precisava de mais animais de estimação; digo, é óbvio que éramos companhias suficientes para *Ela*, então por que precisaria de mais?

– Mas *Ela* pegou Monty.

– Sim. – Willow fez uma careta – Mas apenas porque tem um coração de ouro. Seu dono anterior era um amigo *Dela*, um conde, é claro, e, quando ele morreu, *Ela* se ofereceu para cuidar de Monty. *Ela* explicou tudo para nós primeiro, é claro.

– *Ela* parece ser gentil – eu disse. Nunca tinha pensado muito sobre a Rainha antes, mas, dado todo luxo com que tinha cercado seus cachorros, achei que deveria ser muito atenciosa.

– *Ela* é a humana, ou a dona, mais gentil com que qualquer cachorro pode sonhar – disse Willow com firmeza, como se me desafiando a duvidar.

Não duvidei.

– Sabe, foi a mãe *Dela* que estabeleceu nossa rotina.

– A mãe *Dela*?

– A Rainha-Mãe – Willow explicou, embora eu continuasse sem entender. – *Ela* reconheceu que temos qualidades superiores, como raça, suponho, e garantiu que os Cachorros Reais tivessem uma vida adequada ao seu status.

– Como as cestas elevadas?

– Para evitar correntes de ar.

– E suponho que vocês ganhem todo tipo de guloseimas e de mimos, certo? – eu disse, com esperança. Talvez conseguisse tirar algo de bom dessa aventura, afinal. – Restos das refeições da Rainha, gotas de chocolate canino, esse tipo de coisa?

– De modo algum! – Willow estava escandalizada. – Temos uma dieta muito rigorosa, desenvolvida especialmente para nós, pensando no nosso bem-estar. *Ela* nunca faria nada menos que isso.

Eu me encolhi. "Dieta rigorosa" não soava muito divertido, para ser sincero.

– Nada com que você esteja acostumado, é claro – disse Willow. – Suponho que deve... o quê? Caçar sua própria comida? Procurar nas latas de lixo, ou o que você faz?

Agora era a minha vez de ficar horrorizado.

– Claro que não! – Embora, na verdade… – Bem, não se eu não quiser.

– Então você *tem* um dono.

– Sim, claro que tenho. Eu disse hoje de manhã, os Walker.

Willow me olhou sem entender.

– Minha família. Jim, Amy, Jack e Claire.

Willow deu de ombros.

– Pensei que eram apenas como aqueles que vêm nos levar para passear quando *Ela* está ocupada.

– Eles são muito, muito mais do que isso – eu disse. – São como *Ela* é para você.

– Eu não iria tão longe – disse Willow.

– Eu iria.

– Hmm. – Ela me olhou atentamente por alguns segundos. – Suponho que queira voltar para eles, então.

– Quero muito. Passei a noite em claro imaginando o que eles estão fazendo sem mim. – E se Sookie já tinha roubado meu brinquedo favorito. – A última vez em que os vi, eles estavam em frente ao Palácio, antes de a gente… se separar. Passei o dia hoje procurando uma porta aberta lá para fora… Mas percebi que não sei para onde ir se encontrar uma. Então, decidi torcer para que Amy continue procurando por mim, e perceba que devo ter vindo parar aqui, e venha me buscar.

– O que significa que você terá que ficar tempo o suficiente para que isso aconteça – sorriu Willow.

– Exatamente.

Ela deu um suspiro canino.

– Bem, nesse caso, suponho que seria melhor instruir você sobre como fazemos as coisas por aqui. Tentar fazer você parar de destoar tanto.

– É mesmo tão óbvio que não sou daqui? – perguntei. Afinal, no fim das contas, um cachorro era um cachorro. Mas Willow riu.

– Claro! Só cães verdadeiramente *especiais* conseguem viver a vida de um bicho de estimação Real, sabe.

E, percebi que, aos olhos de Willow, eu não era nada especial.

Uma amostra de como ela não sabia de nada, inocente!

Mais tarde, quando chegou o jantar, eu estava preparado. E também morto de fome.

De maneira calma (e condescendente), Willow tinha me explicado como era um dia no Palácio, me passando um pouco de informações históricas no meio. Ela tinha prometido que no dia seguinte me levaria para me "adestrar corretamente" – uma frase da qual não gostei logo de cara. Afinal, os Walker já haviam me adestrado. Eu não precisava de nenhum corgi metido a besta me dizendo como fazer as coisas.

Mas então Willow tinha acrescentado:

– Se quer ser um animal de estimação Real, terá que aprender um estilo de vida totalmente novo, se é que você me entende. – Ela me examinou e suspirou. – Nunca tive que trabalhar com alguém tão cru antes, mas creio que consigo dar um jeito. Um bom professor deve ser capaz de instruir até mesmo o mais rude dos cachorros e, pelo menos, você é um corgi.

O único traço que tínhamos em comum. Nossa raça. Mas mesmo isso não parecia ser suficiente para satisfazer Willow. Percebi rapidamente que ela era uma esnobe. E o esnobismo também havia afetado os outros dois cachorros.

– Tão delicado da sua parte – murmurei. Bem, pelo menos seguir os outros cães para um lado e para outro talvez fosse mais divertido do que ser evitado e ignorado por eles. – Agora, por que não começa me falando sobre o jantar?

Eu já sabia sobre a ordem em que comeríamos, e agora entendi um pouco melhor o porquê.

– Normalmente, jantamos na sala de estar dela, e é *Ela* quem nos alimenta – explicou Willow. – Mas como está fora no momento, é por isso que temos a Sarah, tão incompetente, nos alimentando.

– Ela viaja muito? – perguntei.

– Sim – Willow respondeu. – Mas normalmente nos leva junto.

Dava para notar que aquela era uma questão espinhosa para os outros cães. Não estavam acostumados a ficar para trás, e a ideia de que o cão novo, Monty, tinha viajado com sua amada Rainha enquanto eles tinham ficado estava obviamente deixando os pelos deles eriçados.

Essa poderia ser a minha brecha, decidi. Uma oportunidade de fazer amizade. Eles também tinham sido deixados para trás, embora não de uma maneira tão espetacular quanto eu. Ainda assim, era a única coisa que tínhamos em comum. Eu só torcia para que fosse o suficiente.

Na hora do jantar, Sarah chegou, sorrindo de novo, embora seus olhos estivessem um pouco vermelhos.

– Como vai sua adaptação, Henry? – ela perguntou, inclinando-se para acariciar minha cabeça. Aninhei-me em sua mão, feliz pelo carinho. Nenhum dos outros cães tinha me deixado chegar perto o suficiente para tocá-los, e nenhum dos funcionários ou outros humanos que encontrei no meu passeio pelo Palácio quiseram chegar perto de mim. Era como se achassem que eu poderia mordê-los ou algo assim!

Mas Sarah não tinha essas preocupações. Fez um bom cafuné nas minhas orelhas e, quando rolei e fiquei de barriga para cima, ela até esfregou minha barriga. Desde que cheguei ao Palácio, não me sentia tão feliz. Por mais que os outros estivessem olhando com desaprovação, não me importei se estivesse violando outra regra.

Logo, houve uma batida na porta e Sarah disse:

– Hora de ir!

Fomos conduzidos pelo corredor até uma porta que, de acordo com Willow, levava à sala da Rainha. Sarah e um homem de uniforme estenderam um protetor plástico sobre o tapete e colocaram sobre ele as quatro tigelas de prata: três com nomes e uma sem.

– Está bem esticado, John? – perguntou Sarah. – Desculpe, é John mesmo, certo?

– É. – O homem ajeitou o plástico até que cobrisse perfeitamente o tapete, alinhado com a parede de ambos os lados. Percebi que não perguntou o nome dela. Candy e Vulcan provavelmente não aprovariam isso.

Mas, naquele momento, eu não estava preocupado com o protocolo. Já conseguia sentir o aroma de algo delicioso. *Coelho*, Sarah tinha dito. Mas o cheiro era ainda mais saboroso, mais robusto, do que qualquer outra comida de cachorro que eu já tivesse cheirado.

O homem, John, encheu as tigelas com a comida mais suculenta que eu já tinha visto. Só de olhar, minha boca encheu de água. Mas desde o começo eu sabia que não podia simplesmente me jogar ali e comer, ainda que quisesse muito fazer isso.

E se os outros comessem minha comida? Ou se levassem tanto tempo em suas próprias refeições que não sobrasse tempo para eu comer? Eu não me surpreenderia. Era o tipo de coisa que Sookie faria, e aqueles cachorros me lembravam muito a gata de Amy. (E não, não era um elogio).

Esses pensamentos inundavam minha mente e, por mais que tentasse resistir, não consegui me segurar: avancei desesperadamente para provar a deliciosa comida à minha frente.

– Ah-ah! – John disse, sério. – Em ordem, por favor.

Com o rabo entre as pernas, recuei, saliva praticamente pingando das mandíbulas. Dava para ouvir os outros cães murmurando palavras nada lisonjeiras sobre mim pelas minhas costas.

– Acho tanta maldade fazê-los esperar – disse Sarah, quando Willow avançou delicadamente para começar o banquete. – Eles parecem tão famintos.

John olhou para ela com desdém.

– Esses são os cachorros mais mimados e paparicados da Terra. Olhe só para eles. Comem melhor do que eu!

– Você não come aqui no Palácio? – perguntou Sarah, inocente. – Acho a comida que servem aqui maravilhosa.

– Essa não é a questão. A questão é… eles são cachorros, não príncipes e princesas. Eles têm suas cestas especiais elevadas, um menu preparado com exclusividade, todos os pratos feitos artesanalmente pelo *chef* com os melhores ingredientes. Eles vão para onde bem entendem no Palácio, sem ninguém para atrapalhar, mesmo quando deixam "algo" nos tapetes e alguém precisa limpar depois. E eles são escovados pela própria Rainha! Vá por mim. Não precisa ter pena desses cães.

– É, creio que não – disse Sarah, mas não parecia completamente convencida.

Com a tigela limpa a lambidas, Willow recuou, então o homem chamou Vulcan para se alimentar. Eu trocava de pata, impaciente.

– Você vai se acostumar – disse John a Sarah, de repente. – À vida aqui, quero dizer.

– Ou vou embora – ela disse. – Já me disseram isso.

– Não é um trabalho comum. – O homem deu de ombros – O trabalho aqui no Palácio. Algumas pessoas nascem para isso. Outras… não. – Ele a olhou de lado. – Claro, você tinha conexões na família, não é?

– Você quer dizer o meu padrinho – disse Sarah e suspirou.

– Mordomo no Castelo de Windsor, ouvi dizer. – John ergueu uma sobrancelha. – Deve ser mais fácil quando se tem alguém do lado de dentro.

– Pois fique sabendo que me candidatei para a vaga da mesma maneira que todos os outros. – Sarah parecia ofendida. – E trabalhei duro para conquistá-la.

John ergueu as mãos fingindo uma rendição.

– Está bem, está bem. Me desculpe, então.

Sarah suspirou de novo.

– Não, eu que peço desculpas. É só que…algumas das outras garotas vivem dizendo a mesma coisa. Como se eu nunca pudesse ser uma delas por causa do meu padrinho.

– Eu não me preocuparia com elas – disse John, com desdém. – Elas vão superar isso.

– Talvez – disse Sarah, mas não havia muita convicção em sua voz.

Finalmente, depois de Vulcan e Candy, foi a minha vez de comer. Esperei, ofegante, pelo sinal de John, então mergulhei na minha tigela. Não estava nem aí para boas maneiras ou protocolos. Eu estava faminto!

Mas valeu a pena esperar por aquela comida. Suculenta, saborosa, com um molho diferente de tudo que eu já tinha provado. Enquanto saboreava minha última porção, lembrei-me de que Willow disse que a Rainha guardava consigo aquela receita secreta.

Não era de admirar que todos fossem encantados por *Ela*. Tudo fazia sentido agora.

Recuei da tigela vazia, sabendo que não haveria mais. John poderia achar que éramos mimados, mas eu daria uma pata por um biscoito de chocolate canino naquele momento.

Enquanto John e Sarah recolhiam o protetor de plástico e pegavam as tigelas para serem lavadas, os outros cães voltaram para o nosso cômodo para uma soneca pós-refeição. Fui atrás deles, sem saber o que mais poderia fazer.

– Vejo vocês amanhã – Sarah disse.

Olhei para trás e vi John revirando os olhos para Sarah, mas ela não pareceu notar.

Naquela noite, enquanto me aconchegava na minha cesta confortável e livre de correntes de ar, ouvindo os outros cães roncando e fungando, tive uma ideia.

Willow poderia até ter passado algum tempo me explicando as rotinas do Palácio, mas eu não tinha a menor ilusão de que ela realmente me queria lá. E Candy e Vulcan eram ainda piores. Mas eles não eram minhas únicas opções.

Se os cães do Palácio ainda não queriam ser meus amigos, eu teria que fazer amizade com os humanos. Começando com Sarah.

Talvez *Ela* pudesse me ajudar a voltar para casa e encontrar minha família.

AMY

— Não, eu entendo. Obrigada pela atenção.

Amy esfregou a testa e desligou o telefone, certa de que o policial do outro lado da linha achava que ela era uma completa idiota. É claro que ela entendia que Londres era uma cidade grande e que encontrar um cachorro pequeno era uma tarefa quase impossível. Mas os fatos não impediam que ela tivesse esperança.

O que ela não conseguiu explicar para o policial – que provavelmente também não se importaria, ainda que ela conseguisse encontrar as palavras certas – era que Henry não era só mais um cachorro comum em uma cidade cheia deles. Ele era especial. Importante.

Como ela poderia fazer as autoridades entenderem como a casa ficava vazia sem Henry? Como Claire tinha chorado até dormir mais uma vez na noite passada, mas sem seu amigo peludo para confortá-la. Como Jack tinha ficado completamente calado e parado de encher a lava-louças agora que Henry não estava lá para lamber os pratos. Como estava fria e solitária a cama de Amy naquela manhã, quando não havia um pequeno nariz úmido cutucando seu pescoço, querendo café da manhã.

Amy olhou para o gancho onde a guia de Henry estava pendurada, sem uso e desnecessária.

Como nunca tinha percebido o tamanho do buraco que a ausência de Henry deixaria em suas vidas? Até aqueles dias... quando já era tarde demais.

O aparelho em sua mão fez um som, e ela sentou-se na escada para ouvir a mensagem de voz, deixada quando estava ao telefone com qualquer uma das várias autoridades da Grande Londres com quem esteve conversando ao longo do dia.

Talvez, apenas talvez, uma delas estivesse ligando para dizer que finalmente tinham encontrado Henry.

Ela fez uma careta automaticamente quando ouviu a voz de Jim. Uma das partes mais difíceis sobre se concentrar no futuro era a maneira como o passado continuava se intrometendo em seus esforços.

Oi, Amy. Eh... olha, sobre o Natal. Sei que combinamos que eu ficaria com as crianças no dia 26, no Boxing Day, mas uma amiga da Bonnie tem uma casa incrível nos Alpes e nos convidou para passar o Natal por lá, esquiando. Imaginei que não se importaria – sei como adora o Natal em casa com as crianças, então, na verdade, está tudo certo, né? De qualquer forma, pensei em visitar as crianças na terça à noite. Dar os presentes e tudo mais. Ok? Certo, até mais então.

E assim, todos os seus planos foram deixados de lado, ignorados, e Jim tinha decidido que ela concordava com tudo. Sério, era como se continuassem casados.

Oh. Um pensamento a invadiu quando percebeu: estava feliz por não serem mais casados. Quando Jim foi embora, ela tinha ficado perturbada, imaginando como faria para viver sem o homem que ela pensava ser seu parceiro para o resto da vida.

De alguma forma, nas últimas seis semanas, tinha percebido que ficar sozinha era muito melhor do que estar com alguém que não queria estar com ela.

Sua vida agora estava em aberto, seu futuro ainda seria escrito.

A não ser pelo fato de que seu *ex* faria uma visita na terça.

Com um golpe na tela do celular, Amy apagou a mensagem e suspirou. O futuro viria depois. Primeiro, precisava preparar os filhos para a notícia de que não veriam o pai no Natal e que o veriam na terça-feira.

Não sabia qual das duas era pior.

Suspirando, checou as horas. Cedo demais para um vinho.

– Crianças? – ela chamou, em direção ao andar de cima, esperando o estrondo dos passos no chão ou um grito para dizer que tinham ouvido. – Podem vir aqui um minuto?

Melhor acabar logo com aquilo. Como tirar um esparadrapo. Ou uma depilação com cera bem dolorosa.

– Encontraram o Henry? – Claire perguntou, descendo as escadas. – Ele está vindo para casa?

Amy estremeceu.

– Não, querida, sinto muito. Acabei de falar com as autoridades responsáveis novamente e ainda não há sinal dele.

A expressão no rosto de Claire murchou, seus olhos azuis arregalados e tristes. Amy passou um braço em volta de seus ombros, puxando-a para perto. Com Claire no segundo degrau e Amy no chão, Claire ficava quase da altura da mãe.

Não vai demorar para ela crescer e ir embora também, Amy percebeu. Jack iria para a universidade em setembro – isto é, se ele desse o braço a torcer e voltasse ao trabalho. Desde a saída de Jim, sua dedicação às lições vinha sendo, para dizer o mínimo, inconstante.

Algo a mais para se preocupar.

Jack apareceu no topo da escada, com a carranca habitual.

– Qual é o problema?

– Não há problema – Amy disse, com tanta firmeza quanto conseguiu. – É só...Você pode vir aqui um minuto?

Jack revirou os olhos, mas obedeceu. Amy levou-os até a cozinha, o braço ainda em volta dos ombros de Claire. Ela não tinha tortinhas em algum lugar? As conversas sempre corriam melhor acompanhada de algo doce para comer.

Enquanto ela procurava no armário, Jack e Claire se acomodaram na mesa da cozinha. Amy olhou para eles e sorriu. Era quase como quando eles eram pequenos. Jack fazendo a lição de casa na mesa enquanto Claire se sentava perto para colorir ou colar adesivos, perguntando em quanto tempo ela também teria lição de casa para fazer. Claro que, quando isso começou a acontecer, a novidade logo perdeu a graça.

Mas, naqueles dias, os três na cozinha, as crianças ocupadas enquanto ela cozinhava, esperando Jim chegar em casa do trabalho, Henry latindo para ganhar petiscos...

Amy pegou a caixa de tortinhas e bateu a porta do armário.

Agora os tempos eram outros. Precisava se lembrar disso. Mesmo que ainda tivesse esperança de que Henry voltasse para casa em breve, para implorar pelos seus petiscos.

– O pai de vocês ligou – disse Amy, indiferente. Ela colocou as tortinhas em dois pratos, adicionou um pouco do creme que estava na geladeira e os entregou a Jack e Claire.

Jack não olhou em seus olhos ao pegar o prato.

– E aí? – ele perguntou, na metade da primeira mordida, espalhando migalhas por toda parte.

– Eh... Há algumas mudanças nos planos para o Natal.

– Tipo o quê? Nenhum presente? – Claire olhou para cima, alarmada.

Claro que essa era sua maior preocupação. Amy suspirou.

– Tenho certeza de que haverá presentes. Na verdade, você vai até ganhar mais cedo os que o seu pai vai dar. Ele vem na terça-feira.

– Ótimo! – Se Claire estava mais feliz por ver o pai ou pela perspectiva de ganhar os presentes, Amy não sabia. Jack, por sua vez, claramente não estava feliz.

– Não quero me encontrar com ele. Já teremos que ir para lá no dia 26. Não é ruim o suficiente?

Bem, ao menos ele ficaria feliz por uma parte da notícia.

– Na verdade, houve uma pequena mudança nisso também. Seu pai vai viajar para esquiar no Natal, então vamos ficar mais um tempinho juntos antes de irem passar um período com ele. – E Bonnie, ela supunha. Não que ela e Jim tivessem conversado sobre isso.

Mas essa conversa ia acontecer, Amy sabia. E em breve.

– Maravilha! Vou sair na terça e aí não preciso me encontrar com ele. Perfeito.

Jack enfiou a última metade de torta na boca.

– Jack... – Amy começou, mas Claire falou por cima dela.

– Então, não vamos ver o papai no Natal?

– Você o verá na terça – disse Amy, alegremente. – Na verdade, podemos embrulhar os presentes dele hoje à noite e deixá-los prontos para entregar. Vamos colocar um filme de Natal e entrar no clima natalino...

– Você já contou a ele sobre Henry? – perguntou Jack.

Amy estremeceu.

– Não falei com ele. Ele deixou uma mensagem no meu celular.

– Então você também não queria falar com ele – disse Jack, astutamente. – Como pode me obrigar a ver o papai se você também não quer?

Ela não tinha uma boa resposta, não mesmo. Apenas mil emoções que golpeavam seu coração, nenhuma das quais ela conseguia expressar em palavras.

Então, em vez de argumentar, ela disse outra coisa verdadeira.

– Ainda tenho esperança de que Henry esteja aqui quando seu pai vier.

– Eu também – disse Claire, bem baixinho.

Jack desviou o olhar e Amy viu seu pomo de adão mover-se com força quando ele engoliu em seco e disse:

– Sim. Eu também.

Oh, Henry, Amy pensou. *Onde está você esta noite?*

3º DIA

Segunda, 16 de dezembro

HENRY

Na manhã seguinte, acordei de um sono profundo, despertando de meus sonhos caninos em que perseguia coelhos, entre poças de molho. Os outros cães já estavam acordados, então me apressei para me colocar ao lado de Willow.

– E então? – perguntei, cutucando a lateral de seu corpo para chamar sua atenção. Ainda que eles não fossem os cães mais amistosos, eu não estava pronto para desistir de encontrar aliados que pelo menos me entendiam naquele Palácio. – Qual é o plano? Você disse que me deixaria participar da rotina dos cachorros palacianos hoje, certo?

Suspirando, Willow virou-se lentamente para mim.

– Certo. Mas, francamente, sem a presença *Dela*, trata-se de uma pálida imitação da rotina verdadeira.

– Bom, nunca passei um dia com Sua Majestade, então duvido que notarei a diferença.

Eu estava tão animado por ser incluído. Tinha passado o dia anterior inteiro imaginando o que os outros cães estariam fazendo, que aventuras estariam vivendo. Será que tinham passado algum tempo caçando coelhos no jardim? Ou provando o molho? Será que havia deveres dos *Cães Reais* sobre os quais eu não tinha ideia, como saudar convidados importantes? Ou refeições especiais que eu tinha perdido, como o chá da tarde com Papai Noel, a que Amy levou Claire quando ela era pequena?

Eu queria saber tudo.

– Primeiro, tomamos café da manhã – disse Willow, virando-se novamente. – Acredito que se lembre de como funciona?

Eu me lembrava e, naquela manhã, quando uma nova criada veio nos alimentar, esperei pacientemente minha vez de comer. Não queria dar a Willow mais uma desculpa para me isolar de novo.

– E agora? – perguntei, no momento em que a criada se retirou.

Willow, Candy e Vulcan trocaram olhares aborrecidos.

– Você vai ficar assim o dia todo? – perguntou Vulcan.

– Assim como?

– Empolgado desse jeito vulgar – respondeu Willow. – E... sim, eu suspeito que vá ficar assim o dia todo.

Candy revirou os olhos.

– Não é adequado, entende, ficar tão empolgado assim com a rotina aqui no Palácio. Antes de mais nada, você deveria estar acostumado a esse tipo de vida, lembra?

– Ah, sim, entendo. – Acho que Candy tinha razão. Eu queria me encaixar ali bem o suficiente para que nenhum humano notasse que eu era de fora, ao menos até que Amy conseguisse me encontrar. – E então? Eu meio que ando por aí com um ar superior?

Vulcan riu. *Que desnecess*ário, pensei.

Willow, no entanto, decidiu continuar me instruindo.

– Logo será a hora da nossa caminhada matinal – disse ela. – Esperamos aqui e alguém virá nos buscar em breve.

Esperar. Uma das coisas que menos gosto de fazer. Pelo menos, uma caminhada seria divertida, então me sentei até que um criado apareceu com quatro guias... e o que pareciam ser casacos.

– Está frio lá fora – ele disse, enquanto vestia Willow e depois Vulcan com seus casacos. Lembrei de Claire obrigando Sookie ou eu a usarmos roupas para ela gravar vídeos e publicar on-line.

E não aprovei.

– Temos que usar esses casacos ridículos? – sussurrei para Candy, mas ela deu de ombros.

– É inverno. Eles nos mantêm aquecidos lá fora.

– Prefiro me aquecer correndo – falei.

Mas, pelo visto, meu destino estava selado. Logo me vi nos jardins do Palácio novamente, desta vez vestindo um casaco estúpido.

– Vamos lá, sejam rápidos – disse o criado, tremendo de frio, enquanto nos conduzia pelo caminho do jardim.

Eu tinha esperança de ter outra chance de explorar os jardins, de correr livre e mergulhar meu nariz em cada um dos cheiros interessantes que encontrasse. Em vez disso, os outros cães se mantiveram estritamente no caminho e foram para a grama só para se aliviarem. Em um piscar de olhos, estávamos de volta às portas do Palácio.

– É só isso? – perguntei.

Willow olhou para mim como se eu fosse louco.

– Está frio. Claro que não queremos ficar lá fora por muito tempo.

Pela janela, olhei ansiosamente para os jardins. Todos aqueles pombos que eu poderia ter perseguido. Todos aqueles cheiros fascinantes que não senti. Era um desperdício.

Talvez a próxima parte da agenda dos corgis fosse mais interessante.

– Então, o que vem agora? – Subi as escadas ao lado de Candy. Ela parecia ser a mais relaxada dos três, até agora. Willow só queria se assegurar de que eu faria tudo do jeito que *ela* achava que deveria ser feito, e Vulcan só queria se livrar de mim o mais rápido possível. Mas Candy, embora seguisse os outros dois, parecia um pouco mais amistosa. E eu precisava de alguém amistoso.

– Agora? – Candy pareceu surpresa. – Bem, normalmente ficamos com *Ela* enquanto cuida de seus negócios, fazendo-lhe companhia em seu escritório, ou acompanhando-a a reuniões e compromissos. Na parte da tarde, tomamos chá com *Ela* e às vezes até ganhamos alguns bolinhos. Então *Ela* nos escova, ou passeia conosco de novo antes do jantar. Esse tipo de coisa.

Candy parecia estar esquecendo de um detalhe bem importante.

– Mas *Ela* não está aqui.

– Não – concordou Candy, soando desamparada. – Não está.

Pensei em Amy, Jack e Claire – entendia como Candy se sentia, mas não queria que ficasse triste, então dei uma cutucada nela.

– O que você faz quando *Ela* não está aqui?

Willow, passando por nós na escada, respondeu:

– Nós nos comportamos da maneira que *Ela* espera que nos comportemos.

– Mas fazendo o quê? – perguntei, seguindo-a até a Sala dos Corgis.

A resposta, pelo visto, era "nada".

Sem a Rainha no Palácio, os cães não sabiam o que fazer.

– Você poderia me levar em um tour de verdade pelo Palácio – sugeri.

Willow sacudiu a cabeça.

– Depois de um tempo, tudo parece a mesma coisa.

– Bem, poderíamos ir até as cozinhas. Tentar descobrir a receita daquele molho maravilhoso que nos serviram no jantar.

Definitivamente levaria para casa essa lembrança do Palácio.

– Por que faríamos isso? – Vulcan me olhou com desdém. – Eles já fazem e trazem a comida para nós. Por que diabos nós precisamos saber como é feita?

– Tá bom – respondi.

Suspirando, me afundei entre minhas patas e observei os outros se aconchegarem em suas cestas, aparentemente prontos para uma soneca. Tinha pensado que hoje seria um dia bem mais legal do que aquilo. Bem, se quisesse me divertir, teria que cuidar disso sozinho.

– Aonde você vai? – perguntou Willow, sonolenta, quando passei por sua cesta.

– Ontem à noite, aquele criado disse que estamos autorizados a ir aonde quisermos no Palácio, certo?

Willow fez que sim.

– Certo.

– Então tá – eu disse, levantando o nariz para respirar o ar do lado de fora da sala. – Vou para todos os cantos. Quero explorar cada centímetro deste Palácio, encontrar todos os seus segredos e procurar aventuras!

Vulcan bufou, deselegante. Eu o ignorei.

– Quem vem comigo? – perguntei, direcionando minhas palavras para Candy. Se algum deles estivesse disposto a embarcar em uma aventura comigo, esse alguém era Candy, a dorgi.

Mas Candy olhou para Vulcan e Willow, os dois revirando os olhos, depois voltando para mim. Ela encolheu os ombros, como que para se desculpar, e se sentou em sua cesta.

– Tudo bem. – Eu poderia me aventurar por conta própria. – Não esperem por mim.

Com isso, saí rumo aos corredores do Palácio, um intrépido explorador. Eu não voltaria até que conhecesse cada um dos aposentos. (Ou até a hora da refeição. O que viesse primeiro.)

Claro, quando fiz o meu plano, não tinha noção do quanto do Palácio realmente ainda havia para ver. As partes que eu conhecia até então eram, aparentemente, apenas o começo – o topo da toca do coelho, por assim dizer. (Buracos de coelho são interessantes até você perceber que são muito mais profundos do que parecem, e que os coelhos estão sempre fora de alcance. Claro, nesse momento seu focinho já está bem entalado, e Sookie está rolando de rir no gramado ao lado.)

Atravessei corredor após corredor e cômodo gigante após cômodo gigante, todos ricamente decorados com enormes pinturas nas paredes, com molduras douradas. E, em todo lugar, havia enfeites de Natal, cintilando na luz do inverno como flocos de neve.

Vi algumas pessoas – a maioria homens usando o mesmo uniforme que John, na noite anterior, e que o homem mal-humorado. Tentei me aproximar de alguns deles na esperança de fazer amigos, mas na maior parte das vezes eles se afastaram e praguejaram quando cheguei perto. Pelo menos, aprendi algumas novas palavras. (Dava para adivinhar o significado delas com bastante facilidade!)

O engraçado era que todas as vezes, depois de me xingarem, os homens olhavam ao redor, como se quisessem ter certeza de que ninguém tinha assistido àquela cena.

Em um cômodo bem comprido, repleto de enormes quadros pendurados no alto das paredes vermelhas, encontrei outras pessoas – um menino pequeno de cabelos loiros, andando de triciclo sobre os tapetes macios e claros, e sua irmãzinha que vinha engatinhando atrás, tentando acompanhar. Na outra ponta, a mãe deles estava rindo, os cabelos escuros emoldurando seu rosto bonito.

Pareciam uma família legal. Me perguntei se precisariam de um bichinho de estimação, caso os Walker nunca viessem me buscar.

Mas então o menino no triciclo veio correndo em minha direção e eu tomei um susto e, para evitar ser esmagado, corri para uma porta que me levou a outra sala.

Aquele cômodo era ainda mais magnífico do que os que eu tinha visto antes. Revestido de vermelho e creme, tudo era extravagante, grande e feito para impressionar. Enormes lustres de cristal com velas brancas pendiam do teto ao longo do comprimento da sala em ambos os lados. No meio, havia mais um, gigantesco.

No outro extremo, havia três degraus vermelhos atapetados que levavam a uma plataforma elevada – com duas luxuosas cadeiras estofadas em veludo vermelho, pernas douradas e bordados dourados no encosto. Por trás das cortinas pendia uma outra cortina de veludo vermelho escuro. Olhei em volta. Ninguém parecia estar olhando, e aquelas cadeiras pareciam particularmente confortáveis...

Willow tinha dito que poderíamos ir a qualquer lugar. Certamente isso incluía o mobiliário, não?

Subi os degraus, minhas patas um pouco doloridas por causa de toda a minha aventura. Com certeza ninguém se importaria se eu descansasse um pouco em uma das grandes cadeiras...

Estava quase dormindo quando ouvi uma risada divertida vinda da porta. Abri um olho para ver um homem ruivo de pé no outro lado da sala.

– Vovó deixa mesmo os cachorros dominarem esse lugar, não é?

Funguei, concordando, e caí no sono.

Quando acordei da minha soneca não planejada, meu estômago roncava. Saltando da cadeira, saí de novo – dessa vez, seguindo o meu faro, na direção a um pouco de comida. O criado John tinha dito que toda a comida de cachorro era preparada nas cozinhas – incluindo aquele molho fabuloso. Aquele Palácio poderia ter um monte de cômodos diferentes – como a Sala da Grande Cadeira ou a Sala de Pintura, sem falar na Sala dos Corgis – mas até eu sabia como era uma cozinha. Tudo o que precisava fazer era encontrá-la.

Felizmente, os corgis possuem um olfato excepcionalmente apurado. Mesmo em um Palácio daquele tamanho, eu poderia encontrar um rastro de aroma a seguir. (O cheiro do coelho da noite anterior foi bastante memorável.)

Meu faro me conduziu por uma escada diferente da que usei antes, pelo menos duas vezes maior. Era tão grandiosa quanto a Sala da Grande Cadeira.

De onde eu estava, conseguia ver, admirado, que as escadas se dividiam em duas, cada lance descendo em curva para um lado. O corrimão era sinuoso, com ornamentos dourados, e o carpete, é claro, era vermelho. E havia mais pinturas enormes de pessoas. Eu me perguntava se todas aquelas pessoas viviam ali – e onde estavam. Havia quartos suficientes no Palácio para todos eles, com certeza.

Ponderei sobre a questão enquanto descia as escadas, ainda perseguindo o delicioso aroma de comida. Talvez fossem todas as pessoas que viveram aqui ao longo dos anos. A família da Rainha, supus. Como todas as fotos que Amy havia pendurado na parede das escadas em nossa casa.

Eu ainda estava pensando em Amy e na *minha* família quando entrei em outra sala enorme e parei, olhando fixamente.

Ali, em ambos os lados de outro pequeno lance de escadas e no topo dos degraus, havia três enormes árvores de Natal – da altura de pelo menos quinze cachorros – todas decoradas com luzes brilhantes e minúsculas coroas vermelhas e douradas.

Me aproximei da árvore mais próxima e inclinei a cabeça para admirá-la.

Quase todo ano, Jim saía com Jack e Claire algumas semanas antes do Natal, enquanto Amy ficava preparando tortinhas para quando voltassem. Eles sempre retornavam com um enorme pinheiro verde para colocar na sala, e eu dançava em torno de seus pés enquanto Jim desenrolava fios de lâmpadas e Claire comia muitas tortinhas.

Mas mesmo a maior das árvores não chegava aos pés daquelas três.

Neste ano, Amy havia comprado uma árvore artificial no supermercado, junto com algumas caixas de tortas. Jack se recusou a ajudar a decorar, e Claire declarou que não gostava daquelas tortinhas, então, quando viemos para Londres naquele dia, a árvore ainda estava na caixa.

Olhei com mais atenção para cima e vi outra coisa – um monte de folhas verdes com frutos brancos. Azevinho. No Natal, Amy sempre pendurava um monte delas na porta da frente, e Jim sempre a beijava sob as folhas, toda vez que saía ou voltava para casa.

Quando pararam de fazer isso? Foi no ano passado? No ano anterior? Eu não conseguia lembrar.

Mais uma vez, imaginei como estavam se virando sem mim. Torci para que estivessem melhor sem mim do que eu sem eles. Não, eu não ia ficar triste. Eu ia explorar. Viver aventuras. E, além disso, o cheiro do pinheiro estava bloqueando o aroma que vinha das cozinhas, então retomei minha trilha em busca de comida. Nada justifica um estômago vazio.

AMY

Na segunda de manhã, a vida voltou ao normal – ou tão normal quanto poderia ser naqueles dias, sem Jim e sem Henry. Amy começou o dia acordando com o apito do alarme do relógio e procurando pelo interruptor para acender a luz. Então, lembrou-se de que Henry não estava lá para fazer sua caminhada matinal.

Desmoronou de volta na cama e tentou se sentir grata pela meia hora extra de sono. Mas não era tão bom quanto ter um companheiro peludo para alegrar sua manhã.

Era a última semana do período letivo, o que significava que haveria corais de Natal, provas finais, os famigerados amigos secretos e o que pareciam ser pedidos intermináveis de contribuições em dinheiro, comida ou bebidas por parte da escola. Saindo do quarto vinte minutos depois, Amy tropeçou em Sookie a caminho do banheiro, e precisou morder a própria língua para não soltar um palavrão. Bem alto.

Ao menos alguém parecia estar aproveitando ao máximo aquela casa sem cachorro. Quando Henry estava em casa, Sookie saia do seu caminho para evitá-lo. Agora, a gata parecia querer ficar por perto o tempo todo.

– Acho que ela está sentindo falta do Henry – disse Claire, curvando-se para acariciar a gata, em vez de colocar o casaco e ficar pronta para ir para a escola.

– Acho que ela está adorando – respondeu Jack. – Deve estar feliz por ser o único animal de estimação aqui.

– Acho que está frio lá fora e ela gosta de ficar perto dos aquecedores – disse Amy. – E nós precisamos ir, então, vocês dois, tratem de se apressar!

Pouco depois, estavam prontos para ir, e Amy teve o prazer de costurar o caminho pelo trânsito para deixá-los em duas escolas diferentes: a escola secundária local de Claire, e o curso preparatório de Jack.

Com as crianças em segurança, um na escola e o outro na faculdade, onde ela esperava que Jack assistiria a todas as aulas pela primeira vez, Amy correu para a clínica onde trabalhava e se preparou para tentar vencer mais um dia. O único problema era que concentrar-se nos pacientes que tentava ajudar estava ficando cada vez mais difícil à medida que o primeiro intervalo se aproximava.

Ela precisava ligar para Jim. Sabia disso. Precisava contar a ele sobre Henry. E tinha que fazer isso antes que ele chegasse em casa na noite seguinte e percebesse que o cachorro não estava lá. Claro que tinha umas poucas e boas que gostaria de dizer para Jim, mas isso poderia esperar até que tivessem lidado com a crise do momento.

– Amy? Tem um minuto?

O Dr. Fitzgerald apareceu à sua porta, entre um paciente e outro. Ele sempre parecia um pouco amarrotado, Amy pensou, como um professor meio distraído e desatento. Mas havia participado com ele de reuniões com alguns pacientes, e sabia que era muito atento quando se tratava de questões médicas. Melhor ainda, os pacientes gostavam e confiavam nele. Isso era o mais importante.

– Claro. – Amy virou a cadeira em que estava sentada para ele. – O que foi, doutor?

– Por favor, me chame de Luke. – Ele acenou, de leve, com uma folha de papel para ela. – Acabei ficando responsável por reservar a mesa para o jantar de Natal da clínica.

– Privilégio do novato. – Amy sorriu.

– E sem dúvida estou muito honrado – disse Luke, com uma pontinha de sarcasmo. – Você vai, né?

– Ainda não tenho certeza… – Amy fez uma careta.

– Ah, vamos lá. Por favor? Por mim? Se este jantar for um fracasso, provavelmente vou ter que pedir as contas e procurar emprego em outra clínica, só para conseguir superar a vergonha. E eu gosto daqui. Meu apartamento fica a cinco minutos a pé e, além do mais, Daisy adora explorar o parque do outro lado da rua.

– Daisy é a sua dálmata? – perguntou Amy. – Vi você passeando com ela algumas vezes quando saí com Henry no horário de almoço. Ela é maravilhosa.

– Obrigado. E Henry... É um corgi, certo?

– Certo. – O sorriso de Amy se apagou. – Na verdade... Ele está desaparecido no momento. Nós o levamos para Londres no sábado e ele fugiu.

A expressão de Luke se modificou.

– Ah, Amy! Sinto muito. Posso fazer alguma coisa para ajudar? Pregar cartazes nas ruas, fazer ligações, qualquer coisa.

– Você é muito gentil. – Amy sentiu as lágrimas ardendo em seus olhos. Havia muito tempo que ninguém não era tão legal com ela.

– Sei quanto dói perder um animal de estimação que você ama – ele disse. – Quando me divorciei... minha mulher ficou com o cachorro. Foi quando adotei Daisy. Mas, por mais que eu a ame, não é uma substituição para o cachorro que perdi. Então, de verdade, se tiver algo que eu possa fazer, é só pedir.

– Obrigada.

– E vou confirmar sua presença no jantar de Natal – disse Luke, saindo da sala para deixar entrar uma mãe com um bebê. – Você precisa de algo divertido para se distrair!

Como ela poderia discordar?

Dez minutos depois, Amy se despediu de um bebê de olhos vermelhos que tinha acabado de levar algumas injeções (e da mãe, de olhos marejados, que havia assistido e segurado o filho). Depois que eles saíram, Amy checou na recepção para ter certeza de que teria um intervalo e poderia ligar para Jim. Tentou fingir que não estava torcendo para precisar atender outro paciente ou surgir alguma emergência que a impedisse de fazer a ligação. Mas não havia ninguém.

Com um suspiro, voltou para sua mesa e olhou para o celular. Precisava contar para ele. E, quer saber, que direito ele tinha de ficar bravo? Ela podia ter perdido o cachorro deles, mas Jim abandonou toda a família antes. Ela nunca teria levado todos a Londres se Jim não tivesse ido embora para viver com Bonnie.

O que significava que, na verdade, aquilo era culpa de Jim. Assim como tudo o mais que parecia estar dando errado em sua vida naquele momento. Esse pensamento tornou muito mais fácil apertar os botões e fazer a ligação.

– Amy? – A voz de Jim era a mesma de sempre, quando ela ligava no trabalho: impaciente e levemente irritada. – É alguma coisa importante? Só…

– Sim – ela disse rapidamente. Se deixasse aquela conversa para depois, só pioraria. – É importante.

Jim deu um longo suspiro.

– É dinheiro? Ou as crianças? É…

– É o Henry. Ele está desaparecido. – Sentiu o coração se apertar novamente quando disse aquilo em voz alta.

– Amy, você não consegue resolver isso? Eu realmente não tenho tempo…

– E eu tenho? Já estou cuidando de tudo o que você deixou para trás, se você não se lembra...

Jim ficou em silêncio por um momento. Então, disse:

– Você procurou no quintal do vizinho? Você sabe que ele ama caçar esquilos lá.

– Nós o perdemos em Londres. No sábado.

– Em Londres? Por que diabos você o levou a Londres?

Porque eu estava tentando fazer o Natal ser especial novamente. Porque estou fazendo tudo sozinha e a culpa é sua. Porque Henry também merecia um passeio – porque ele é mais parte dessa família do que você hoje em dia.

Amy respirou fundo e preferiu não verbalizar aqueles pensamentos.

– Isso não tem importância agora. O que importa é trazê-lo de volta.

– Certo. Certo, claro. Ok. – Jim suspirou. – O que você já fez até agora?

Feliz por estar de volta em uma conversa mais firme e realista, Amy explicou todos os passos que tinha dado para tentar encontrar Henry, e como nenhum deles havia funcionado.

– Ok, então você tomou todas as providências óbvias – admitiu Jim. – Isso significa que precisamos pensar em algo novo. Algo inovador.

– Ótimo – ela disse sem alterar o tom, fazendo um esforço para não responder a indireta de que ela tinha feito apenas o básico. – Alguma ideia?

– Ainda não. – Jim suspirou. – Como as crianças estão lidando com isso?

– Não muito bem – admitiu Amy. – Você sabe o quanto amam esse cachorro.

– Sim.

A porta do escritório que Amy estava usando foi aberta e Shireen, a recepcionista, enfiou a cabeça para dentro.

– Desculpe – ela sussurrou, com uma cara muito constrangida enquanto apontava para o telefone. – Mas Lacey acabou de ligar para dizer que está doente, gastroenterite, então ela deve tirar uns dias de licença. Será que poderia cobrir os horários da noite amanhã?

Três meses antes, Amy teria dito "deixe-me ligar para meu marido, mas tenho certeza de que poderei sim". Agora, trabalhar até tarde tinha se tornado um pesadelo logístico – e Shireen sabia disso, o que provavelmente era a razão por ela parecer tão culpada ao pedir. Amy suspirou. Sabia que a amiga não teria perguntado se não estivesse desesperada. Pareciam estar sempre com poucos funcionários na clínica, e Shireen era a pessoa que ficava tentando fazer tudo funcionar.

Muito parecida com Amy em sua própria casa.

– Deixe eu te falar – disse Jim, alheio ao novo dilema de Amy. – Estou fazendo um curso que vai terminar mais cedo amanhã. Vou chegar antes do planejado, estarei lá quando Claire voltar da escola e também quando Jack chegar. Talvez eles tenham algumas ideias para resgatar Henry e a gente possa pensar nelas em conjunto.

– Tem certeza? – perguntou Amy. – Eles precisam que eu trabalhe até mais tarde amanhã. Se puder ficar com Claire pelo menos até Jack chegar em casa...

– Sem problema – disse Jim com firmeza. Então, mais baixo: – Na verdade, seria muito bom ficar mais tempo com Jack e Claire.

Amy sorriu, um pouco tristonha, e, com a cabeça, fez que sim para Shireen, que lhe respondeu com um sinal de gratidão.

– Ótimo – disse Amy. – Então, nos vemos amanhã.

– Isso. Até amanhã.

– Tchau.

Só depois de desligar, Amy se deu conta de que tinha se esquecido de avisar a Jim que seu filho talvez não ficasse tão feliz em vê-lo.

Bom, ele descobriria isso sozinho em breve.

HENRY

Embora o *chef* do Palácio preparasse todo dia as refeições mais deliciosas que um cachorro poderia comer, ele na verdade não era fã de corgis. Pelo menos, não de mim.

Tudo o que fiz foi enfiar o nariz pela porta e farejar, absorvendo todos aqueles deliciosos aromas. E, tudo bem, posso ter me esgueirado pelo chão procurando alguns restos. E talvez eu tenha insistido muito em subir até o balcão para ter uma ideia do que cheirava tão bem na frigideira. E talvez – apenas talvez – minhas perninhas não estivessem à altura da tarefa, e eu posso ter derrubado alguns utensílios no chão ao tentar me levantar.

Ainda assim, na minha opinião, não havia a menor necessidade do tipo de linguagem que o *chef* do Palácio usou. Tenho certeza de que ele não falaria aquelas coisas se *Ela* estivesse por perto.

Quando fui expulso da cozinha, o som de frigideiras se estatelando no chão ainda ecoando em meus ouvidos, percebi que o *chef* claramente não era a pessoa a quem recorrer para conseguir lanches e petiscos clandestinos.

Corri pelos corredores e salas contíguas o mais rápido que minhas pernas trôpegas conseguiram, tão rápido que parei de prestar atenção para onde estava indo. O que significava que, em pouco tempo, eu estava perdido, mas perdido pra valer.

Certo de que estava longe o suficiente das cozinhas e fora do alcance de qualquer panela que o *chef* tentasse atirar em mim, diminuí a velocidade e voltei a caminhar, ofegando pesadamente enquanto observava o ambiente ao meu redor. Estava de volta ao andar de cima, sabia disso – eu me lembrava de ter subido alguns degraus largos, mas a escada em si não me era familiar. O que significava que eu provavelmente estava em uma parte do Palácio que nunca tinha visitado.

Passei por outra porta enorme e me vi em mais uma sala comprida, de pé direito alto, com pinturas nas paredes. Na verdade, era tão parecida com as outras que levei alguns segundos para perceber o que havia de diferente nessa sala: em vez dos retratos de humanos que eu vi em todos os outros salões, ali todas as pinturas eram de cachorros!

Parei em frente ao mais próximo e encarei um majestoso king charles spaniel – seu nariz empinado, o pelo brilhante e sedoso, e aquelas orelhas características caídas na lateral da cabeça. Em seguida, havia uma pintura de um grupo de cães de caça perseguindo um coelho. Depois, uma foto de um corgi bem cuidado, não muito diferente de mim. Inclinei a cabeça para o lado. Não era Willow, eu tinha certeza, mas definitivamente havia uma semelhança. Talvez um de seus ancestrais?

Parecia que a Família Real tinha uma longa associação com cães. Definitivamente isso me fazia gostar mais deles. (Ok, talvez, antes disso, a comida tenha tido esse efeito.)

De repente, ouvi risadas do outro lado da sala.

– Admirando seus antepassados? – alguém perguntou.

Eu me virei, ligeiramente preocupado que o *chef* tivesse enviado alguém para me seguir com uma frigideira, mas quando vi, lá estava Sarah Morgan, com as mãos na cintura, sorrindo para mim.

Sorrindo! Para mim! Como se estivesse feliz em me ver. Feliz até por eu estar no Palácio.

Lati de felicidade quando percebi que tinha encontrado o amigo de que tanto precisava ali. Sarah tinha sido gentil comigo desde o começo. E era nova ali também, então entendia como eu me sentia. E, o mais importante, às vezes ela era a responsável pela comida. Era perfeita. Agora eu só precisava convencê-la a me ajudar.

Saltitei para o seu lado, e ela se abaixou para me acariciar, mas apenas brevemente.

– Desculpe, não temos tempo para brincar agora – ela disse, acenando com um espanador para mim. Muito trabalho com isso aqui. Não seria bom deixar nenhuma dessas pinturas empoeiradas, né?

Ela foi em direção à primeira pintura e começou a espanar a moldura. Eu a segui.

– Talvez depois que eu terminar aqui, possa levá-lo para seu passeio da tarde – sugeriu Sarah, estendendo a mão para limpar um sulco na moldura cheia de detalhes. – Vou precisar de um pouco de ar fresco depois de toda essa poeira!

Ela passou para o próximo quadro e eu a segui novamente, sentando a seus pés enquanto ela trabalhava. Olhando para mim, ela riu novamente.

– Bem, suponho que não há mal nenhum em você me fazer companhia enquanto trabalho, certo? Pelo que entendi, vocês, os cachorros, são quem mandam nesse lugar mesmo. Eu deveria pedir a *sua* permissão para me movimentar por aí!

Sarah, ao que parecia, era do tipo tagarela. Eu gostei: me lembrou a Amy. Ela sempre conversava comigo quando estávamos sozinhos em casa e ela estava trabalhando. Sarah continuou uma conversa unilateral comigo enquanto trabalhava também.

Às vezes, eu desejava poder falar com os humanos, para poder responder de maneira adequada. Mas, por outro lado, eles provavelmente se abriam mais comigo justamente porque eu não podia falar a língua deles. Não que eu não conseguia me fazer entender quando queria. Como nas refeições.

– Então, o que está achando do Palácio? – perguntou Sarah, como se eu realmente pudesse responder. – Espero que os outros cachorros estejam sendo mais gentis com você do que a equipe é comigo.

Fiz uma careta. Aquilo não parecia legal. Por que diabos não seriam gentis com Sarah? Ela era adorável.

– Oh, eu não deveria dizer isso. – Sarah agitou o espanador, como se quisesse afastar seus comentários. – Não é que sejam maldosos. Bem, não a maioria, pelo menos. E tenho muita sorte de estar aqui! É o trabalho com que sempre sonhei, mas nunca acreditei que poderia ter. E trabalhei tanto para chegar aqui. Deveria ser grata por ter conseguido e parar de choramingar.

Parecia que, mais do que a mim, ela estivesse tentando convencer a si mesma. Como Amy, naquela noite em que Jim arrumou a mala e foi embora. Ela se sentou na cama e disse:

– *Claro que ele voltará. Isso é apenas temporário.*

Não funcionou naquele dia, e eu sabia que não funcionaria agora. Então, esperei aos pés de Sarah para ver o que viria a seguir.

Depois de um longo suspiro, ela murchou, seu sorriso falso desapareceu quando ela se sentou em uma das muitas cadeiras estofadas enfileiradas nas laterais da sala.

– A questão, Henry, é que não é exatamente o que eu esperava. Ah, não o trabalho! Eu sabia muito bem o que seria e o que não seria exigido de mim. Não tenho problemas em trabalhar duro, ou começar de baixo e me esforçar para ser promovida. Não é nada disso.

Eu me encostei em suas pernas, e ela colocou o espanador no chão para acariciar minha cabeça.

– A questão é... Cresci ouvindo as histórias do meu padrinho sobre como era trabalhar no Palácio. Ele é mordomo no Castelo de Windsor, mas costumava trabalhar aqui. E sempre fazia tudo soar tão mágico – não apenas o ambiente, mas a... a família do Palácio. Não a Família Real, mas os funcionários. O modo como todos se sentem parte daqui, juntos, e é mais do que ser apenas colegas de trabalho. É mais profundo. Mais especial. – Ela suspirou novamente. – É isso o que eu queria quando me mudei para cá. Por isso trabalhei tanto para chegar aqui.

Olhei para ela com meu olhar de compaixão. Quase chorei um pouco. Ela parecia tão triste! Seus olhos azuis estavam arregalados e um pouco úmidos, e não havia sinal daquele sorriso adorável que fora o primeiro sinal de que estávamos destinados a ser amigos.

Sarah, eu percebi, era uma humana que precisava de alguém para animá-la. Felizmente para ela, eu tinha reunido bastante experiência nisso ultimamente.

– Acho que meus pais pensaram que eu estava fugindo – Sarah continuou. – E talvez estejam certos. Mas isso é tão ruim assim? Pelo menos eu estava correndo *em direção a* alguma coisa. E percebi que qualquer lugar seria melhor do que onde eu estava.

Algo em sua expressão se fechou, seu queixo de repente se endureceu.

– E eu estava certa. Pode ser difícil aqui, e as outras garotas podem até zombar do meu sotaque quando acham que não estou escutando, e falam que eu só consegui o emprego por causa do meu padrinho. Mas ainda é um milhão de vezes melhor do que ficar com David, certo Henry?

Eu não tinha ideia de quem era David, mas Sarah de repente parecia tão determinada que me vi latindo em concordância mesmo assim.

– Exato!

Levantando-se, Sarah começou a espanar de novo, com vigor. Eu a segui enquanto ela percorria e limpava toda a sala.

– Mereço algo melhor que um idiota infiel, manipulador, cruel e verbalmente abusivo.

Enquanto falava, ela pontuou cada palavra com uma espanada, até que o quadro que estava limpando balançou.

– Opa – Sarah soltou, com uma pequena risadinha, quando percebeu.

Ela se afastou do quadro e sorriu para mim.

– Você é um bom ouvinte, Henry. E está certo... ou eu estou, eu acho. Estou muito melhor aqui. Quer dizer, até tenho a chance de ajudar a cuidar de vocês, lindas criaturinhas, não é mesmo? – Ela se inclinou para acariciar minhas orelhas.

– Agora, vamos lá. Quanto mais cedo eu tirar o pó desta sala, mais cedo poderemos sair para encontrar os outros no passeio da tarde, certo?

Não demorou para que Sarah terminasse o trabalho, agora que estava animada. Caminhei ao lado dela enquanto limpava, imaginando se o passeio da tarde também envolveria algum tipo de lanche. De qualquer forma, seria bom sair e explorar de novo, especialmente se Sarah estivesse comigo.

De repente, tive uma ideia. Se pudesse levar Sarah até o arbusto pelo qual eu tinha entrado nos jardins do Palácio, talvez ela pudesse me ajudar a encontrar um caminho de volta, ou pelo menos entenderia o que aconteceu. Uma hora alguém iria perceber que o cão que deveria estar ali – Monty – não estava, ou que eu tinha o nome errado na minha coleira. Embora ninguém além de Sarah parecesse estar interessado em chegar perto o suficiente para verificar minha coleira.

De qualquer forma, decidi que preferia que fosse Sarah quem percebesse. Já dava para confiar que ela me ajudaria a encontrar o caminho de volta para a minha família, em vez de me jogar na rua. Ela sabia como era não se adequar a um lugar e eu tinha certeza de que iria querer me ajudar. Só precisava fazê-la entender qual era o problema.

Sarah me levou para os jardins em uma guia, assim como o criado tinha feito naquela manhã.

– Desculpe, Henry – ela disse, enquanto a colocava em mim. – Sei que posso confiar em você e que não vai fugir. Mas é que, como você é novo, não posso arriscar. Não que seria fácil escapar desses jardins! Para mim, parece que eles não têm fim. Quando estiver mais acostumado, talvez eu te deixe um pouco mais livre.

Livre soava como música para os meus ouvidos. E, é claro, eu já sabia como aqueles jardins eram extensos: foi por ter ficado explorando a área que acabei me esquecendo de voltar para os Walker.

De qualquer forma, eu gostava de ficar com a Sarah. Enquanto a gente passeava, ela conversou comigo e era reconfortante ouvir sua voz. E saber que pelo menos uma pessoa estava feliz com minha presença ali.

Percorremos metade dos jardins antes de trombarmos com outro humano. Literalmente, no caso de Sarah. Viramos em uma esquina, ao contornar um daqueles grandes arbustos (não era o arbusto pelo qual entrei, eu chequei) e, de repente, trombada!

– Oh, meu Deus, me desculpe – ela disse, parecendo nervosa.

O homem em que Sarah trombou agarrou o cotovelo dela para ampará-la e sorriu.

– Tudo bem, ninguém se machucou.

– Tem certeza? – perguntou Sarah. – Não te machuquei? Oh! E Henry! – Ela se agachou rapidamente para ver como eu estava. – Você está bem, Henry? Não se machucou, né? Eu nunca me perdoaria...

O homem riu.

– Você está no lugar certo se gosta de cachorros – ele disse. – Não se consegue escapar deles no Palácio de Buckingham.

– E por que ia querer uma coisa dessas? – Certa de que eu estava bem, Sarah levantou-se novamente. – São criaturas adoráveis. Na fazenda onde eu morava, meus pais têm springer spaniels, então os corgis são novos para mim. Mas Henry é um cachorrinho *tão* amigável.

– Fico feliz que um deles seja. – O homem se inclinou para fazer um carinho entre as minhas orelhas. – Os outros criados estão sempre se queixando de como não param de latir. E de seu mau-humor também.

– O Henry não é assim – disse Sarah, leal. – Ele é um querido – Lati em concordância. Amy sempre dizia isso sobre mim.

– Henry, huh? Você deve ser o nosso novo garoto. Engraçado, pensei que o nome fosse outro. – Ele franziu o cenho por uns segundos, como se estivesse tentando se lembrar, depois balançou a cabeça. Pobre Monty. Mal havia chegado ao Palácio e todo mundo já tinha esquecido o seu nome.

– Enfim, prazer em conhecê-lo, Henry. Eu sou Oliver Kinchen-Williams, criado sênior aqui do Palácio.

– Oh! – Sarah exclamou, de repente. – *Você* é o Oliver. Não me dei conta... Meu padrinho me disse para me apresentar a você quando começasse aqui. Mas com uma coisa depois outra, eu... não tinha conseguido. Ainda. Sou Sarah Morgan.

Algo no tom de voz de Sarah não soou verdadeiro para mim... Tenho um bom ouvido para mentiras e meias-verdades. Não achei que Sarah estava enganando Oliver nem nada do tipo, mas me perguntei sobre seus reais motivos para não ter se apresentado antes. Suspeitei que tivesse algo a ver com a atitude nem um pouco amistosa do restante dos funcionários que ela já tinha conhecido.

Se eles estivessem tratando Sarah da mesma maneira que Willow e os dorgis me tratavam, ela certamente estava precisando de meu empenho para animá-la. Tenho certeza de que poderia ajudá-la a fazer amizades pelo Palácio – nem todo mundo devia ser péssimo e cruel, certo? E Amy sempre disse que eu era um cachorro amigável. Seria fácil!

– Um prazer finalmente conhecê-la, Sarah – disse Oliver, com um sorriso confuso. – Agora, quem nesse mundo é esse seu padrinho que me conhece? Não sou exatamente famoso por aqui.

– Para ele, você é – disse Sarah. – Ele te chama de pupilo.

O entendimento inundou o rosto de Oliver.

– Só pode ser uma pessoa, então! Como está o velho Tom? Ainda é o mandachuva em Windsor? Pelo menos, quando a Família Real não está?

– Sim! – respondeu Sarah, sorrindo. – Creio que ele não suportaria estar em qualquer outro lugar, na verdade.

– Vida estranha essa de servir a realeza – admitiu Oliver. – Ou você é feito para o trabalho, ou não é. Mas se for...

– Por que estaria em outro lugar? – Sarah terminou a frase por ele. – Já ouvi Tom dizer isso muitas vezes!

– Ele tem seus próprios ditados, não é?

– E os diz com frequência – concordou Sarah.

Fiquei feliz que Sarah tivesse encontrado alguém para conversar, alguém que compartilhasse seus interesses e conhecesse seu padrinho. Era um bom começo para minha campanha "Anime-se, Sarah".

Mas, infelizmente, a conversa em si não estava tão interessante para mim quanto o pombo que havia acabado de passar ao lado. Dei um puxão na minha guia, sem querer, e Sarah olhou para mim.

– Desculpe, prometi a Henry uma boa caminhada e ainda estamos apenas na metade do caminho.

– E eu também preciso voltar ao trabalho – disse Oliver. – Mas foi muito bom conhecer você, Sarah.

Dei um latido agudo, tentando dizer a ele para não ir, para ficar e conversar mais um pouco com a Sarah. Mas isso só fez os dois rirem.

– E você também, Henry – Oliver acrescentou. – Espero vê-los novamente em breve por aqui.

– Tenho certeza de que verá. – Sarah deu um sorriso radiante e, de repente, o dia não parecia mais tão frio.

Oliver seguiu em direção às portas do jardim. Sarah e eu o observamos por um instante, então ela deu um pequeno suspiro.

– Ele parecia legal, né? Tinha que haver algumas pessoas legais em algum lugar aqui no Palácio.

Lati e puxei minha coleira novamente. Afinal, se Oliver foi embora, por que ainda estávamos ali? Sarah riu.

– Tá bom, então vamos! Vamos ver se conseguimos conversar com *seus* amigos também.

4º DIA

Terça, 17 de dezembro

AMY

O ar frio e cortante refrescou o rosto de Amy quando atravessou a rua da clínica rumo ao parque. Estava tão acostumada a passar o intervalo do almoço ao ar livre, passeando com Henry, que se sentia aprisionada e de cabeça cheia se não saísse do trabalho naquele horário.

Além disso, ali fora, ela não recebia nenhum olhar de pena dos outros funcionários. Não apenas pela perda do marido, mas também pela perda de seu cachorro. Amy não sabia como dizer a eles que não tinha certeza de qual dos dois sentia mais falta.

Afundando em um banco debaixo de uma árvore sem folhas, suspirou. Não era verdade. Ela com certeza sentia mais falta de Henry.

Sentada ali, observando o parque – as pessoas passeando com e sem cães, os esquilos correndo com as últimas nozes, os pássaros procurando migalhas de sanduíches – era quase como se Henry estivesse com ela. A qualquer momento ele começaria a perseguir algum pombo ou a farejar as raízes de uma árvore para descobrir o que eram aqueles cheiros tão interessantes.

Só que não, ele não faria nada disso. Porque estava perdido.

– Ainda nem sinal do Henry, então? – Luke se acomodou no banco ao lado dela, Daisy sentada pacientemente a seus pés de uma maneira que Henry jamais seria capaz.

– Nem uma pista – disse Amy, com tristeza. – Estou ligando para todos os lugares que passam pela minha cabeça, pedindo que verifiquem os microchips de qualquer corgi que tenha sido encontrado na área da Grande Londres... Mas, até agora, nada.

– Sinto muito – disse Luke. – Mas tenha fé. Ele vai acabar voltando para casa.

– Como pode ter certeza? – perguntou Amy. O otimismo de Luke era gentil, mas ela não podia deixar de achar que estava enganado.

Luke, no entanto, deu a ela um sorriso radiante.

– Com uma família como vocês, como ele poderia ficar longe?

Amy sorriu de volta, seu dia de repente ficou um pouco mais caloroso.

– E você e Daisy? Estão gostando de Redhill? – perguntou Amy. Ela tinha a impressão de que recentemente havia contado muito a Luke sobre sua vida, sem saber quase nada dele. Talvez fosse hora de buscar esse equilíbrio.

– Muito – ele disse. Como se concordasse com o dono, Daisy deu um pequeno latido e afastou-se um pouco na direção de um esquilo agitado. – Todo mundo na clínica tem sido muito acolhedor.

– Só estamos gratos por contar com uma equipe médica completa de novo! – Amy riu. – Os últimos meses desde que o doutor Shah se aposentou foram uma loucura.

– Fico feliz de ter ajudado.

– Oh! Mas é claro que essa não é a única razão pela qual estamos felizes de ter você conosco – Amy emendou rapidamente. – Todos os pacientes te adoram e, bem, você é um cara legal.

– Elogio do século esse aí – disse Luke com um sorriso. – Mas vou aceitar o "cara legal". Melhor que o contrário!

Definitivamente, Amy concordou. Na verdade, Luke parecia um cara *tão* legal, que era difícil imaginar por que sua esposa teria se divorciado dele. A menos que tivesse um lado obscuro, é claro...

– O que aconteceu? – Luke olhou para ela com curiosidade. – Sua expressão foi de "cara legal" para "*serial killer*" em dez segundos.

Amy sacudiu a cabeça e riu.

– Estava aqui pensando em qual será o seu lado obscuro.

– Não é de *serial killer*, eu juro. Mas posso dizer que não sou a pessoa mais organizada do mundo, e você já viu que minha caligrafia é horrível. Mas tenho jeito com crianças e animais, e faço um *curry* irado.

– Então, o lado bom parece compensar o mau – admitiu Amy. Deve haver alguma maneira de perguntar "por que seu casamento terminou" sem parecer uma acusação, certo? Ela só não conseguia encontrar uma.

– Se o que realmente está pensando é por que minha esposa me deixou, essa é fácil – disse Luke, poupando Amy do constrangimento de fazer a pergunta. – A gente se casou muito jovem, antes mesmo de terminar de amadurecer, e nunca conversamos sobre o futuro da maneira como deveríamos.

Ele deu de ombros, embora Amy pudesse notar a dor em seus olhos enquanto falava sobre aquilo.

– Acabamos nos tornando pessoas muito diferentes, e não gostávamos mais tanto assim um do outro. Para não dizer que também queríamos vidas muito diferentes. Então, na verdade, o divórcio era inevitável. Quando ela me deixou, nem fiquei surpreso. O que não significa que a separação doeu menos na época.

– Sinto muito. – Por um instante, Amy colocou a mão sobre a dele e Luke sorriu para ela.

– Está tudo bem. É triste, claro, achei que estava com a vida toda definida e cá estou de volta ao começo... Mas, se quer saber, há algo de libertador nisso. Posso planejar meu próprio futuro sendo a pessoa que sou agora, e não o garoto que eu era aos 19 anos. Isso é emocionante.

– Deve ser mesmo. – Talvez ela também devesse encarar sua vida assim. Jack estaria na universidade ano que vem e, alguns anos depois, seria a vez de Claire. Amy tinha todo o futuro à sua frente. Como gostaria de vivê-lo? Quem gostaria de ser, sem Jim para ajudar a moldar suas decisões?

– E você? – perguntou Luke. – Se não se importa de eu perguntar.

Amy deu-lhe um sorriso contido.

– Ah, essa é mais fácil ainda. Meu marido se apaixonou por outra pessoa.

Sentiu-se bem por dizer aquilo, por admitir aquela verdade. Não "ele me deixou" ou "ele me traiu", ou mesmo "ele me abandonou". Sim, ele havia feito tudo isso, e a dor que tinha causado ia machucar por um bom tempo. Mas, no fim das contas, Amy percebeu, não tinha a ver com ela. Não tinha feito nada de errado, não tinha sido a esposa errada para ele, ela não o afastou. Jim havia se apaixonado por outra pessoa. Era triste e doloroso, mas não era culpa dela.

– Ele é um idiota, então – disse Luke.

– Ah, totalmente – Amy concordou. – Mas, quer saber? Acho que tudo vai dar certo no final.

Afinal, não tinha sido o próprio Luke quem lhe disse para se concentrar no futuro? E, de repente, esse futuro parecia muito mais emocionante.

– Que bom – ele disse.

E, juntos, ficaram observando Daisy correr pelo parque durante o resto do intervalo do almoço.

HENRY

Estava começando a se estabelecer uma rotina para os meus dias no Palácio. Willow e os outros me garantiram que assim que *Ela* chegasse em casa, tudo seria ainda melhor. Mas, é claro, todos nós sabíamos que eu provavelmente não estaria por perto para saber disso.

Do jeito que estava, eu ficava contente em me aventurar pelo Palácio sozinho. Ou com Sarah. Decidi que valia muito a pena ficar com os outros cachorros até depois da refeição da manhã – só para garantir que eu não perderia aqueles suculentos biscoitos. Depois, começava minhas explorações, percorrendo os corredores e cômodos para conhecer cada um deles. Eu estava fazendo um mapa de aromas daquele lugar, de maneira lenta, mas precisa, até que conseguisse me localizar de olhos fechados. (Não que eu quisesse, mas era uma maneira útil de garantir que eu não me sentiria ainda mais perdido do que já estava.) Tentei convencer Candy a se aventurar comigo, e achei que ela estava começando a ceder. Mas toda vez que Vulcan ou Willow lhe davam um daqueles olhares arrogantes, ela mudava de ideia e voltava para a cesta.

Deixa pra lá. Eu ainda ia convencê-la. Afinal, eu era um cachorrinho encantador.

De qualquer forma, depois de explorar uma nova área e quando já estava ficando entediado com mais pinturas e mais móveis de pernas douradas, ia em busca de Sarah.

Ela parecia ter muitas atribuições diferentes no Palácio, a maioria relacionada à limpeza, e sempre se mostrava feliz ao realizá-las. Enquanto eu perambulava ao seu lado, ela conversava comigo. Fiquei sabendo de tudo sobre sua vida antes do Palácio e o que ela havia deixado para trás.

Não demorou muito para eu chegar à conclusão de que Sarah estava certa: ela estava muito melhor ali comigo do que em casa com o ex, David.

– Não é que eu tenha saudade – disse Sarah, naquela manhã, enquanto espanava outro vaso. – É que nossa casa é… bem, é a nossa casa, né? Acho que todo mundo sente saudade de casa, nem que seja um pouquinho. Mas acho que já superei. Já era hora de seguir em frente. Depois de tudo o que aconteceu com David… Decidi que era hora de encontrar meu verdadeiro eu de novo. Meu eu feliz, entusiasmado. Por isso vim para cá!

Pareceu-me que a mudança de endereço tinha funcionado para Sarah. Ela parecia feliz e animada na maior parte do tempo. A não ser quando um dos outros funcionários dizia ou fazia algo cruel – como imitar seu sotaque ou fazer um comentário sobre seu padrinho.

As únicas outras vezes em que ela parecia triste era quando falava sobre David – ou se estava pensando nele. Dava para ver quando isso acontecia, porque ela começava a limpar os móveis mais devagar e seus olhos perdiam todo o brilho.

– Não sei por que ainda fico triste com isso. Não é que eu sinta falta dele, exatamente – ela disse, sentando-se em um dos bancos estofado vermelho no cômodo que estava limpando.

– É mais porque sinto falta da vida que pensava que iríamos ter juntos. O que é uma bobagem, porque agora sei que a vida com que sonhei nunca existiu.

Era a minha deixa para começar a animá-la, decidi. E a melhor maneira de fazer isso, segundo minha experiência com Amy e Claire, era levar Sarah lá para fora. Então, assim que Sarah terminou suas tarefas, eu a convenci a me levar para encontrar os outros cachorros no passeio do meio-dia, antes do seu almoço.

Até aquele momento, não tinha tido a sorte de conseguir conduzir Sarah até o arbusto pelo qual entrei nos jardins do Palácio. Principalmente porque eu não conseguia lembrar onde era. E, para ser honesto, todos os grandes arbustos verdes parecem iguais do campo de visão corgi.

Ainda assim, talvez aquele fosse o dia!

– Suponho que está pronto para a sua caminhada – Sarah disse, rindo, quando apareci com a guia na boca. No dia anterior, eu tinha encontrado um monte delas penduradas perto de uma das portas do jardim, então agora sabia exatamente aonde ir quando precisava de uma caminhada.

– Então vamos – ela disse, prendendo a guia na coleira. – Creio que este quarto já está bem limpo.

Lá fora, o humor de Sarah se iluminou num segundo, especialmente quando fiz algumas das minhas melhores gracinhas para ela. É difícil não ser feliz quando há um corgi andando de um lado para o outro para te distrair, perseguindo esquilos até a metade das árvores e escorregar, pulando nas pedras do caminho, entrando em arbustos para procurar pequenos agrados para o dono.

Na hora em que nos encontramos com os outros cães e Sarah me entregou para o criado que estava com eles para servir o almoço, ela já estava sorrindo de novo. Boa!

Após o passeio do meio-dia e todos os meus esforços para entreter Sarah, aproveitei para tirar uma soneca na Sala dos Corgis antes do jantar. Queria estar bem descansado para apreciar de verdade todos os esforços do *chef* (enquanto me mantinha bem longe do alcance da frigideira dele).

Meus planos para o resto da tarde eram leves. Já estava um pouco mais enturmado com os outros cachorros – eu ainda estava tentando ganhar ao menos Candy e, definitivamente, conseguia senti-la amaciando. Talvez eu tivesse meus pelos escovados por Sarah ou um dos outros criados (e nesse momento Willow e os outros inevitavelmente iriam gemer, pois estavam acostumados a ter a Rainha fazendo isso). Pouco depois, era hora de dormir. Apesar de tudo, não era uma vida ruim – independentemente de quanto tempo eu precisasse vivê-la.

Naquela noite, porém, acordei de repente com um som de choro. Não um choro humano, mas de cachorro. O tipo de choro e gemido que me dizia que havia alguém em verdadeira angústia.

Na escuridão, pulei da cesta e levantei as orelhas para apurar os ouvidos e conseguir ter certeza de onde vinha o som. Então eu o segui até a cesta de Candy.

– Candy? Candy? – Tentei não fazer muito barulho por medo de acordar os outros, mas logo percebi que Candy ainda estava dormindo.

Ela estava sonhando. E o que quer que estivesse acontecendo em seu sonho, parecia totalmente aterrorizante.

Tive alguns sonhos assustadores ao longo dos anos, geralmente relacionados a não haver mais comida, nunca mais. Ou ser perseguido por uma versão de Sookie de três metros de altura. Ou... Bem, sei lá. Nunca tive um sonho tão apavorante quanto parecia ser aquele da Candy.

Com cuidado, levantei e apoiei minhas patas dianteiras na cesta dela e chamei seu nome de novo, perto do ouvido. Nada ainda, além de mais choro. Estava começando a achar que, na verdade, eu estava piorando a situação.

Pressionei meu focinho na lateral do corpo de Candy, acariciando-a gentilmente até que ela começou a se mexer. Seus olhos se abriram.

– O que está fazendo? – ela perguntou, obviamente indignada.

– Você estava tendo um pesadelo. – Eu me afastei para olhá-la nos olhos. – Estava choramingando. Chorando. Achei melhor te acordar.

– Eu não choro.

– Está certo, se você diz... – Fiquei de novo sobre as quatro patas. – Mas foi o que pareceu.

Me virei para voltar para a minha cama, mas a voz de Candy me parou.

– Espere...

Parei e girei minha cabeça, olhando para ela sobre os meus flancos.

– Sim?

De repente, ela parecia nervosa. Assustada até.

– Será que você poderia só... ficar aqui comigo? Um pouquinho?

O que quer que tenha sido aquele sonho, realmente deixou Candy abalada: ela estava preferindo minha companhia a ficar sozinha. Ou talvez estivesse amolecendo para mim mais do que eu tinha percebido.

– Claro. – Coloquei as patas na borda da cesta dela de novo e, desta vez, ela se moveu para abrir espaço para mim lá dentro. Depois de uns segundos de hesitação, entrei.

Candy se aninhou ao meu lado quando me acomodei. Uma coisa que notei desde que cheguei: os dorgis eram definitivamente menores, com pernas mais curtas do que eu e Willow. E Candy era ainda menor que Vulcan, então havia lugar de sobra para nós dois na espaçosa cesta oferecida pelo Palácio.

Eu queria confortá-la. Abraçá-la e dizer-lhe que tudo ficaria bem. Por que eu podia animar os humanos com tanta facilidade, ainda que não conseguissem me entender, mas não conseguia me aproximar daqueles outros cães, que entendiam cada palavra que eu dizia?

Ainda assim, Candy me deixou entrar. Ela estava assustada e sozinha, e me recebeu em sua cesta, o que significava que era tarefa minha fazê-la se sentir melhor.

Se ao menos eu soubesse como...

– Poderia fazer algo por mim? – ela perguntou, já parecendo sonolenta novamente.

– Qualquer coisa – respondi. – Do que precisa?

– Me conta uma história?

– Uma história? – Eu conhecia muitas histórias, mas eram principalmente de humanos. Livros que Jack e Claire trouxeram da escola quando eram pequenos e foram lidos em voz alta. Ou programas de TV e filmes a que assisti com a família nas noites de cinema em casa.

Eu sabia tudo sobre finais felizes e sobre como fazer duas pessoas perfeitas uma para outra se apaixonarem. Sabia até exatamente como deveria ser o Natal, e como os melhores amigos humanos animavam um ao outro quando ficavam tristes.

Mas eu não sabia muitas histórias de cachorros que não fossem sobre seus donos humanos. E eu não sabia que história contar para Candy para espantar seus pesadelos.

– Que tipo de história? – perguntei.

Candy bocejou.

– Me conte tudo sobre sua vida antes de chegar ao Palácio. Sobre o mundo lá fora. E sobre sua família. Como se chamam mesmo?

– Os Walker. – Só de dizer o nome deles fiquei com um nó na garganta. Eu estava me divertindo tanto explorando o Palácio e fazendo amizade com Sarah, que quase me esqueci deles, apenas por um dia. Mas ali, pensando na minha família, um vazio se abriu dentro de mim novamente.

– Isso, os Walker. Conte-me tudo sobre eles – pediu Candy.

Eu sabia por que ela estava perguntando. Não era porque se importava comigo ou com minha vida antes do Palácio. Ela só queria se distrair de seu sonho ruim.

Mas eu não era de deixar outro cachorro com medo e sozinho. Jack não faria isso e nem eu.

– Jim e Amy me levaram para casa quando eu tinha apenas oito semanas de idade – comecei. – Fui um presente pelo aniversário de 10 anos de Jack e, desde o momento em que nos vimos, nos tornamos melhores amigos.

Contei a ela tudo sobre os Walker, Redhill, os parques, as pessoas e os esquilos. Falei e falei, até que percebi que Candy tinha adormecido.

Naquele momento, eu estava cansado demais para voltar para a minha própria cesta. Especialmente porque a cesta da Candy estava tão confortável, com ela lá dentro, tornando-a mais quentinha e aconchegante.

Adormeci ali também, meu focinho pressionado na lateral do corpo dela, torcendo para acordar ao lado de Amy pela manhã, para que a minha temporada no Palácio fosse apenas um sonho.

AMY

Por que os turnos da noite sempre acabavam mais tarde do que deveriam? Primeiro, várias consultas complicadas durante toda a tarde, depois um problema com o sistema do computador e, por fim, o alarme antirroubo que não parava de tocar. No fim das contas, Amy estava certa de que aquele definitivamente não era seu dia.

Durante a tarde, ligou para casa para checar se as crianças tinham chegado bem da escola, e se Jim estava lá para ficar com elas. Conversou com Jack, que parecia estar com o humor ainda pior do que de costume.

– Por que não me disse que ele chegaria mais cedo? – Jack se queixou assim que atendeu a ligação.

Porque você teria feito de tudo para se atrasar e não estar aí, Amy pensou, mas não disse.

– Ele é seu pai, Jack – ela disse, suspirando. – O que quer que tenha acontecido, aconteça o que acontecer, ele ainda é seu pai. E da Claire também. E esta é a única chance que terão de passar mais tempo com ele antes do Natal. Então aproveite ao máximo. Por favor!

Não tinha certeza se seu pedido teria algum efeito, mas, ao menos, tinha feito sua parte. Jim não podia culpá-la por Jack não querer ficar perto dele.

Finalmente, a clínica estava toda trancada e Amy poderia ir para casa. Para sua casa sem cachorro, com os filhos mal-humorados e seu quase ex-marido traidor. Um sonho de Natal. Fala sério!

Fez um esforço para se lembrar do sorriso de Luke Fitzgerald e sua convicção de que tudo ficaria bem. Não era o mesmo que vê-lo em pessoa, mas já ajudava.

Quando entrou em sua rua, reparou em como sua casa estava escura em comparação com as outras. Em anos anteriores, Jim teria colocado luzes no telhado, ou pelo menos nas janelas do térreo. Em algum lugar nos fundos da garagem, havia uma rena de vime que Claire sempre amou, com pisca-piscas em torno de seus chifres. Tinha que encontrar aquela rena. Fazer um esforço. Concentrar-se no futuro – em seu Natal com as crianças. Talvez amanhã.

No mínimo, deveria finalmente montar a árvore artificial que tinha comprado no supermercado. Era tão pequena, não seriam necessários muitos adereços para cobri-la de enfeites. Melhor assim: a maioria dos enfeites no sótão traria consigo lembranças demais para serem colocados na árvore neste ano. Como os corações de vidro que ela e Jim compraram em Veneza na lua de mel, ou os anjos decorativos que Jim tinha comprado para ela ao longo dos anos – um a cada dezembro, para acrescentar à coleção. Até aquele ano.

Talvez fosse hora de comprar enfeites novos. Um novo começo festivo, por assim dizer.

Exausta, Amy procurou as chaves nos bolsos, mas a porta da frente se abriu bruscamente à sua frente antes que pudesse inseri-las na fechadura.

– Onde você esteve? – Jim perguntou, parecendo irritado. – Liguei para o seu celular algumas vezes.

– Estava trabalhando – respondeu Amy. – Liguei para cá mais cedo, falei com Jack.

– E disse que ele podia sair, mesmo que essa fosse a minha única noite com eles antes do Natal? E aquele papo de não envolver as crianças na nossa separação? Se está com raiva de mim…

– Ok, pode parar por aí – Amy retrucou.

Certamente, a vantagem de não ser mais casada com Jim era que ela não devia satisfações a ele. Ou a qualquer outra pessoa, aliás. Era dona de si, tomava suas próprias decisões, planejava seu futuro. E, sem dúvida, não precisava aturar ninguém falando daquela forma com ela.

– Em primeiro lugar: *se* estou brava com você? Jim, você abandonou quase 20 anos de casamento para ser o clichê dos clichês e fugir com sua secretária. Pode acreditar, não vou deixar de sentir raiva de você por um bom tempo.

Amy falou baixo, ciente de que Claire estava em algum lugar da casa. Mas isso não a impediria de dizer a verdade. Respirou, satisfeita ao ver que Jim havia recuado e parecia adequadamente culpado quando passou por ele e entrou na casa.

– Em segundo, a decisão de passar o Natal esquiando com a referida secretária foi sua. – Amy tirou o casaco dos ombros e pendurou-o na extremidade do corrimão, em vez de pendurá-lo no cabide. Isso sempre deixara Jim bravo. – Eu disse que se quisesse passar o Natal com seus filhos, nós faríamos acontecer. *Você* escolheu viajar.

– Bonnie disse...

– Bonnie não faz parte dessa família.

Pelo menos, ainda não. Ela suspeitava que um dia Bonnie se tornaria, sim, a madrasta de Jack e Claire, e Amy teria que aprender a conviver com ela. Mas, por enquanto, ela não fazia parte daquela discussão. O assunto ainda era sobre a família deles, por enquanto.

– E eu não terminei de falar.

– Certo. Desculpe – ele disse, nitidamente envergonhado.

– Em terceiro lugar, não estou envolvendo as crianças em nada. Eu falei para o Jack ficar aqui esta noite. E com certeza não disse que ele poderia sair.

Não que fosse uma grande surpresa ele ter saído. Jack tinha deixado bem claro o que sentia pelo pai nos últimos dois meses.

– Você não disse?

– Claro que não!

Eles se encararam por um longo momento, ponderando o significado de tudo aquilo. Amy não pôde deixar de notar as mudanças em Jim desde que ele saiu de casa. Sabia que algo estava diferente meses antes de tudo acontecer. Não foram apenas os telefonemas secretos ou as viagens extras de trabalho. Tinham sido as mudanças *nele* – a maneira como se vestia, o cuidado ao se barbear ou pentear o cabelo. Um súbito interesse por música *country* que nunca tinha existido antes.

Ela *sabia*, Amy finalmente admitiu para si. Sabia que ele estava tendo um caso, mas não tinha confrontado o marido. Não porque estivesse com medo de perdê-lo, mas porque era mais fácil para a família se ela apenas fizesse vista grossa e mantivesse a vida funcionando. Só que às vezes o mais fácil não era o melhor, compreendeu. Às vezes são necessárias grandes mudanças para se seguir em frente. Para construir um futuro melhor. Ela se perguntou que outras mudanças ainda teria que encarar.

– Então, Jack nos enganou – Jim falou, por fim.

– Enganou *você* – Amy o corrigiu. – Se tivesse me ligado para perguntar...

– Eu liguei!

– Antes ou depois de Jack sair pela porta? – Amy colocou as mãos nos quadris e esperou pela resposta que já sabia.

– Depois – Jim respondeu com uma careta. – Nem esperou que eu autorizasse.

Amy suspirou.

– Ele tem 17 anos, Jim. É quase um adulto. Mais nove meses e ele vai para a universidade, e em breve será totalmente dele a escolha sobre nos ver ou não. Se quiser mantê-lo em sua vida, precisa dar a ele uma razão para isso.

– Sou o pai dele! – Jim protestou. – Não é razão suficiente?

Não se você não age como tal. Não se você o abandonou. Não se você destruiu nossa família...

Amy sacudiu a cabeça. Não podia pensar assim. No fundo, sabia que Jack e Claire ficariam melhor com Jim em suas vidas. Ele se revelou um traste de marido, mas sempre tinha sido um bom pai. Até agora.

– Precisa mesmo ir esquiar? – ela perguntou. – Acho que seria muito importante para eles ter você aqui neste primeiro Natal.

– Está tudo reservado – disse Jim, sem firmeza. – E Bonnie está tão animada.

– A decisão é sua – Amy repetiu. No mínimo, ela poderia fazê-lo assumir a responsabilidade por seus atos. – Onde está Claire?

– Ela correu lá para cima quando Jack e eu estávamos discutindo.

– Isso foi o quê, há uma hora?

– Sim, acho que uma hora.

– Você pelo menos deu jantar para eles?

Jim parecia ofendido.

– Claro que dei! Não esqueci completamente como ser pai nas últimas seis semanas, sabia?!

Amy não se deu ao trabalho de responder. Subindo as escadas, chamou a filha, mas não obteve resposta. Quando chegou à porta do quarto, encontrou-a entreaberta e abriu mais um pouquinho para conseguir ver lá dentro.

– Claire?

– Quê? – A resposta veio de debaixo de uma pilha de cobertores na cama. Amy só conseguia ver a luz das lanternas através dos lençóis e Sookie enrolada no travesseiro.

Amy sentou-se na beira da cama e puxou as cobertas o suficiente para ver o rosto de Claire. Sookie, obviamente sentindo que não era mais necessária, desceu e foi para a porta.

– O que está lendo? – Amy perguntou, indicando o livro na mão de Claire.

A menina o levantou um pouco para que a mãe pudesse ver a capa. *O cachorrinho perdido.*

– Faz muito tempo que lemos este livro juntas. – Era o livro favorito de Claire quando ela tinha 6 anos. Durante meses leram aquela história repetidamente. Agora, com o dobro da idade, ela estava obviamente buscando confortar-se com ele de novo.

E pensando em Henry, Amy apostava.

– Acha que Henry vai voltar sozinho para casa? Como Rusty faz no livro? – A voz de Claire era baixa, frágil. Parecia que tinha 6 anos de novo. Amy tinha saudade daqueles dias, quando os dois filhos eram pequenos o suficiente para segurá-los nos braços e pensar que nunca iriam embora.

– Não sei, querida. – Inclinando-se, Amy beijou a cabeça da filha e tirou o livro de suas mãos. Leitura de consolo ou não, tinha a sensação de que aquele livro não estava ajudando muito naquele momento. – Mas espero que sim. E continuaremos fazendo tudo que pudermos para trazê-lo para casa.

– Mas nada do que a gente tentou parece estar funcionando – choramingou Claire.

Ela tinha razão. Tudo bem ter fé que Henry encontraria o caminho de casa, mas não significava que não pudessem facilitar as coisas…

– Vamos lá – disse Amy. – Vamos descer e conversar com seu pai. Talvez ele possa pensar em algumas estratégias novas para tentar encontrar Henry.

Se não isso, pelo menos ele poderia começar a recuperar seu lugar de pai de novo, enquanto ela buscava aquela árvore de Natal. Talvez, quando terminassem, Jack estaria em casa e poderiam tentar remendar aquele laço também.

– Precisamos de um novo plano – anunciou Amy, enquanto ela e Claire entravam na cozinha. – Um plano para encontrar Henry!

– Em que tipo de plano está pensando? – Jim perguntou, parecendo em dúvida.

Amy deu de ombros, tentando resistir ao impulso de revirar os olhos para o ex-marido.

– Esperava que pudesse nos ajudar com isso. Eu te contei, nós notificamos as autoridades, estamos checando regularmente, nós nos certificamos de que todos saibam que ele tem um chip e que desapareceu… Não sei o que mais podemos fazer.

– Tem que ter alguma coisa – disse Claire, parecendo muito mais com a menina que era, quase adolescente, em vez da garotinha assustada de dez minutos antes. – Porque o que fizemos até agora não está tendo efeito. Precisamos de algo que funcione.

– Bem… se ele estivesse perdido por aqui, acho que colocaríamos aqueles cartazes de "desaparecido" e tal, certo? – Jim disse.

– Está sugerindo que coloquemos cartazes nos portões do Palácio de Buckingham? – perguntou Amy, com as sobrancelhas erguidas. – Acho que esse tipo de coisa é desencorajado pelos guardas…

– Não, não, claro que não – Jim respondeu. – Mas tem que haver algo parecido que a gente possa fazer. Tipo, na internet.

– Uma página no Facebook? – sugeriu Claire. – Com uma foto dele, dizendo quando e onde nós o perdemos, e perguntando a quem estava lá naquele dia se teriam visto Henry?

– "Em busca de Henry." – Jim estalou os dedos. – Exatamente!

– Mas você vai ter que construir a página – disse Claire. – Não tenho idade suficiente para acessar o Facebook. – Ela revirou os olhos na direção de Amy quando disse aquilo.

– E eu não tenho mais um perfil – Amy respondeu evitando olhar para Jim. Não queria que soubesse que era ele o motivo de ter deixado a rede social. Não suportava ver os Natais perfeitos de todas as outras pessoas, suas vidas perfeitas, enquanto a sua estava desmoronando. E com certeza não queria ver cenas da nova vida de Jim, toda vez que ele saísse com algum de seus amigos em comum. Era melhor não ver e não saber.

– Certo. Traz seu notebook para mim? – perguntou Jim a Claire, que foi correndo buscá-lo no quarto.

– Acha que vai mesmo ajudar? – perguntou Amy, atravessando a cozinha para ligar a chaleira elétrica. Parecia o tipo de trabalho que ficaria mais fácil com o chá. E talvez com algumas tortinhas, se Jack tivesse deixado alguma. – Esse negócio no Facebook, digo.

Jim encolheu os ombros.

– Vale a tentativa, certo? Além disso… – Ele olhou para o corredor, obviamente tentando ter certeza de que Claire não estava por perto para ouvir. – Isso fará com que ela se sinta melhor, sabendo que estamos fazendo *algo*.

– Você está certo – disse Amy, surpresa. – O frustrante é o pouco que podemos fazer, além de esperar.

– Bem, você sempre foi uma pessoa muito paciente. – Jim deu a ela um meio sorriso, e Amy percebeu que aquele deveria ser o diálogo mais legal que tiveram em meses.

– Só espero que ele volte para casa. Sinto falta dele.

Era estranho admitir aquilo. Quando estavam juntos, Henry sempre tinha sido o cachorro de Jim, não dela. Algo que ele e Jack compartilhavam. Ela e Claire ficavam com Sookie. Mas pelo visto Henry havia conseguido se infiltrar em todos os corações. E sem ele… a casa parecia ainda menos com um lar desde a partida de Jim.

– Também espero – disse Jim, pela primeira vez demonstrando estar chateado com o sumiço de Henry.

Claire atravessou a porta correndo e segurando o notebook, e Amy voltou sua atenção para a chaleira e as tortinhas enquanto a filha e Jim faziam a página na rede social. Colocando xícaras de chá e guloseimas na mesa da cozinha, deixou os dois trabalhando e foi pegar a árvore artificial na garagem para trazer para dentro de casa.

Felizmente, conseguiu montar rápido. Na mesma sacola em que a árvore estava guardada, Amy encontrou uma seleção de bolas de Natal baratinhas que havia comprado na mesma ocasião, e alguns pisca-pisca. Não era muita coisa, mas depois que tudo estava pendurado a sala ficou um pouco mais festiva.

Quando Amy voltou para a cozinha, não havia nem mais resquício do chá e das tortinhas, e a página "Em busca de Henry" estava publicada e ativa. Amy pegou o pacote de tortinhas e reabasteceu o prato.

– Ficou ótimo – ela disse, inclinando-se sobre o ombro de Claire para dar uma olhada na página da web. Claire tinha postado uma linda foto de Henry do último Natal, usando uma coroa de papel e uma coleira vermelha chique que ela comprara de presente na loja de artigos para animais de estimação. Só de olhar para aquela imagem, Amy sentiu ainda mais saudade daquele focinho peludo.

– Claire fez todo o trabalho – disse Jim. – Só ajudei com o *log in*.

– Então, o que fazemos agora? – perguntou Amy.

– Basicamente, esperamos. – Jim encolheu os ombros. – Pode demorar um pouco até todo mundo ver a página. Só precisamos ficar de olho nos próximos dias. Checar se recebemos alguma resposta de alguém que o viu, mensagens e assim por diante.

– Vou ficar de olho – disse Claire. – Preciso saber quantos cliques teremos. – Ela pegou mais uma tortinha. – Quantos *likes*, quantos compartilhamentos. Quanto mais pessoas virem esse *post*, melhor. Digo, gente de todo o mundo visita o Palácio de Buckingham, né? Então, precisamos que esta página chegue até bem longe. Alguém deve ter visto alguma coisa.

Amy e Jim trocaram olhares. Poderiam ter feito Claire se focar na ação, mas Amy sinceramente esperava que eles não estivessem alimentando suas esperanças sem motivo.

Naquele momento, a porta da frente se abriu bruscamente e bateu na mesa do telefone de um jeito que Jack sabia que a mãe odiava. Ainda assim, ela segurou a língua. Aquela era uma noite de união familiar – e ela conhecia o filho. Quanto mais o importunasse, mais ele se afastaria. Diante de toda a situação, uma porta batida não era importante. O relacionamento de Jack com o pai era.

– Jack, você chegou – ela disse quando ele apareceu na porta da cozinha, meio corpo para dentro, meio para fora, do jeito que ele sempre fazia quando sabia que estava em apuros. – Não sabia que ia sair hoje à noite.

Ela viu Jack olhar para o pai e seus olhares se encontrarem.

Por favor Jim. Apenas desta vez, releve. Claro, se ela tivesse algum poder de telepatia com o marido, eles não estariam metidos nessa confusão. Ou talvez tivessem entrado nela até antes.

Para seu alívio, Jim também segurou a língua. Mais tarde, ela e Jack teriam uma conversa. Uma conversa sobre respeito, sobre jogar os pais um contra o outro e sobre ter tempo para a família. Por ora, desejava apenas que ele *realmente* arranjasse tempo para a família.

– Eh... Toby ligou e me chamou para ajudá-lo com um negócio – disse Jack. Então ele viu a tela do notebook da qual Claire não tirava os olhos. – Ei, o que é isso?

– É nossa página "Em busca de Henry" – disse Claire, sem desgrudar os olhos da tela. – Papai me ajudou a fazer. É para tentar encontrar alguém que possa ter visto o que aconteceu com Henry no Palácio naquele final de semana.

– É... uma boa ideia – disse Jack, olhando para Jim, surpreso. – Já conseguiu algo?

Claire fez que não com a cabeça.

– Mas já temos dez compartilhamentos e mais de cinquenta acessos. Além de alguns comentários dos amigos de papai que trabalham em Londres dizendo que vão perguntar por lá se alguém o viu.

– É um começo – disse Jack, pegando uma tortinha. – Espere, deixe-me compartilhar em alguns grupos que conheço. Quem sabe conseguimos ainda mais. Na verdade, vamos me adicionar como administrador da página. Assim, posso fazer mais com ela.

Logo estavam todos trabalhando juntos: Jack no celular, Claire ainda no notebook. Jim olhou para Amy e sorriu. Amy não pôde deixar de sorrir de volta.

Talvez conseguissem superar aquilo.

E talvez Henry voltasse para casa para viver a calmaria com eles.

5º DIA

Quarta, 18 de dezembro

HENRY

Acordei na manhã seguinte aquecido e confortável de um jeito que não ficava desde que saí da casa dos Walker. Levei um tempinho para entender por que e, quando me dei conta, Candy estava acordada e latindo para eu me afastar dela.

Revirei os olhos e desci da cesta, esticando minhas costas quando coloquei as patas no chão. Pelo visto, eu era uma boa companhia para a noite, quando ela estava com medo e precisava de um amigo, mas não durante o dia, quando os outros cães poderiam ver.

Beleza. Em breve ela perceberia que sou *excelente* companhia o tempo todo, eu não tinha dúvida.

Mais um dia no Palácio, e achei que já sabia o que esperar. Tratava-se de um lugar que se baseava na tradição, ordem e rotina. Mesmo para nós, cachorros, os dias seguiam uma ordem estabelecida anos atrás, com muito pouca variação. Por isso fiquei tão perturbado quando não consegui encontrar Sarah depois do café da manhã.

Chequei em todos os lugares habituais, todos os cômodos dos quais ela costumava cuidar, correndo pelos corredores e galerias procurando por ela. Nem sequer senti o seu cheiro.

Encontrei algumas outras pessoas, porém, em um dos cômodos maiores, mudando os móveis de lugar e colocando novas mesas e cadeiras que não estavam lá antes. Obviamente, algo estava acontecendo. Sarah estava envolvida naquilo? Por fim, achei minha amiga por puro acaso – eu a encontrei vindo por outro corredor que eu nunca tinha explorado antes.

– Henry! – Sarah parecia feliz em me ver, o que era sempre gratificante. – Estava pensando se você me encontraria hoje de manhã. É meu dia de folga.

Um dia de folga. Quando Amy tinha um desses, ou Jim, geralmente o passavam fora de casa. Mas quando a casa em questão era tão grande quanto o Palácio de Buckingham, talvez Sarah não sentisse necessidade de sair.

– Pensei em aproveitar para colocar algumas coisas em dia, como cartões de Natal – ela disse. Me virei para seguir ao seu lado enquanto ela andava. – Tenho escrito todas as manhãs. É engraçado quando percebe a quantidade de pessoas a quem normalmente deseja um Feliz Natal pessoalmente e depois tenta escrever para todas elas. Acabei fazendo apenas um cartão para a igreja da vila e outro para o *pub,* senão teria ficado lá a manhã toda!

Pela pilha de envelopes em sua mão, dava para ver claramente que ela não tinha diminuído tanto assim a lista. Me lembrei de quando Claire era menor, e Amy costumava suborná-la com chocolate para escrever cartões para todas as outras crianças de sua classe na escola. Sempre me pareceu um pouco ridículo todos aqueles cartões enviados para o mundo, e outros tantos voltando. Amy os prendia a fitas e os pendurava na escada – tive bastante problema quando tentei brincar com eles. Depois, no Ano Novo, todos iam embora na lixeira verde. Que desperdício!

Este ano, a maioria dos cartões que recebemos ainda estava em uma pilha em cima do balcão da cozinha. Pelo menos era onde estavam quando eu saí. E não vi Amy escrevendo nenhum.

– Agora vou aos correios postá-los – prosseguiu Sarah, alegre, interrompendo minhas lembranças. – Você vem comigo?

Parei na mesma hora. Eu queria ir, claro. Sarah estava rapidamente se tornando minha melhor amiga – e talvez única amiga, se a gente descontasse Candy ontem à noite – no Palácio de Buckingham. Mas os correios, e eu sei porque tinha ido com Amy em anos anteriores, ficavam em shopping centers ou na rua principal da cidade. E embora eu tivesse permissão para vagar em qualquer lugar do Palácio, não vi nenhum indício de que tinha autorização para deixar o terreno – na verdade, Willow deixara isso bem claro. Não queria que Sarah tivesse problemas por me levar para fora.

Sarah olhou para mim e riu. Então, como se pudesse ler minha mente, disse:

– Não se preocupe, bobinho. Você não vai precisar sair do Palácio. Há um posto dos correios aqui no prédio, sabia?

Eu não sabia. Claramente Willow não tinha considerado aquilo uma informação importante para compartilhar. Animado, me lancei à frente de novo, ansioso para ver o posto dos correios do Palácio.

– Há uma piscina e um cinema também – comentou Sarah, enquanto caminhávamos. – Pensei em dar um mergulho mais tarde, se a piscina estiver livre. E também quero participar do Clube de Filmes do Palácio. Se quiser fazer amigos, tenho que ser mais participativa, né?

Torci para que ela estivesse certa. Odiava ver Sarah triste porque não tinha feito nenhum amigo entre os outros criados. Ela era tão adorável, mas eu sabia que os outros zombavam dela, acima de tudo por seu sotaque. Pessoalmente, eu gostava do jeito que Sarah falava. Era caloroso e acolhedor, e sua voz era muito mais amistosa do que qualquer outra que eu tinha ouvido em todo o Palácio.

Tinha que haver outras pessoas no Palácio de Buckingham capazes de apreciar todas as qualidades de Sarah, em vez de se concentrarem apenas nas partes que julgavam ruins. Não tinha? Eles não podiam ser todos malvados e desagradáveis. O mais provável era que a situação fosse semelhante à enfrentada por Claire quando começou na nova escola no ano passado e três garotas foram muito más. Por causa delas, Claire tinha deduzido que *todos* os seus colegas eram terríveis, mas, na verdade, depois de algumas semanas, ela fez amizade rapidamente com outros bem legais. Foi apenas uma questão de tempo até encontrá-los. E se Sarah não conseguisse, talvez eu precisasse dar uma mãozinha a ela.

Segui minha amiga até o posto dos correios do Palácio, onde havia uma fila. Pelo visto, no fim das contas não era muito diferente das agências normais a que eu estava acostumado.

Quando entramos, observei os outros funcionários que se enfileiravam ao redor dos balcões. Pouco depois, vi uma mulher da idade de Sarah, com cabelos escuros e olhos ainda mais escuros, colando selos em uma pilha de envelopes. Hmm... Ela parecia amigável.

Passando por alguns pares de pernas, dirigi-me à mulher, sabendo que Sarah me seguiria. Então, rocei as pernas da mulher até ela olhar para baixo.

– Oh! – ela disse, surpresa. – Oi, garotinho.

– Henry... – Sarah tinha conseguido passar pelas pessoas para se juntar a nós. – Desculpe, parece que ele está estranhamente animado por estar nos correios!

– Tudo bem. – A mulher sorriu para a gente. – Você é Sarah Morgan, certo? A funcionária nova?

– Isso. – Dava para sentir Sarah se preparando, esperando mais uma piada sobre seu sotaque ou sobre sua família. Sentei-me a seus pés e tentei tranquilizá-la. Bastava confiar em mim.

– Prazer em conhecer. Meu nome é Harriet.

A mulher estendeu a mão para Sarah que, com um sorriso de surpresa no rosto, a apertou.

– Espero que esteja se adaptando bem. Vejo que já fez amizade com os moradores mais importantes!

Sarah riu.

– Acho que na verdade foi Henry que me adotou!

Harriet colou o último selo em suas cartas e acenou para dizer adeus enquanto ia em direção à caixa vermelha alta, no canto, para postá-las.

– Talvez haja algumas pessoas legais aqui, afinal de contas – murmurou Sarah, e eu lati, concordando. – Venha, Henry. Vamos entrar na fila.

Eu a segui até a fila de pessoas, serpenteando pela sala. Quando chegamos, o homem da frente se virou para nos encarar e eu vi o rosto de Sarah se abrir em um enorme sorriso.

– Oliver! – ela disse.

Claro. Oliver Kinchen-Williams. Ele tinha sido gentil com ela, certo? E o padrinho de Sarah tinha lhe dito para procurá-lo e se apresentar. Isso *tinha* que contar como uma recomendação pessoal.

Oh, eu estava satisfeito. Com este, eram *dois* novos amigos para Sarah em apenas uma manhã!

– Olá! Olha só vocês – ele disse, inclinando-se para acariciar minha cabeça. – Ele realmente se encantou por você, hein?

– Parece que sim. – Sarah corou, bonita. – Mas também estou encantada com ele.

– Sortudo. E você... postando cartões de Natal? – Oliver perguntou, indicando com a cabeça a pilha de envelopes que Sarah estava segurando, e ela fez que sim.

– É meu primeiro Natal longe de casa – admitiu. – Quando aceitei o trabalho... Bem, não importa.

– Claro que importa – Oliver disse, encorajando-a com seu tom gentil.

– É só que... Quando consegui o emprego, fiquei tão animada em passar o Natal aqui. Toda a decoração, as celebrações... tudo. Mas quanto mais perto do grande dia, mais saudade eu pareço sentir.

– É estranho passar o Natal longe de casa. Acredite em mim, eu sei.

– Você é de longe? – perguntou Sarah, curiosa. – Você parece ser nascido e criado no Palácio. O oposto de mim!

Oliver riu.

– Gosto do seu sotaque. Devon?

– Perto. – Sarah assentiu. – Meus pais têm uma fazenda em Somerset.

– Que incrível! – Oliver disse. – Na verdade, meus pais emigraram para a Nova Zelândia há alguns anos, para administrar uma fazenda de ovelhas depois que se aposentaram. Então, apesar de não ter crescido muito longe daqui, às vezes me sinto muito distante de casa.

– É porque um lar tem mais a ver com as pessoas do que com o lugar, suponho...

Eu sabia o que ela queria dizer. O Palácio de Buckingham poderia ser a casa mais fantástica com que um cachorro poderia sonhar, mas sem minha família... Não parecia que eu pertencia àquele lugar.

– Então... De quem está com saudade neste Natal? – Oliver perguntou. – Porque você tem um monte de cartões aí.

– E quase enviei muitos mais do que estes! Achei que as pessoas ficariam bem impressionadas ao receber um cartão com o carimbo do Palácio, então meio que queria mandar um para cada um. – Sarah abriu a pilha na mão para ler os nomes. – Há um para os meus pais e para os meus avós, é claro. Para minha melhor amiga, Rachel, e alguns outros amigos da minha antiga escola que agora moram em outros lugares. E um endereçado à igreja e um ao *pub* local, mas em nome de todos por lá! Algumas tias e tios, primos, meu padrinho Tom, claro, e... – Ela parou, olhando para o último cartão em sua mão.

– Quem é Debbie? – Oliver perguntou, depois de ler o nome de cabeça para baixo no envelope.

– A mãe de David, meu ex... – disse Sarah, em voz baixa.

– Ah...

– Pois é. Eu não estava muito segura sobre enviar o cartão… A gente terminou há alguns meses e, bem, não foi muito agradável. – Sarah balançou a cabeça, como se estivesse espantando as memórias ruins. Por tudo o que Sarah havia dito sobre esse tal de David, eu tinha um mau pressentimento sobre ele. – Mas a questão é que na verdade conheci Debbie antes de conhecer David. Ela administra a loja da fazenda, então trabalhamos muito com ela, meus pais e eu. Éramos amigas. David voltou para casa depois de se formar na universidade, nós nos conhecemos melhor e, bom, o resto é passado. Mas senti muito por perder Debbie como amiga quando David e eu terminamos.

– Então é gentil da sua parte enviar um cartão para ela – Oliver concordou. – Afinal de contas, o Natal é o momento de refazer essas conexões.

– Sim – disse Sarah devagar, olhando para Oliver como se a ficha estivesse caindo. – Isso. E talvez… Talvez fazer novas também.

– Sem dúvida – Oliver concordou.

Depois dos correios, segui Sarah por todo o Palácio por algum tempo, enquanto ela tentava descobrir onde ficava a piscina e o cinema, anotando com cuidado os horários das sessões.

– Ah! *Milagre na Rua 34*! É o meu favorito! – ela exclamou, quando viu o anúncio para a sessão especial de Natal no cinema. – Será que eles deixam cachorros entrar? – ela acrescentou, sorrindo para mim.

Imaginei que provavelmente deixavam. Afinal, eu podia entrar em qualquer outro lugar. E sempre curti a noite de cinema com os Walker. Era o único momento em que todos sc sentavam juntos, sem que ninguém tivesse que correr para o trabalho, para a escola, para as casas dos amigos ou para fazer o dever de casa. Eu me enroscava no sofá entre eles e tinha certeza de que receberia umas boas duas horas de carinho e cafuné. Felicidade absoluta. Além disso, havia sempre alguma comida gostosa que Jack e Claire compartilhavam comigo.

Só de lembrar disso, senti um pouco de saudade de novo. Era bom ter encontrado Sarah: pelo menos, poderíamos sentir saudades juntos.

E talvez ela fizesse mais alguns amigos na noite do cinema, pessoas que gostavam das mesmas coisas que ela.

Filmes – pelo menos os que assisti – sempre pareciam ser sobre a reunião de pessoas, especialmente quando se passavam no Natal. Até mesmo aqueles de que Jack gostava, em que o mundo estava prestes a ser explodido por alienígenas ou algo do tipo, geralmente mostravam um grupo de pessoas que se tornavam amigas trabalhando juntas.

Era disso que Sarah precisava: um amigo não canino no Palácio. Apesar de adorar ser seu melhor amigo, eu sabia que não era o mesmo que ter alguém que pudesse conversar com ela de verdade. Além disso, se tudo desse certo, eu voltaria para casa em breve, e não gostava da ideia de deixar Sarah sozinha no Palácio de Buckingham quando fosse embora.

Não! Eu precisava encontrar um amigo ou uma amiga humanos para Sarah. Talvez Harriet, que havíamos conhecido naquela manhã, ou uma das outras funcionárias, ou talvez alguém da equipe da cozinha. Alguém com quem ela pudesse nadar ou ir ao cinema para ver seu filme favorito.

– Será que Oliver gosta de filmes? – disse Sarah, com a voz suave e as bochechas rosadas.

Foi então que percebi. Aquele não era um dos filmes de catástrofe de Jack. Era um dos filmes que Amy e Claire preferiam para a noite de cinema: um daqueles em que um homem e uma mulher se beijavam sob o ramo de azevinho na noite de Natal, ou então ele corria atrás dela no meio da chuva para dizer que a amava. Um em que todos viviam felizes para sempre porque tinham descoberto a pessoa que poderia torná-los mais felizes do que qualquer outra pessoa no mundo.

Sarah merecia mais do que apenas algumas pessoas no Palácio que não zoassem com ela. Sarah merecia amor. Romance. Alguém que a fizesse enxergar como era especial e adorável. E Oliver era o candidato perfeito para isso, pensei. Eu tinha faro para essas coisas. Agora, só precisava descobrir como fazê-lo perceber isso.

Levantei as orelhas. Não poderia ser *tão* difícil, poderia? Nos filmes, humanos faziam isso o tempo todo. E eu era muito mais inteligente do que eles.

Tudo que eu precisava era de um plano…

AMY

— O que acham? – perguntou Amy, do balcão da cozinha, onde estava preparando, apressada, o almoço dos três. Era mais barato do que comprar o almoço na escola, logicamente, mas o esforço de fazê-los, e de variar o bastante para manter Claire satisfeita, estava acabando com Amy do mesmo jeito. Comer sanduíche de queijo com pepino todos os dias, como ela tinha comido em seus quatro anos da escola primária, realmente mataria a filha? Agora tinha que ser salada de macarrão ou *wrap* de frango ou sei lá mais o quê.

Amy fez um sanduíche de queijo e pepino, só para matar a saudade.

– Mil compartilhamentos de ontem para hoje! – Claire gritou. – Com certeza estamos fazendo a notícia circular.

– Isso é incrível, querida!

Enquanto procurava a mexerica menos murcha para colocar na lancheira de Claire com Sookie entrelaçando suas pernas e quase fazendo com que tropeçasse, Amy ouviu seu celular apitar. Suspirou sem sequer ver quem era. Com certeza era do trabalho – de novo. A temporada de gripe tinha começado com força total. Isso significava que eles precisavam absorver tanto as pessoas desesperadas para tomar a vacina que deveriam ter tomado meses antes, bem como os doentes que precisavam se consultar com o médico ou a enfermeira – ainda que todos fossem receber as mesmas orientações: voltar para cama e se cuidar em casa. Acrescente um surto de gastroenterite que derrubou alguns membros da equipe, e o trabalho não dava nenhum sinal de que fosse ficar menos insano nesse Natal.

– Deixa eu ver! – Jack entrou na cozinha com a mochila pendurada no braço. Puxou a cadeira ao lado de Claire.

– Jack, você prepara seu almoço? – Amy perguntou, torcendo para que o filho o fizesse, só para lhe dar uma mão, ainda que tivesse certeza de que a resposta era "não".

– Daqui a pouco, mãe.

Amy suspirou. Sabia o que "daqui a pouco" significava. Significava "vou deixar isso de lado por tanto tempo que você vai acabar fazendo para a gente não se atrasar". Ela já tinha passado por isso.

– Jack, não temos tempo. Claire já está vestida e pronta para sair, é por isso que ela está no computador. Você já tomou café da manhã?

– Ainda não. Vou comer daqui a pouco.

O telefone de Amy apitou de novo e, dessa vez, embora ela não soubesse dizer por quê, pareceu mais insistente. Em vez de responder a Jack, ela agarrou o aparelho. Talvez, se o filho fosse para a escola com fome, ele lhe desse ouvidos da próxima vez. Mas provavelmente não.

> Flora está doente e não poderei ir hoje. Você pode entrar mais cedo para abrir? Uma pessoa vem ficar com a Flora, mas não chega até às 9h.

Era o que dizia a mensagem de Shireen, a recepcionista da clínica. Flora era sua filha de 3 anos. Amy olhou para o relógio. Mais cedo? Naquele ritmo, ela teria sorte se conseguisse sair dali a tempo.

> Farei o que puder.

Ela respondeu a mensagem. Não era o que sempre fazia? Tudo o que podia? Só queria que isso fosse o suficiente com mais frequência.

– Beleza, gente, precisamos nos apressar de verdade agora, ok? Jack, se quiser carona para a escola precisa estar pronto em quinze minutos. Claire, você também.

Nenhum dos dois respondeu. Típico.

Suspirando alto, Amy terminou de preparar os almoços e os colocou sobre a mesa da cozinha junto de tudo o que precisava pegar antes de sair. O telefone apitou de novo, e Amy o fulminou com o olhar – até que abriu a mensagem.

Alguma notícia sobre Henry? Ah, e acabei de receber a mensagem de Shireen sobre Flora. Já estou a caminho e estarei lá para abrir. Não se preocupe se estiver atrasada.

A mensagem era de Luke. Sorrindo, Amy digitou a resposta.

Caos matutino habitual por aqui, e ainda não há pistas sobre Henry. Obrigada por abrir a clínica. Não sei por que você é tão bom para mim!

A resposta de Luke foi quase instantânea:

Porque você merece.

Amy leu a mensagem várias vezes antes de enfiar o celular no bolso e voltar a atenção para os filhos.

– Mil compartilhamentos são um começo – Jack estava dizendo, ao sentar-se em frente ao notebook. – Mas precisamos de mais. Algo para realmente fazer o público se engajar. Digo, Londres é enorme e Henry pode estar em qualquer lugar. Precisamos achar um jeito de fazer as pessoas saírem para procurar por ele…

– Ou podemos ficar prontos para a escola e o trabalho – sugeriu Amy. Jack e Claire olharam feio para ela. – Olha, estou tão desesperada quanto vocês para encontrar Henry, mas isso não significa que o resto do mundo parou. Vocês ainda têm que ir para a escola. Eu tenho que ir trabalhar. As refeições ainda precisam ser feitas, a casa ainda precisa de limpeza… Estamos fazendo tudo o que podemos para encontrar Henry, ok? Mas isso não significa que podemos abandonar todo o resto.

Outro sinal sonoro, e Amy pegou o telefone de novo. Porém, dessa vez o som vinha do computador.

– Espere… – Jack deu alguns cliques, sua expressão ficando mais animada a cada um deles. – Espere. Espere. É isso!

– É isso que? – perguntou Amy, enquanto Claire tentava tirar o irmão do caminho, dizendo: – Deixa eu ver! Papai me deixou no comando desta página, lembra? É o meu nome! Você é apenas um administrador.

– O que é isso? – Amy perguntou novamente, impaciente.

– Uma mensagem! Alguém dizendo que viu Henry! – Claire estava praticamente pulando na cadeira de tanto entusiasmo.

– Diz que o encontrou vagando pelo Parque St James... e que ele está bem! – A mesma empolgação ficou evidente na voz de Jack também.

Amy correu para olhar a tela.

– Eles enviaram uma foto? Ou algum outro detalhe?

– Não... – Jack leu rapidamente o resto da mensagem. – Está perguntando se há alguma recompensa por encontrá-lo. Podemos dar uma recompensa, certo?

Dinheiro. Claro. E tudo não se resumia a dinheiro?

Amy balançou a cabeça. Algo naquela mensagem simplesmente não soava bem. E, naquele momento, ela não tinha tempo para descobrir o que era.

– Não sei. Essa pessoa pode ser qualquer um – ela disse. Odiava estragar a festa tão cedo, mas não queria que os filhos fossem enganados. – Precisamos conversar com seu pai. Ele montou a página e talvez consiga mais informações sobre quem é essa pessoa.

E se ela realmente estivesse com Henry e quisesse uma recompensa, bem, definitivamente precisariam conversar com Jim. O dinheiro dela mal dava para chegar até o fim do mês.

– Mas e se Henry fugir de novo? – perguntou Claire. – Precisamos pegá-lo agora!

– Agora, precisamos ir para a escola e para o trabalho – disse Amy, com firmeza. – Jack, encaminhe a mensagem para o meu e-mail e vou tentar falar com seu pai hoje. Ou você mesmo pode fazer isso – ela acrescentou, quando o pensamento lhe ocorreu. Jack já tinha idade suficiente para falar com pai sobre esse assunto, ela só não queria que o filho tivesse que lidar sozinho com aquela situação. – Hoje à noite vamos decidir o que fazer. Juntos. Ok?

– Tá bom – Jack disse, emburrado. – Vou ligar para o papai.

– Ótimo. Mas depois da aula. – Amy pegou a bolsa e os almoços em cima da mesa. – Vamos lá, estamos todos atrasados!

Furiosos, Jack e Claire pegaram suas coisas. Amy suspirou. Não queria ser essa pessoa, a mãe chata que faz da vida dos filhos um inferno. Mas não queria que chegassem atrasados ou que fossem à escola sem almoço. Tinha que haver um equilíbrio em algum lugar...

De repente, Amy sorriu. Uma lembrança de Natais passados veio à mente.

– Quer saber, vou colocar o CD de Natal para tocar no carro.

Jack gemeu, mas Claire se animou um pouco.

– Aquele que eu fiz no ano passado? – perguntou ela.

– Sim – Amy confirmou. – Podemos cantar juntos pelo caminho.

Cantar alto uma boa música *sempre* animava as pessoas, certo?

– Você vai abrir as janelas nos sinais de trânsito e traumatizar as pessoas nos carros ao lado, não vai? – Jack estava revirando os olhos, mas Amy sabia que secretamente ele amava aquilo tanto quanto elas.

– Claro! – ela disse, e Claire deu um gritinho de alegria.

Talvez o dia não fosse ser um desastre completo, afinal.

HENRY

Ainda estava pensando em táticas para juntar Oliver e Sarah quando voltei para a Sala dos Corgis depois do jantar naquela noite. Eu sabia que era o certo a fazer, mas como? Não era uma missão fácil, pois eu não podia conversar com eles para fazê-los entender. Não, eu teria algum trabalho. Reflexão e planejamento.

Gostaria de ter a coleção de DVDs de Claire e Amy para me ajudar, mas já que não era possível eu teria que confiar na minha memória. Não me lembrava de ter visto uma TV sequer nos cômodos que tinha explorado no Palácio. Mas elas deveriam estar lá em algum lugar, certo?

Na verdade, estava tão distraído com meus pensamentos que nem percebi que Vulcan e os outros estavam de tocaia do lado de dentro da porta. Entrei e, num piscar de olhos, Vulcan estava sobre mim, estalando suas mandíbulas na minha cara – não o suficiente para machucar, mas para me dar um susto.

– Ei! – Pulei para trás. – O que é isso?

Vulcan ficou me circulando, ainda mostrando os dentes. O dorgi era uns bons centímetros mais baixo que eu e tinha as pernas tão curtas e grossas e ficava tão perto do chão que não conseguia parecer muito ameaçador. Mas ele com certeza estava tentando.

– Certo. Por que não nos acalmamos e conversamos? – respondi, dando pequenos passos para me colocar fora do alcance de Vulcan. Eu era um amante, não um lutador. Bem, na verdade não era muito de qualquer um dos dois, mas tinha certeza de que não havia como manter a boa vizinhança se entrasse em uma briga com um dorgi durão que quase nunca deixava o Palácio.

– Sim, vamos – Vulcan rosnou. – Vamos falar sobre como você está manchando a reputação dos Cães Reais. Sobre como você é um constrangimento para sua raça.

– Constrangimento? Eu? Como? – Agora eu estava totalmente perplexo. Estava fazendo tudo do jeito que Willow havia me ensinado: certificando-me de que chegava a tempo para as refeições, explorando o Palácio como se eu tivesse todo o direito de estar lá e passeando pelos jardins. O que estava fazendo de errado?

– Confraternizando com os *criados* – Vulcan cuspiu a última palavra como se fosse uma daquelas que Amy nunca deixava Jim usar quando as crianças estavam ouvindo. – Vimos você andando no jardim com a empregada. E conversando com aquele criado sênior. Precisa parar.

– Isso é por causa da Sarah? E do Oliver? – Balancei a cabeça, ainda confuso. – O que diabos está errado em passar algum tempo com os humanos? Para começo de conversa, eles foram muito mais legais comigo do que os cães.

– Porém, eles são *apenas* humanos – Willow disse. Ela estava sentada de lado, observando meu encontro com Vulcan com óbvio interesse. E eu não tinha dúvidas sobre de que lado ela estava.

Olhei para Candy. Ela estava encolhida um pouco mais para trás, perto de sua cesta, também observando. Mas sua expressão era muito mais conflituosa que a de Willow.

– Sarah é adorável – eu insisti. – Ela é gentil e amiga, me leva para passear e, na maior parte das vezes, é ela que nos alimenta! Por que diabos eu não seria amigo dela?

– Porque ela não é uma de *nós* – disse Willow, calmamente.

– O quê? Um cachorro? – Era tudo muito confuso.

– Ela é uma *criada*. – Vulcan rosnou. – Somos animais de estimação da realeza. Parte da Família Real. Nós governamos este Palácio.

– Exato – Willow concordou. – Somos importantes. Todos os outros, todos que não sejam da família, são nossos subordinados. Estão aqui para nos servir, não para serem nossos amigos.

– Não entendo – admiti.

– Claro que não. – Willow deu de ombros. – Seu lugar não é aqui. Então voltamos ao início.

– Talvez não entenda mesmo. Mas pelo menos conheço as pessoas que mantêm esse lugar funcionando. Pelo menos não espero que eles abram as portas para mim e me alimentem, me acompanhem e me limpem, sem dar nada em troca.

– Mas essa é a questão – disse Candy, sua voz mais suave do que a dos outros. – Eles estão aqui para fazer isso. Não são nossos donos. A Rainha é. Ninguém mais além dela importa para nós.

– Bem, não conheci a Rainha. E, quando conhecer, ela provavelmente vai me expulsar. Então acho que vou fazer meus amigos onde eu puder encontrá-los.

Dei as costas para eles, me preparando para sair. Cansei de toda aquela bobagem.

– Então talvez a gente deva se livrar de você antes. – Vulcan se lançou para frente de novo, as mandíbulas bem abertas e os dentes brilhando enquanto avançava sobre mim.

Levantei minha pata, tentando me proteger, mas Vulcan estava determinado. Toda vez que eu conseguia me desviar de sua boca ou de suas garras, ele se recompunha e atacava de novo. Eu não queria ferir o Vulcan. E, mesmo se o fizesse, sabia que se machucasse outro cachorro provavelmente seria o fim da minha estadia no Palácio de Buckingham.

Por outro lado, eu também não queria ser atacado.

– Pare! – Por um instante, achei que fosse a minha voz, mas não.

Era Candy.

– Vulcan, não. – Ela avançou e colocou seu corpo trêmulo entre mim e o outro dorgi. – Não machuque Henry. Ele não sabia que estava fazendo algo errado.

– E ainda não acho que estava – resmunguei, e Willow olhou para mim, divertindo-se. Pelo visto, aquela situação tinha muita graça para ela.

Candy me lançou um olhar de "cale a boca!", e obedeci. Pelo menos daquela vez.

– Olha, Henry não ficará aqui por muito tempo, certo? Assim que todos perceberem o erro, saberão que ele não é um de nós. Então, que diferença faz de quem ele é amigo?

Candy foi persuasiva, mas Vulcan não parecia estar convencido.

– É importante – ele insistiu. – E se os outros humanos tiverem *ideias*? Aquele criado sênior *sempre* faz seu intervalo matinal naquele momento. Sempre o vejo voltando quando estamos saindo para passear nos jardins. Ontem ele até disse "olá" para nós! E se ele tentar acariciar um de nós? Ou, pior ainda, pensar em nós como *seus* animais de estimação?

– Vocês *são* bichinhos de estimação! – eu disse, um pouco alto demais.

– Mas não animais de estimação *deles* – interveio Willow, concordando com Vulcan. Claro. – Eles não nos possuem, entende? E não podem começar a ter ideias de que têm autoridade sobre nós.

Aquela era uma ideia estranha para mim. Por mais que eu fizesse parte da família Walker, eu sabia que Jim e Amy me comandavam, da mesma forma que comandavam Jack e Claire. Pensar que os cães tinham poder sobre os humanos no Palácio – a não ser sobre a Rainha, é claro – era simplesmente estranho.

– Acho que a questão é – continuou Candy, e todos se viraram para ela – Henry é um cachorro amigável. Ele faz amizade com todos. Não consegue evitar.

– Por que está defendendo ele? – Perguntou Vulcan, desconfiado.

– Porque… – Candy suspirou. – Porque ele foi amigável até comigo, mesmo que eu não tenha dado nenhuma razão para isso.

Olhei para o chão, um pouco envergonhado.

– Você precisava de um amigo. O que mais eu poderia ter feito?

– Poderia ter me ignorado. Me deixado sozinha. Ter fingido que não te acordei com meu pesadelo.

Willow e Vulcan pareceram ligeiramente culpados após ouvir Candy. Naquela noite, supus que estivessem dormindo durante o pesadelo de Candy, mas agora não tinha mais tanta certeza.

– Sim, não consegui – admiti. – Não é da minha natureza.

– E é isso que estou dizendo. Entendem? Ele é apenas um cachorro amigável.

Vulcan bufou, desaprovando.

– Está bom. Mas, no que me diz respeito, quanto mais cedo *Ela* chegar em casa e te chutar para a rua, melhor.

– Já entendi – respondi. Pelo menos eu sabia que nem todos os cães reais se sentiam daquela forma.

Willow não disse nada, mas olhou para mim com curiosidade. Me perguntei o que ela achava daquela situação.

Mas, acima de tudo, eu me perguntava o que a dona deles, Sua Majestade, diria quando descobrisse tudo o que estava acontecendo em *Sua* ausência.

Mais tarde, naquela noite, uma vez que estávamos todos enfiados em nossas cestas, ouvi Candy descer e atravessar a sala em minha direção.

– Você pode entrar aqui, se quiser – murmurei, quando ela parou ao lado da minha cesta. – A menos que esteja preocupada com o que seus *amigos* dirão.

Depois de um longo suspiro, Candy pulou e se juntou a mim.

– Eles simplesmente não conseguem te entender – ela disse, enquanto se acomodava, aconchegando-se em mim com tanta facilidade como se dormíssemos juntos toda noite.

– Sou um cachorro, como eles – respondi – Não tem como se confundirem.

Candy deu uma risada abafada.

– Está brincando, né? Você é de um mundo totalmente diferente.

Eu era? Suponho que sim. Minha vida com os Walker não se parecia em nada com a vida deles no Palácio. Embora eu tivesse a sensação de que, se conhecessem Amy e os outros, veriam que nossos relacionamentos com nossos donos não eram tão diferentes quanto pensavam.

– Sempre foram apenas vocês três? – perguntei. Talvez, se os entendesse melhor, poderia ajudá-los a me entender.

– Não – a voz de Candy ficou baixa e tristonha. – Costumava haver muitos de nós. Quando eu nasci...

– Espere. Você nasceu aqui no Palácio?

– Claro! – Candy pareceu surpresa por eu ter perguntado. – Onde mais eu teria nascido?

– Não sei. Eu só... – Eu não me lembrava do lugar onde havia nascido, onde morava antes dos Walker me levarem para casa. Mas deve ter sido em *algum lugar*. Eu sabia, ao ouvir Amy e Jim falando, que eu tinha mãe e irmãos.

Mas não pensava neles como uma família para mim da mesma forma como sempre pensei nos Walker.

– A Rainha… Ela cria nossa raça, sabe? Ou melhor, costumava criar. Pertencemos a uma longa linhagem de Cachorros Reais. É possível rastrear nossos ancestrais por gerações e gerações. – Candy deu um sorrisinho. – É por isso que se consideram tão importantes.

– Família é importante – concordei. – Apenas acredito que não importa se essa família é humana, canina ou de qualquer outro tipo.

Pensei em Sookie. Como ela estaria se virando sem mim lá em casa? Mesmo quando brigávamos, ou quando era má comigo, ainda éramos uma família. Os únicos dois animais que os Walker tinham para cuidar deles. Sookie conseguiria fazer isso sozinha? Ainda mais nesses últimos tempos, quando tudo em casa estava tão estranho? Torci para que sim.

Ao me lembrar de algo que Willow me dissera no meu primeiro dia no Palácio, franzi o cenho.

– Willow disse que a Rainha não estava mais pegando nenhum animal, que Monty era uma exceção.

– E?

– Mas se costumava haver mais de vocês, se foi criada aqui, quer dizer, então deve ter havido outros cães. Cães mais velhos ou irmãos e irmãs?

O sorriso de Candy não se abriu até seus olhos cor de chocolate.

– Há algum tempo, costumava haver muitos de nós. Alguém uma vez nos descreveu como um tapete em movimento, tantos eram os cães correndo na frente dela. Mas agora somos apenas nós três. Todos os outros se foram, um a um.

– Sinto muito.

Perder um amigo, um membro da família, deve ser incrivelmente difícil. Era diferente de Jim sair de casa. Era não ver alguém que você amava, nunca mais. Não conseguia nem imaginar. Ou, não poderia, antes de vir para o Palácio. Mesmo agora, eu sabia que, se jamais conseguisse voltar para casa, os Walker seguiriam vivendo sem mim. E, se isso era verdade, sempre haveria esperança de nos encontrarmos de alguma forma. Candy não tinha essa esperança.

– Holly foi a última – disse Candy, suavemente. – Ela era uma corgi, como Willow e você. Ela e Vulcan eram muito próximos. Acho que ele é quem sente mais saudade dela. Não acho que ele tenha sido verdadeiramente feliz depois quc ela foi embora.

Senti uma onda inesperada de compaixão por Vulcan – algo que eu nunca imaginava que iria experimentar. Não era de admirar que ele me odiasse tanto. Outro corgi chegando, tomando o lugar de sua melhor amiga. Ele provavelmente também não ia gostar de Monty. Isso não mudaria a maneira como Vulcan me tratava, mas ao menos me ajudou a entendê-lo um pouco melhor.

Candy bocejou de novo, sua mandíbula estalou com o movimento.

– Você deveria dormir um pouco – eu disse.

Candy concordou.

– Boa noite, Henry.

Esperei que Candy fosse descer e voltar para sua própria cesta, mas, em vez disso, ela se aninhou ao meu lado e fechou os olhos.

Depois de alguns segundos, fiz o mesmo.

Pelo visto, eu tinha feito uma amiga canina no Palácio, finalmente.

6º DIA

Quinta, 19 de dezembro

HENRY

Acordei na manhã seguinte com um plano para ajudar a unir Sarah e Oliver completamente formatado na minha cabeça.

No fim das contas, foi algo que Vulcan falou, – quem diria! –, que me deu a ideia. Ele disse que Oliver sempre fazia o intervalo matinal no mesmo horário, e voltava para o Palácio quando os cachorros saíam para a caminhada da manhã. Sarah tinha me levado para a minha caminhada um pouco mais tarde (depois daquele primeiro dia quando nos encontramos com Oliver nos jardins), já que esse horário se encaixava melhor em sua rotina de trabalho. Naquela manhã, porém, precisávamos sair mais cedo. Era a única maneira de garantir que ela encontraria Oliver.

A primeira regra de um romance em todos os filmes de Amy era que o homem e a mulher tinham que estar no mesmo lugar. (Bem, menos naquele chamado Sintonia de Amor.)

Mais uma vez, lamentei o fato de que humanos não sabiam falar *cachorrês*. A vida seria muito mais fácil se eu pudesse explicar a ela o que estava fazendo. Então precisei encontrar outras maneiras de fazê-la entender.

No minuto em que o café da manhã acabou, corri para encontrar Sarah, na esperança de convencê-la a terminar o trabalho mais cedo.

– Bom dia, Henry! – ela disse, alegremente, quando passou por mim com a cesta de limpeza. – Vamos, hoje começaremos limpando a Sala de Estar Branca.

Qual delas era a Sala Branca? Havia tantos cômodos no Palácio que eu não conseguia decorar, mesmo quando ouvia Sarah falar sobre eles enquanto fazia a limpeza. (Por exemplo, agora eu sabia que a Sala da Grande Cadeira era, na verdade, chamada Sala do Trono.)

Corri atrás dela, torcendo para que fosse uma das salas menores – não como o salão de festas gigante ou a longa Galeria de Fotos. Dessa forma, Sarah acabaria mais rápido e eu poderia encorajá-la a dar um tempo lá fora comigo e com Oliver.

– Aqui vamos nós – disse Sarah, colocando a cesta no chão.

Eu a segui. Na porta, parei. Não. Por favor, não. Aquilo não era nada bom.

A Sala de Estar Branca, pelo visto, era mais dourada do que branca. Havia sofás e cadeiras douradas, ornamentos dourados nas paredes, dourado no teto e em outro enorme lustre de cristal com velas brancas e detalhes dourados. E, sobretudo, estava repleta de mobílias e enfeites sem fim: candelabros, escrivaninhas, armários e espelhos, para citar apenas alguns, todos certamente precisando ser espanados por Sarah. Demoraria demais.

– Esta sala não é fantástica? – Sarah deu um pequeno giro no meio do salão.

– Já ouvi falar tanto daqui, sabia? Meu padrinho, Tom, costumava me contar histórias sobre o Palácio quando trabalhava aqui, e esta sala sempre foi sua favorita. Na verdade… – Ela correu para um dos espelhos superaltos que ficavam em ambos os lados da lareira branca e ornamentada, acima da qual estava pendurada outra enorme pintura de uma mulher em um vestido branco.

Na prateleira de cima de um armário abaixo do espelho, Sarah buscou alguma coisa. Intrigado, me aproximei para ver o que era.

Então, de repente, a parede se moveu.

Dei um pulo, saí da frente e me escondi atrás de Sarah. A última coisa de que precisávamos era quebrar o Palácio. Isso com certeza causaria a expulsão de nós dois!

– Aha! – Sarah disse, sorrindo feliz. Então, de repente, cautelosa, ela olhou por cima dos ombros para se certificar de que ninguém estava olhando. – Fica exatamente onde ele disse que ficava! – ela sussurrou.

Como Sarah não estava alarmada, decidi que não deveria ficar também. Em vez disso, dei um passo à frente, abrindo caminho até onde a parede havia se movido. Na verdade, não era a parede inteira.

Era apenas o armário com o espelho acima. Porque, percebi de repente, não era uma parede. Era uma porta!

Lá na frente, pude ver outra porta, mas aquela estava fechada.

– Por aqui se chega diretamente aos cômodos privados da Rainha – disse Sarah, em voz baixa. – Você provavelmente poderia entrar lá, se estivesse aberto, mas acho melhor não!

Tão facilmente quanto abriu, Sarah fechou a porta do espelho secreto, depois limpou as impressões digitais.

– Meu padrinho me contou que quando eles fazem recepções nesta sala, os membros da realeza ficam lá em uma sala menor, chamada de Closet Real, tomando seus drinques antes da festa. Então, quando estão prontos para participar – mágica! Um criado pressiona o botão e eles aparecem! Consegue imaginar como é empolgante?

Pela primeira vez, consegui entender exatamente por que Sarah queria trabalhar no Palácio de Buckingham. Ela era fascinada pelo edifício, pela cultura e pelas pessoas daquele lugar. Eu só queria que ela se sentisse mais em casa, agora que estava ali.

– Bom. É melhor eu fazer a limpeza. – Sarah pegou o espanador e começou a trabalhar. Fiquei observando por alguns instantes. Não demorou mais que isso para eu chegar a uma conclusão óbvia: Sarah nunca terminaria aquilo antes de Oliver voltar de seu intervalo.

O que significava que eu precisava ser mais persuasivo. Com aquele pensamento, virei a cauda e saí correndo da Sala de Estar Branca e fui para a Sala dos Corgis.

Para a próxima parte do plano, eu precisaria de acessórios.

– Ah, está de volta, né? – perguntou Sarah, quando voltei mais tarde. – Pensei que tivesse ficado entediado com as trivialidades do meu Palácio e se afastado.

Ela desceu do banquinho em que tinha subido para limpar alguns dos enfeites mais altos e deu uma boa olhada para mim. Então, riu.

– Isso é uma indireta? – Ela apontou para a bola na minha boca. Lati, concordando, e a bola caiu, rolando pelo chão da Sala de Estar Branca.

– Se quiser brincar, vai ter que esperar até eu terminar aqui, Henry.

Mas isso não funcionaria para mim. Se esperássemos muito mais, Oliver terminaria o intervalo e ela perderia a chance de falar com ele.

Ok. Passo dois.

Deixando a bola aos pés de Sarah, saí correndo de novo e desci até a porta do jardim. Com cuidado, tirei a guia do gancho que tinha ali e corri de volta pelas escadas até a Sala de Estar Branca.

Sarah *ainda* estava espanando. Notei que a bola tinha sido recolhida e colocada na cesta de limpeza.

Segurando minha guia entre os dentes, cruzei a sala e coloquei-a aos pés de Sarah.

– Não vou demorar muito, Henry – disse ela, de um jeito tranquilizador. Mas então ela também colocou a guia na cesta, ao lado da bola.

Ok, hora de pegar pesado.

Choraminguei. Pateticamente. Bem, você precisa fazer o que for preciso para as coisas funcionarem, certo?

Sarah suspirou.

– Você precisa tanto assim sair?

Lati, confirmando.

– Bem… – Ela olhou em volta para a sala não terminada. – Creio que se você decidisse ir ao banheiro aqui na Sala de Estar Branca não seria bom para ninguém. E caberia a mim limpar!

Ela estava vacilando, dava para ver. Dei um último gemido por garantia. Sarah revirou os olhos.

– Está bem, então. Deixa só eu guardar a cesta de limpeza e te levo para fora. Mas bem rapidinho! E depois terei que trabalhar no meu intervalo para compensar, então espero que saiba como estou sendo boa para você.

Acariciei sua perna para mostrar que era grato. Claro, ela ainda não sabia, mas ficaria ainda mais grata.

Sarah prendeu minha coleira quando chegamos à entrada do jardim, a bola em sua outra mão. Eu a arrastei para fora, indo em direção ao lugar onde encontramos Oliver no outro dia. Espero que ele seja fácil de encontrar; os jardins eram enormes, mas eu achava que provavelmente conseguiria reconhecer seu cheiro.

Tinha razão. Comecei a sentir assim que saímos e o segui por todo caminho, arrastando Sarah comigo.

– Henry! Achei que você queria brincar de pegar a bola! – Ela acenou com a bola para mim.

Hesitei. Eu realmente queria brincar. Mas queria mais ainda que Sarah fosse feliz.

Mantive o focinho no chão e corri, seguindo a trilha do cheiro, me esforçando para não perder o rastro de Oliver. Estava tão ocupado atrás do cheiro que mal percebi quando nos aproximamos de uma grande árvore no meio do caminho. Eu me esquivei no último segundo, puxando Sarah comigo, só que ela tropeçou em uma raiz e...

Bum!

– Que droga, sinto muito! – Sarah, nervosa, levantou-se depressa e saiu de cima do homem com quem tinha se chocado. Fiquei rodeando ao lado dela, minha guia se emaranhando em suas pernas, enquanto eu tentava me certificar de que ela estava bem.

– Tudo bem. – O homem sentou-se e, finalmente, consegui ver seu rosto. Era Oliver! – É bom ver vocês dois aqui – disse ele, com um sorriso atordoado.

– Oliver! – Sarah estendeu a mão para ajudá-lo. – De verdade, me desculpe. Henry estava correndo e eu o seguia sem olhar para onde estava indo, e então apareceu esta árvore...

– Tudo bem. Sério. – Oliver parecia surpreso, mas satisfeito em nos ver.

Na verdade, pensando agora sobre aquilo, foi perfeito. Uma cena de um dos filmes da Amy!

– Para um Palácio tão grande, estamos nos esbarrando muito, não é? – disse Sarah.

Se eles soubessem quanto trabalho tinha sido necessário. Mas Sarah parecia feliz demais com o resultado para ter qualquer suspeita sobre minha participação.

– Literalmente, pelo visto!

Sarah estremeceu.

– Eu pedi desculpas?

– Muitas vezes. Que tal você me compensar deixando eu te acompanhar em uma caminhada? – Oliver sugeriu. – Quase sempre faço um intervalo nesse horário e, quando possível, gosto de aproveitá-lo passeando pelo jardim.

– É claro! – Sarah deu um passo para ficar ao lado dele enquanto caminhavam pelo jardim. Perto deles, eu andava feliz, parabenizando a mim mesmo pelo trabalho bem-feito.

– Preciso dizer, fiquei um pouco surpresa que você goste de conversar comigo – Sarah admitiu. – Deve ter notado que a maioria dos outros funcionários não está tão interessada nisso.

– Então eles são idiotas – Oliver disse, e encolheu os ombros. – Por que diabos eu não gostaria de ser seu amigo?

– Na maioria das vezes, acho que é o meu sotaque que os afasta. Isso ou o fato de acharem que meu padrinho conseguiu este emprego para mim.

Oliver balançou a cabeça.

– Não funciona mais assim, sabe. Antes, conseguir um emprego no Palácio dependia de quem você conhecia. Hoje, é preciso provar que merece.

– Assim é melhor, não acha? – disse Sarah.

– Sem dúvida – Oliver concordou. – Embora, se uma carta do seu padrinho fosse necessário eu não teria reclamado!

Sarah riu.

– Suponho que não. Mas... Gosto de saber que conquistei meu lugar aqui, mesmo que os outros não acreditem que trabalhei muito e cheguei aqui por meu próprio mérito. Me faz sentir... Não sei.

– Orgulhosa – ajudou Oliver. – E você deve mesmo se sentir assim. Já é difícil conseguir um emprego no Palácio, mais difícil ainda é consegui-lo com distinção. Você *deve* mesmo estar orgulhosa de si.

– Você está? – perguntou Sarah. – Digo, orgulhoso de si?

Oliver pensou um pouco antes de responder.

– Sim – disse, por fim. – Estou. Nem sempre quis ser um criado, sabe. Eu queria ser piloto. Mas minha visão não estava à altura, e assim... – Ele deu de ombros.

– Você precisou de um plano B – Sarah adivinhou. – Consigo entender.

– Por algum tempo, fiquei um pouco perdido. Não sabia o que mais queria fazer, de verdade. Mas então vi o anúncio de vagas para funcionários do Palácio, que seriam treinados para ser criados, e, bem, agarrei a chance. Isso foi há alguns anos. Trabalhei duro para chegar a criado sênior, e com a ajuda do seu padrinho, claro. E agora não consigo me imaginar fazendo outra coisa.

– Você foi brilhante – disse Sarah, sorrindo para ele. Nunca a tinha visto tão feliz. Eu sabia que meu plano era fantástico!

– Então, se o Palácio de Buckingham também era seu plano B, qual era o plano A?

O sorriso de Sarah desapareceu com a pergunta de Oliver.

– Ah, você sabe. O de sempre.

– Ser piloto acrobático da Força Aérea Real? Ou esse era só meu?

– Só o seu – disse Sarah, quase sorrindo. – Não... Eu queria a mesma vidinha que a maioria das pessoas na minha aldeia. Um casamento feliz, crianças, continuar trabalhando na fazenda da família, e ganhar a noite do quiz no *pub* Fox and Duck às segundas-feiras. Como eu disse, o de sempre.

– Mas algo mudou?

– Acreditaria se eu dissesse que finalmente percebi que nunca iríamos vencer o time dos Quizzy Rascals?

– Não.

Sarah me segurava com mais firmeza que o normal, percebi. Como se não quisesse que eu fugisse sem levá-la comigo. Mas eu não estava indo a lugar algum. Queria ouvir sua *verdadeira* resposta tanto quanto Oliver obviamente queria.

Eles caminharam em silêncio por um tempo e quase tinham terminado a volta do jardim antes de ela suspirar:

– Digamos apenas que percebi que a vida era mais do que eu vivia em casa. Muito mais.

Oliver ficou em silêncio, claramente esperando que ela dissesse algo a mais, mas não disse.

– Bem, o que quer que seja que tenha trazido você ao Palácio de Buckingham, deixa, pelo menos a mim, muito feliz.

– A mim também – disse Sarah, com um sorriso.

Foi perfeito. Assim como nos filmes.

Então Sarah olhou para o relógio e quebrou o clima.

– Ah, meu Deus! Preciso voltar – disse ela, ligeiramente chocada.

– Eu também. – Oliver checou o relógio também, e seus olhos se arregalaram. – Não percebi que estávamos aqui há tanto tempo!

– Nem eu.

– É muito fácil conversar com você – Oliver disse, com um sorriso.

– Talvez pudéssemos… conversar de novo, outro dia? – As bochechas de Sarah estavam rosadas quando ela perguntou.

– Com certeza – Oliver concordou. – Na verdade, se estiver livre hoje à noite, há uma mostra especial no cinema. Eles estão exibindo…

– *O Milagre da Rua 34*! – Sarah terminou por ele. – É um dos meus favoritos. Eu adoraria ir.

– Comigo?

– Com você – Sarah confirmou, com um sorriso.

Ora, ora, aquilo não era genial? Se eu precisava de algo para me ajudar a juntar os dois, um bom filme de Natal seria perfeito!

Voltei para o Palácio me sentindo um pouco metido. Tinha a intuição de que meu trabalho ali estava feito.

Sério! Onde os humanos estariam sem nós, cães, para resolver suas vidas de tempos em tempos?

AMY

Amy olhou ao redor do bar, observando as bebidas coloridas, o velho doutor Evans usando um chapéu de Papai Noel com um azevinho pendurado e todos os seus amigos celebrando um momento legal e festivo.

Luke tinha feito um ótimo trabalho ao transformar o geralmente monótono jantar de Natal em algo muito mais divertido, reservando um lugar ótimo – um bar novo e animado que Amy nem sabia que tinha aberto na cidade, com uma sala nos fundos cheia de mesas grandes para grupos comerem e uma pista de dança com karaokê de Natal ao lado do bar principal. Perfeito para todos os gostos – até mesmo para o doutor Evans, que estava flertando com uma das garçonetes. Ele até poderia parecer ter 107 anos, mas, pelo visto, o cara levava jeito nas cantadas.

Não tinha certeza de que seria uma boa ideia, apesar da insistência de Luke, de que ela precisava de uma noite de diversão. Mas não foi só ele – todos os seus amigos e colegas se uniram para falar com ela. E foram tão persuasivos! Principalmente Shireen que, depois de lidar com a infecção estomacal de Flora nos últimos dias, estava desesperada para entregá-la ao marido e sair de casa por algumas horas.

– É Natal! Há meses e meses não saímos juntas! Qual é o sentido de aturar um garoto de 17 anos se ele não pode ficar de babá uma noite por ano? Quando foi a última vez que fez alguma coisa só por você?

E o mais persuasivo de todos foi o encorajamento gentil de Luke:

– Permita-se tirar uma noite de folga, Amy. Tire algumas horas longe do mundo real e relaxe.

Então lá estava ela. Relaxando. Pelo menos, até que o mundo real a encontrasse novamente.

– Você vai cantar? – Luke sentou-se na cadeira ao lado dela e empurrou uma taça de vinho branco em sua direção. – O karaokê está apenas começando. Eu trouxe a lista de músicas…

Ele balançou a pasta grossa com todas as músicas disponíveis na frente dela.

– Há uma página inteira só de músicas de Natal. Acho que Shireen e Nathan farão um dueto para "Baby, it's Cold Outside".

– Nem me lembro da última vez em que cantei em um karaokê. – Jim sempre zombou dela por gostar de cantar, mas ela adorava. Ficava feliz com aquilo. Especialmente quando a música era natalina. Cantar bem alto os clássicos no carro com Claire enquanto Jack revirava os olhos e fingia não estar cantarolando junto, foi um dos melhores momentos no fim daquele ano. Talvez fosse hora de ter outro.

Luke abriu a lista de músicas e passou o dedo pela página de músicas de Natal.

– Que tal esta? – Apontou para uma canção familiar, e Amy sorriu.

– Não sei se devo – ela disse, aquele último vestígio de dúvida ainda em sua mente. E se Jim estivesse certo? E se ela apenas fosse fazer papel de boba?

– Ah, pois eu acho que você deve com certeza – respondeu Luke. – Na verdade, vou colocar seu nome na fila agora mesmo.

– Ok, então – disse Amy, cedendo ao inevitável.

Mas, assim que Luke saiu, o telefone de Amy tocou. Jim.

O nome do ex-marido apareceu na tela e, por um breve e confuso momento, ela se perguntou se ele estava ligando para reclamar que ela ia cantar em público. Provavelmente não.

Amy afastou-se da mesa onde as amigas esvaziavam uma segunda garrafa de vinho e apertou o telefone no ouvido enquanto tentava ouvir em meio ao barulho do bar.

– Amy? Onde você está?

– Jim? O que foi? – Se ela tinha quase que gritar para ouvir sua própria voz, imagine Jim.

Precisava sair dali. Ao passar pelo bar, sinalizou para Luke que estava saindo para atender a chamada e abriu caminho em meio ao amontoado de gente até a porta da frente, até conseguir sair para o ar cortante da noite de inverno. Por que ele estava ligando para *ela*? O que quer que fosse, Jim não era mais problema seu.

– Sabe onde estão nossos filhos? – A raiva na voz de Jim ficou subitamente alta e clara no silêncio do lado de fora, e o coração de Amy pulou. A não ser pelas crianças. Elas ainda eram problema mútuo dos dois.

– Em casa – ela disse, rezando para que fosse verdade. – Jack concordou em tomar conta de Claire para mim, para eu poder sair com os amigos e participar do jantar de Natal da clínica.

– Bem, eles não estão lá agora – respondeu Jim.

Amy sentiu seu coração parar por uns segundos e precisou se recostar na parede do bar para não cair.

– Como assim?

– Acabei de checar a página do Henry no Facebook. Havia uma mensagem de um cara bem suspeito dizendo que o havia encontrado e perguntando sobre uma recompensa.

– Sim, chegou ontem de manhã – lembrou Amy. – Eu não cheguei a ver, estava tentando levar todo mundo para a escola.

E cantando no carro.

– E não achou que era importante o suficiente para me contar?

– É a *sua* página, Jim! Achei que *você* veria, caso se importasse.

Como aquilo poderia ser culpa dela? Para começar, criar a maldita página tinha sido ideia dele!

– Além disso, eu mandei Jack e Claire não responderem nem fazerem qualquer outra coisa antes de falar com você sobre isso. Falei que algo estava estranho.

– Bom, eles não falaram comigo – disse Jim. – Em vez disso, Jack enviou uma resposta para o homem hoje mais cedo e marcou de encontrá-lo.

– Na hora em que ele sabia que eu estaria fora e não poderia detê-lo. – Amy se virou e encostou a testa na parede, sentindo o pânico queimar suas entranhas. – Droga! Sabe onde eles estão?

– Felizmente sim. Passo aí para pegar você?

– Sim, por favor.

Amy passou o endereço do bar em que estava, depois desligou e voltou para dentro para contar às amigas que a diversão havia terminado para ela por mais um ano. Luke a encontrou assim que entrou.

– O que foi?

– As crianças. Eles fugiram atrás de uma pista sobre Henry que tem toda cara de ser falsa.

Amy estremeceu, imaginando os filhos sozinhos, à noite. Por que não tinham esperado?

– Quer que eu te leve até eles? – De repente, o Luke divertido e descontraído que queria que ela cantasse no karaokê tinha sumido e, em seu lugar, estava o médico sério e habilidoso que ela conhecia do trabalho.

– Obrigada, mas Jim já está a caminho para me pegar.

Luke assentiu.

– Ah, que bom. Vou buscar as suas coisas. Pode ficar aqui e esperar o carro dele.

Amy concordou e observou Luke sair, imaginando, por um momento, um mundo em que aquela noite poderia ter tido um final muito diferente.

Talvez até com azevinho.

O caminho foi tão sofrível quanto Amy antecipara. Tensa e muda, ela percebeu que, depois de mais de 20 anos juntos, ela e Jim não tinham absolutamente nada a dizer um ao outro. Nada, além de "a culpa foi sua". O que era uma mentira e uma perda de tempo.

Então Amy ficou quieta e olhou pela janela, esperando qualquer sinal de que os filhos estavam bem.

Por fim, Jim desacelerou o carro quando o GPS informou que haviam chegado ao destino.

– Deve ser aqui. – Amy espiou pelo para-brisa a estação de ônibus escura e vazia. – Como é que eles aceitaram marcar um encontro aqui?

Ou em qualquer lugar, aliás. Nada naquela noite fazia sentido. Embora fossem um adolescente e uma pré-adolescente típicos, seus filhos eram sensatos. O que deu na cabeça de Jack para trazer a irmã até ali, tarde da noite, para encontrar um estranho?

Jim parou o carro em uma vaga ao lado da calçada e ambos saíram, olhando em volta com cuidado em busca de algum sinal de alguém. Ou de cachorros.

– Ei!

Com o grito, Amy e Jim trocaram olhares.

– Jack! – disse Amy e começou a correr.

Jim foi atrás e a alcançou pouco depois. Correram lado a lado em direção ao local de onde o grito tinha vindo.

– Ali! – Jim engasgou, apontando.

Mais à frente, nas sombras, Amy viu uma silhueta magra e escura, com uma silhueta menor ao lado. Jack e Claire. Tinha que ser!

– Volte aqui! – Jack estava gritando. – É meu dinheiro!

Claire estava puxando o irmão pela manga da blusa.

– Vamos logo para casa. Jack, eu quero ir para casa.

– Mas ele levou meu dinheiro!

– Jack! – Jim gritou, quando se aproximaram.

Jack e Claire se viraram para os pais, os olhos arregalados e cheios de medo. Sim, Amy pensou, os dois sabiam o que iam ouvir agora.

– O que *acha* que estava fazendo? – Jim parou a apenas um passo deles, pairando sobre Jack como se ele tivesse 6 anos de idade e o tivesse flagrado desenhando nas paredes.

Claire correu para Amy, agarrando-se à sua cintura. Amy abraçou a filha com força, assegurando-se de que tudo estava bem e seu coração poderia se desacelerar a qualquer momento.

– Ele disse que estava com Henry – Jack explicou.

Amy podia ver a súplica nos olhos do filho, o quanto ele queria que o pai entendesse. Mas Jim não estava vendo. E, dessa vez, Amy não podia culpá-lo.

– Você trouxe Claire, sua irmã de 12 anos, para um lugar estranho, no meio da noite, para encontrar um homem que nenhum de vocês conhecia, e que tinha pedido dinheiro a vocês! – A voz de Amy saiu entrecortada, a raiva mal contida. – Você tem noção da estupidez e do perigo do que fez? Você tem quase 18 anos e, se quer cometer seus próprios erros, podia pelo menos evitar erros estúpidos que podem te *matar*.

– A questão – interrompeu Jim – é que não foi apenas a sua vida ou o seu bem-estar que colocou em risco, mas o de Claire também.

Jack parecia envergonhado. Não! Mais do que isso, parecia horrorizado. Como se não tivesse lhe ocorrido antes que houvesse qualquer perigo. Mas isso não era crescer? Aprender a pensar nas consequências dos próprios atos?

– Eu falei para você não fazer contato com aquele homem até falar com seu pai – lembrou Amy. – Mas você achou que tinha uma ideia melhor. Não foi?

– Achei... Achei que ele estivesse com Henry – gaguejou Jack. – E tive medo de perder nossa única chance de recuperá-lo se a gente demorasse muito tempo.

– Ele queria dinheiro, certo? – Jim apontou. – Uma recompensa por encontrar o cachorro?

– Sim.

– E onde você conseguiu esse dinheiro?

Jack olhou para o lado, evitando o olhar do pai.

– Eu... Tirei da minha poupança ontem. Cem libras.

– Não havia muito mais do que aquela quantia – Amy lembrou. Ele estava economizando para comprar uma guitarra nova.

Antes de tudo o que aconteceu com Jim, ela planejava completar as economias do filho para ele conseguir comprar a nova guitarra no Natal. Sem chance de isso acontecer agora.

– Ele levou tudo? – ela perguntou.

Jack fez que sim.

– E ele nem sequer estava com Henry. – As palavras de Claire foram abafadas pela maneira como ela estava abraçada a Amy, mas a mãe ainda conseguiu ouvir o choro na voz da filha.

Ela olhou para Jim, que olhou de volta com uma expressão de frustração que superava a raiva e a decepção. Nunca uma boa mistura.

– Vamos embora – disse Amy. – Vamos para casa.

– Deixo vocês lá.

As palavras de Jim eram um lembrete doloroso de que não eram mais uma família. Estavam partidos, eram um lar partido.

E Amy não tinha certeza de que algum dia se sentiriam inteiros de novo. Não sem Henry.

HENRY

— Aonde vai? – perguntou Willow, quando desci da minha cesta naquela noite. Uma boa soneca pós-jantar tinha me deixado pronto para a noite. E eu tinha planos.

– Sair – respondi, sem dizer muito.

Willow olhou com preguiça para mim enquanto eu caminhava até a porta.

– Sair da sala, sair do Palácio ou das nossas vidas? – Ela fez soar como se não importasse muito qual era a resposta.

– Voltarei mais tarde – respondi. – Desculpe desapontar.

Tive certo trabalho para me lembrar do caminho até o cinema do Palácio. Como tínhamos ido até lá depois dos correios, fui para o posto primeiro para poder refazer meus passos.

Quando cheguei mais perto, porém, percebi que poderia apenas ter seguido o burburinho. Já havia um monte de funcionários do Palácio fazendo fila para pegar seus lugares, todos conversando e comendo pipoca. Aparentemente, a noite de cinema era um grande sucesso, mesmo quando exibiam um filme antigo.

Costurando entre as pernas do amontoado de gente, segui meu faro para tentar encontrar Oliver e Sarah, embora os aromas concorrentes de pipoca e de outras pessoas me deixassem confuso.

Por fim, encontrei os dois na frente da fila, quase entrando. Rocei nas pernas de Sarah, ela olhou para mim surpresa e depois riu.

– Parece que temos alguém para ficar de olho na gente – ela disse. E arregalou os olhos. – Não que precisemos de um! Digo, não que eu esteja esperando…

Oliver se abaixou e me pegou nos braços.

– Nenhum dos outros cães do Palácio me deixaria fazer isso, percebe? Eles não se deixam tocar por ninguém a não ser pela Rainha, a menos que seja estritamente necessário.

– Henry é um caso especial – disse Sarah. – Acho que ele nos adotou.

– Também acho. – Eles olharam um para o outro por cima da minha cabeça, até que me estiquei para lamber a bochecha de Oliver, para lembrá-los de que eu ainda estava lá.

– Pelo visto, vamos todos entrar – disse Oliver. – Henry, você também está planejando assistir ao filme?

Lati, e Oliver me colocou de volta no chão para que eu pudesse seguir na frente deles.

Lá dentro estava escuro, com fileiras de assentos vermelhos. Eu nunca pude entrar em um cinema de verdade – em geral, cachorros não são autorizados – mas, pelo que tinha visto nos programas de TV que Claire às vezes assistia, era assim mesmo.

Oliver levou Sarah para uma das fileiras do meio, e pulei para o banco entre eles. Eu me remexi um pouco até encontrar uma posição confortável e, por fim, me acomodei com a cabeça sobre as patas. Estava ansioso por um bom filme de Natal, e imaginei que poderia curtir o cinema e ainda ficar de olho nos meus amigos.

Mas, antes que estivesse totalmente acomodado, os sussurros começaram. Levantei as orelhas para ouvir as conversas que vinham das fileiras atrás de nós. E à nossa frente também.

– *Quem é aquela com Oliver?*

– *Por que ele viria com* ela*?*

– *Já a ouviu falando? Tem um sotaque hilário.*

– *Acho que não dura seis meses aqui.*

E então, no meio disso tudo:

– *Espere* aí, *eles trouxeram um dos corgis de Sua Majestade?!*

Sarah se mexeu, desconfortável em sua cadeira, e Oliver passou a mão atrás de mim para segurar a mão dela.

– Ignore-os – ele murmurou.

– Está cada vez mais difícil. – Sarah lhe deu um meio-sorriso tímido. Mesmo na escuridão do cinema, dava para ver que ela estava triste.

– Eles estão de mãos dadas? – Ouvi atrás de mim.

Oliver se virou, ainda sentado, a expressão dura.

– Estou sentado bem aqui, se você não percebeu. E tenho ouvidos. Então, se tiver alguma dúvida... Vá em frente e pergunte.

Ninguém disse uma palavra depois disso.

Sarah sorriu agradecida, e me acomodei de novo, feliz assistindo à abertura do filme. Então Sarah acariciou meus pelos, e a sala quente e aquele cheiro familiar de pipoca faziam parecer quase como se eu estivesse em casa outra vez. Em casa, quente, seguro e amado. Com minha família.

Sorri e deixei meus olhos se fecharem enquanto aproveitava aquela sensação...

– Henry. Henry... – A voz suave de Sarah me acordou e percebi que as luzes estavam acesas de novo. O filme devia ter acabado. Eu tinha perdido. Uma pena. Mas parecia que Sarah e Oliver tinham gostado; ambos estavam sorrindo para mim.

Sacudi a cabeça um pouco e me levantei. Pelo visto, cinemas eram lugares realmente bons para tirar sonecas, mesmo as não-intencionais.

– Precisamos levar esse carinha de volta à Sala dos Corgis – Oliver disse. – Devem estar sentindo a falta dele.

Não achava aquilo muito provável, mas eu os segui mesmo assim, ouvindo-os tagarelar sobre o filme.

– Me esqueci do quanto eu amava esse filme – disse Sarah. – Quero dizer... eu me lembrava de que era ótimo, aliás um dos meus favoritos quando era pequena, mas tinha um monte de detalhes de que havia me esquecido ou não percebi antes.

– É um clássico – Oliver concordou. – Às vezes, quando vemos algo depois de muito tempo, é como se enxergássemos de uma forma totalmente nova. Sob uma nova luz, talvez.

– Acho que é isso mesmo.

– E às vezes, com as pessoas, funciona do jeito oposto.

Ao dizer isso, a voz de Oliver ficou um pouco mais sombria, e Sarah se virou para olhá-lo com preocupação.

– Foi o que aconteceu com a sua ex?

Oliver deu de ombros.

– Mais ou menos.

– Me conte e o que aconteceu...

Por um momento, achei que Oliver ia dizer não. Mas ele suspirou.

– Nós namorávamos há quase três anos quando a pedi em casamento. Ela disse sim na mesma hora e começamos a planejar o casamento. Mas... ela tinha planejado uma viagem com algumas amigas. Foram passar um mês na Austrália enquanto eu planejava fazer o meu treinamento para me tornar piloto. Obviamente, você sabe o que aconteceu. Quando ela voltou da Austrália...

– Você não a via mais do mesmo jeito?

– O oposto, na verdade. – Oliver deu um pequeno sorriso. – Ela não me via mais da mesma forma. Ela tinha visto o mundo, e era muito mais excitante do que qualquer coisa que eu tinha mostrado a ela. Então decidiu que não queria ficar amarrada, mesmo que isso significasse não estar mais comigo. Me devolveu o anel alguns dias antes de partir para a Tailândia.

– Sinto muito – disse Sarah. – Você não quis ir com ela?

Oliver balançou a cabeça.

– Não era a vida que eu queria. Naquele momento, ainda não tinha tanta clareza sobre o que queria, mas sabia que não seria feliz apenas seguindo-a ao redor do mundo. Eu queria encontrar algo para fazer. Algo de que gostasse e que fosse significativo.

– E foi o que você fez. – Sarah sorriu para ele.

Ele sorriu de volta.

– Sim. Então, no fim das contas, acho que tudo se resolveu da melhor forma. Não é?

– Com certeza.

Concordei. Se Oliver tivesse ido para a Tailândia, não estaria aqui para conhecer Sarah. E isso não teria sido bom.

– Então, agora que já sabe todos os meus segredos mais profundos e obscuros, e você? – Oliver deu uma cutucada com o cotovelo no braço de Sarah.

– Como assim?

– Bom, não acredito que você tenha vindo para o Palácio porque percebeu que nunca iria ganhar o quiz do *pub*...

Olhando para o carpete, Sarah deu um rápido sorriso.

– É, não achei que acreditaria.

– Então? Você se sente pronta para me dizer o verdadeiro motivo de ter saído de casa? – A voz de Oliver era carinhosa e gentil, e dava para perceber que ele não estava perguntando só por curiosidade. Ele queria saber para poder ajudar Sarah. Assim como eu.

Sarah obviamente percebeu a mesma intenção que eu naquela pergunta, porque começou a falar. Do mesmo jeito que falou comigo quando estava limpando o Palácio.

– Eu mencionei o meu ex, David, quando nos encontramos no correio.

– Você disse que as coisas não acabaram bem – disse Oliver.

– Sim. Bom, na verdade, o meio também não foi bom. O começo… essa parte foi boa. No início, ele era romântico, gentil e generoso. Realmente achei que ele me amava. Eu conseguia ver um futuro nos esperando.

Parecia os Walker e eu, percebi. Antes de Jim ir embora. Antes de eu me perder.

– O que mudou? – Oliver perguntou.

– Não sei – Sarah admitiu.

– Não sei se eu mudei ou se foi ele, ou se sempre fomos desse jeito e não queríamos enxergar. Tudo foi acontecendo tão gradualmente que parecia natural. Mas um dia… Foi como se eu tivesse acordado. Como se tivesse acordado de um sonho terrível e percebido que tudo o que ele falava sobre mim não era verdade. Que eu não precisava mais ficar ouvindo aquilo. Então, fui embora.

– O que ele dizia? – A voz de Oliver era firme, precisa, e ele apertou as mãos com força ao seu lado enquanto caminhávamos. Como se estivesse tentando se controlar.

Tive a sensação de que ele queria morder David, o ex, tanto quanto eu.

Sarah deu de ombros.

– Ah, você sabe. Ele reclamava do meu peso, dizia que eu precisava perder alguns quilos. Ou muitos. Dizia que eu não chegaria a lugar nenhum, que nunca conseguiria ser nada. Que eu o puxava para trás. Que eu era… – a voz dela falhou –, que eu não era nada sem ele.

– Mas você é. – Oliver pegou as mãos de Sarah e as segurou com força. Pulei para o lado para evitar ser esmagado por eles. Claramente, nenhum de nós estava andando. – Veja até onde chegou.

– Limpando um monte de castiçais?

– Encontrando um trabalho importante para você, um trabalho que você gosta, um trabalho que você se esforçou muito para conseguir – Oliver a corrigiu. – E não se esqueça do que dizem: após trabalhar no Palácio, você encontrará trabalho em qualquer lugar. Saindo daqui, pode ir para o cargo que quiser no setor hoteleiro. Hotéis cinco estrelas, mansões de milionários. O céu é o limite.

– E se eu não quiser ir embora? – Sarah olhou nos olhos dele. Na pouca luz do corredor, ela parecia vulnerável. Com medo, até.

Eu queria pular em seu colo e protegê-la, mas sabia que não podia. Precisava confiar que Oliver cuidaria dela da melhor forma possível, caso contrário, eu nunca seria capaz de deixá-la.

– Então você pode ir longe aqui dentro, tenho certeza – disse Oliver. – Pode fazer tudo o que puder sonhar. Sei disso.

– Ninguém nunca me disse isso antes – sussurrou Sarah.

– Então vou ter que dizer mais vezes.

Sarah sorriu.

– Como pode ter tanta fé em mim? Mal nos conhecemos.

– Minha intuição é muito boa para pessoas – disse Oliver. – Bem, em geral é. E, posso dizer, você é especial.

– Acho que você é muito especial também – disse Sarah, sorrindo novamente.

Que se dane o filme que perdi, aquilo vinha direto de um dos DVDs de Amy.

Sim, eu com certeza era o cachorro que bolava os *melhores* planos do mundo.

7º DIA

Sexta, 20 de dezembro

HENRY

Depois da madrugada no cinema, tinha me planejado para pegar leve na manhã seguinte. Oliver e Sarah eram humanos adultos. A partir dali, poderiam seguir sozinhos. Eu merecia uma manhã de folga.

Mas o Palácio tinha outros planos para mim.

– Venham, vocês todos – disse um criado ao abrir a porta. – Um rápido café da manhã e depois precisamos colocar vocês todos na estrada.

– Para onde estamos indo? – perguntei a Willow, enquanto Vulcan tomava o café da manhã.

Willow deu de ombros, com preguiça.

– Difícil dizer. A demanda por nós é sempre alta, sabe. Podemos ser necessários para um evento em algum lugar no Palácio ou fora dele. Estrada sugere algum lugar lá fora, suponho.

– Lá fora? – Era onde eu precisava estar. Mas em um lugar muito específico: onde os Walker moravam.

No entanto, tinha a sensação de que não era para onde eles iriam nos levar.

– Talvez *Ela* tenha voltado – pensou Candy. – Ou talvez seremos levados para onde *Ela* está! Normalmente *Ela* nos leva para onde vai.

– Mas Vulcan teve aquela dor de estômago – disse Willow. – E *Ela* precisou levar o Novo Cão.

Eles olharam para mim – o novo cão errado.

– Então talvez estejamos sendo levados para encontrá-los agora – eu disse.

Aquilo não me soava bem. Desconfiei que estava prestes a ser descoberto. E, se me expulsassem onde quer que a Rainha estivesse, talvez eu nunca encontrasse o caminho de casa, e os Walker não teriam ideia de onde procurar por mim. De repente, perdi o apetite pelo café da manhã.

Passei a manhã em pânico. Antes de deixar o Palácio, fomos acomodados em um carro, dentro das caixas de transporte mais confortáveis que eu já tinha experimentado. Apoiei minhas patas na lateral da caixa e espiei pela janela através das barras. De frente, o Palácio parecia ainda mais impressionante – e familiar. Quase consegui imaginar Amy, Jack e Claire em pé ao lado da grade, acenando para o nosso carro quando passamos. Mas, claro, eles não estavam lá.

Quando o Palácio começou a ficar para trás, recostei-me na caixa. Se fosse ser jogado nas ruas de alguma cidade estranha naquela tarde, poderia tentar descansar um pouco antes. Toda energia seria necessária para conseguir sobreviver.

– Henry, para onde *você* acha que estamos indo? – Candy se encostou na lateral da caixa para falar comigo pela grade. Ela estava praticamente ofegante de alegria com a ideia de uma viagem curta.

– Gostaria de saber – respondi.

Pela janela, as ruas de Londres iam passando. Vitrines, estações, um mundo inteiro que eu não estava mais livre para explorar.

Então, de repente, o carro parou.

– Chegamos – sussurrou Candy.

– Chegamos onde? – Vulcan se levantou para olhar pela janela, mas a vista não parecia dar a ele nenhuma resposta.

Eu queria que Sarah tivesse tido permissão para vir conosco. Ou Oliver. Nenhum deles me deixaria ficar no meio do nada, sozinho.

Um membro da equipe do Palácio, vestido com um terno preto comum e gravata vermelha, abriu a traseira do carro e todos fomos presos a coleiras e tirados lá de dentro. Olhei ao redor, curioso. Pelo que podia dizer, estávamos em uma rua comum de Londres. E não havia sinal de Sua Majestade.

Por enquanto, tinha certeza de que aquilo era bom.

– Vamos, então – disse o homem, e caminhou pela calçada em direção a uma porta pintada de um tom intenso de azul.

Acima da porta havia uma placa. Eu não conseguia ler as palavras, mas a foto de um cachorro na banheira era bem clara. Ah não! Era pior do que eu imaginava. Tínhamos sido levados ao salão de beleza de cachorros.

Amy tinha tentado me levar ao salão do nosso bairro algumas vezes quando eu era menor. Quando ela não me conhecia tão bem. Mas o salão do nosso bairro não chegava aos pés daquele usado pelos cães do Palácio.

Assim que entramos, o administrador do salão virou a placa na porta, avisando que o local estava fechado para outros clientes. Não creio que a Rainha gostaria que seus cães fossem tosados e arrumados ao lado de cães comuns – ou que Willow, Vulcan e Candy aceitariam algo do tipo.

– Oi, Quentin – cumprimentou a dona, com um sorriso largo. – E oi, vocês quatro!

– Obrigado por nos encaixar hoje, Jasmine – disse Quentin, o membro da equipe do Palácio. Ele tinha mesmo cara de Quentin, decidi. Uma vez, no parque perto de casa, conheci um cachorro chamado Tiddles, mas ele não tinha nada a ver com o nome: era um doberman gigante, forte e babão. Mas Quentin definitivamente tinha cara de Quentin. – Sei que normalmente você vai até nós, mas dessa vez foi um pouco de última hora, para a sessão de fotos.

– Sem problemas – disse Jasmine. – É sempre um prazer mimar os queridinhos de Sua Majestade.

– Ótimo. Bem, você assume a partir daqui – disse Quentin.

Jasmine fez que sim.

– Me dê algumas horas e esses quatro estarão cheirosos, arrumados e prontos para seus *close-ups*.

Hummm. Não sabia se estava gostando daquilo.

– Não se preocupe – sussurrou Candy, enquanto era conduzida por outro funcionário. – Você vai amar. É ótimo!

Para Candy, talvez. Minhas experiências com esses salões eram de sabão em meus olhos, um trabalho apressado e alguém reclamando do estado das minhas unhas – ou garras, como eu preferia chamá-las. Eu deveria ter adivinhado, porém, que os cães do Palácio teriam uma experiência bastante diferente.

Jasmine me levou a uma sala particular, onde um banho fresco estava sendo preparado.

– Agora, deixe-me ver – disse ela, enquanto examinava uma prateleira cheia de frascos. – Que tipo de cachorro você é? Cítrico? Floral? Não... acho que amadeirado.

Ela pegou um frasco em meio a centenas de outros e despejou parte do conteúdo na banheira. Uma cascata de bolhas apareceu na mesma hora, cobrindo a superfície da água.

– Não se preocupe – disse Jasmine. – Também temos xampu e condicionador para seus pelos.

Precisava admitir: estava mais ansioso para entrar naquela banheira do que em qualquer outra.

– Venha então – disse Jasmine. – Pode entrar.

A água estava na temperatura certa, e as bolhas eram suaves e calmantes na minha pele. Até gostei do cheiro – não muito forte, bem diferente daquele no salão que Amy me levou. (Depois das primeiras vezes, ela desistiu e me dava banho em casa. Digamos apenas que eu deixei claro meu descontentamento.) Com o sabão do salão perto de casa, fiquei por dias cheirando a flores, o que Sookie achou hilário.

Depois do banho, eu fui seco, arrumado e tosado, o que foi mais relaxante do que eu esperava. Então minhas garras foram aparadas e nenhum comentário sobre o estado delas foi feito. No geral, foi uma experiência surpreendentemente agradável. Por isso senti uma súbita onda de pânico quando Quentin, olhando para nós quatro, balançou a cabeça em aprovação e disse:

– Hora da próxima parada.

– Eles mencionaram uma sessão de fotos – disse Candy, quando voltamos para o carro. – Muitas vezes somos arrumados assim pouco antes de uma.

– Uma sessão de fotos? – Eu tinha ouvido as palavras, claro, mas não queria dizer que eu tinha ideia do que significavam. – O que é isso?

– Normalmente, somos levados para algum lugar com *Ela* e nos fazem sentar em poses estúpidas para alguém tirar fotos nossas – explicou Willow. – Só Deus sabe onde será a de hoje.

Onde quer que fosse, levamos muito tempo para chegar lá. E eu estava ficando mais e mais nervoso a cada segundo. Se íamos encontrar a Rainha, era meu fim. Minhas unhas agora tão chiques não durariam muito nas ruas.

Finalmente, o carro saiu da estrada principal em que estávamos viajando e começou a se aproximar de outro prédio. Parecia tão gigante quanto o Palácio de Buckingham, mas era feito de pedra cinzenta e tinha pedaços engraçados de construção no topo dos muros.

– Castelo de Windsor! – Vulcan exclamou, com alegria. – Acho que esta é a minha favorita entre todas as nossas casas.

– Quantas vocês têm? – perguntei, incrédulo. Achava que o Palácio era mais do que suficiente para três cachorros.

Willow franziu a testa.

– Sabe, não sei ao certo. Obviamente, há Windsor e o Palácio de Buckingham.

– E Sandringham e Balmoral – disse Candy.

– Ainda contamos o da Irlanda? – perguntou Vulcan.

– O Castelo de Hillsborough? Sim, imagino que sim – disse Willow. – Então são quantos?

– Acho que esquecemos alguns – disse Candy.

– Não importa. – Minha cabeça doía imaginando quantos Palácios aqueles cães tinham. – Vamos dizer apenas que são muitos.

– Mas este é o meu favorito – repetiu Vulcan.

Dava para entender o por quê, pensei, quando chegamos à entrada do Castelo de Windsor. Vulcan gostava de pensar que era intimidante, o cachorro grande do Palácio. O Castelo de Windsor parecia exatamente o tipo de lugar que o agradaria com todas aquelas paredes de pedra e ameias cinzentas ameaçadoras. Parecia o castelo de um dos livros antigos de Jack sobre guerras medievais. (Ele teve uma fase de querer ser cavaleiro quando tinha 11 anos. Eu era seu fiel corcel.) É claro que Vulcan adoraria algo assim. Especialmente se Sua Majestade estivesse lá, e isso significasse que ele poderia me ver pelas costas.

O carro entrou no castelo e parou diante de uma grande porta. Do lado de fora, estava um punhado de pessoas diferentes – uma carregando uma câmera pesada e cara, junto com o que eu supunha serem malas de outros equipamentos fotográficos.

Quentin saiu do carro e apertou a mão do novo pessoal, antes de dar a volta para nos deixar sair.

– Onde quer que os coloque, Tessa? – Quentin perguntou, colocando nossas coleiras.

– Bem, a revista quer muito uma matéria completa e glamurosa sobre o Natal no Castelo de Windsor. Muitas fotos dos enfeites dentro do castelo, algumas fotos festivas na neve aqui do lado de fora.

Tessa, que parecia estar no comando de tudo, verificou sua prancheta.

– Pensamos que algumas fotos dos cães na Long Walk seriam perfeitas, assim como outras deles dentro do castelo, perto das árvores de Natal, refletidos nas bolas, esse tipo de coisa. Talvez até debaixo do azevinho. Na verdade, trouxemos alguns adereços que planejamos usar...

Um dos homens com Tessa veio correndo para a frente com uma bolsa grande, que segurou aberta para ela. Tessa tirou lá de dentro uma brilhante coroa dourada. Dobrando os joelhos, ela se abaixou para colocá-la na minha cabeça.

– O que acha?

– Perfeito. – O sorriso de Quentin não parecia muito sincero, pensei. Mas nada comparado ao olhar que Vulcan me lançou quando Tessa colocou um chapéu de Papai Noel vermelho com um pompom branco em sua cabeça.

– Ótimo! – Tessa sorriu. – Então, vamos começar!

– Ainda bem que Sua Majestade não está aqui para ver isso – Quentin resmungou baixinho, enquanto nos levava para o castelo.

Candy e eu trocamos olhares rapidamente, quando comecei a me sentir animado de novo.

– Ela não está aqui – eu disse.

– Pelo visto – Candy sorriu para mim –, parece que seu segredo ficará seguro por mais um tempo, Henry.

De repente, a sessão de fotos me parecia uma ideia *incrível.*

Acontece que posar para fotos é meio chato. O fotógrafo, Juan, passou muito tempo dizendo "não, não, não!" quando um de nós saía da pose (ok, geralmente era eu, quando um enfeite brilhante em particular chamava minha atenção). Mas foi divertido ver o interior do Castelo de Windsor, com suas muitas árvores de Natal, arranjos de flores natalinos por toda parte e luzes, muitas luzes.

Mas a melhor parte foi quando Tessa, possivelmente sentindo que Juan estava à beira de um colapso, sugeriu que tirássemos as fotos do lado de fora.

Tessa se abaixou para ajeitar minha coroa (que tinha uma tendência a escorregar sobre uma orelha) enquanto atravessávamos os muros do castelo por um grande arco e chegávamos ao jardim. À frente, uma alameda muito comprida e reta desaparecia na distância, ligando o castelo a um parque. Descobri que essa era a Long Walk de que Tessa tinha falado.

– Pensei que os cães podiam esticar as pernas na Long Walk por algum tempo – Tessa disse para Juan. – Tenho certeza de que conseguirá fotos fantásticas deles brincando nos jardins.

Juan não parecia totalmente convencido, mas concordou mesmo assim. Quentin tirou nossa coleira e, com as mãos, acenou em direção à Long Walk. Corremos para lá.

O inverno tinha chegado de vez e, mesmo com o sol cintilando alto no céu azul, claro e límpido, ainda havia partes cobertas por uma fina camada de gelo no chão. Sentia o gelo rachar sob minhas patas e sorri, ainda que estivesse tremendo de frio.

A Long Walk era realmente muito longa. Fui percorrendo-a, sentindo a coroa escorregar, gozando da liberdade de estar fora do Palácio, ainda que só por uma tarde. De vez em quando, Candy me fazia companhia; eu nunca a vira tão feliz. O vento soprava suas orelhas e ela sorriu para mim quando passamos correndo por Willow e Vulcan, que caminhavam, comportados. Não demorou, porém, e era hora de voltar.

Tessa tirou a coroa da minha cabeça enquanto eu voltava para a minha caixa no carro. Eu estava exausto, cansado de correr pela Long Walk, e também estava com frio, por causa da neve.

Enquanto andava em círculos para me acalmar, acomodando a cabeça nas patas, ouvi Vulcan resmungar:

– Ainda que *Ela* não estivesse aqui hoje, deve voltar para casa em breve. Aí vamos ver.

Eu sabia que ele estava certo. E sabia que não havia nada que eu pudesse fazer. Então, dormi durante todo o caminho de volta ao Palácio, sonhando com um mundo em que eu era o rei de todos. Inclusive das cozinhas.

AMY

O auditório da escola estava lotado.

– Olha, se não houver assentos suficientes, posso voltar para casa – disse Jack, não ajudando em nada.

Amy o agarrou pela manga da blusa e o arrastou com ela, através da multidão, indo em direção a dois lugares vazios que tinha avistado do outro lado do corredor central.

– É o concerto de Natal de Claire, e ela quer nós dois aqui. – Amy acelerou o ritmo a tempo de jogar sua bolsa no primeiro assento, antes que o homem grande de jaqueta verde pudesse pegá-lo. A propósito, era o professor de História de Claire? De todo modo, agora era tarde demais para se preocupar.

Jack se jogou no segundo assento, ainda de casaco, a gola cobrindo seus ouvidos.

– Tá bom.

Suspirando, Amy tirou o próprio casaco e se sentou, colocando a bolsa no chão. Era pedir tanto assim querer uma noite agradável, os três no mesmo lugar, ela e Jack aplaudindo Claire? Apenas um evento normal de Natal em família, com cânticos e partituras e vinho quente no intervalo?

Pegando o programa que tinha recebido na entrada, conferiu a lista de músicas que o coral ia cantar, as peças que a orquestra da escola tocaria e as canções em que o público deveria participar, mas quase nunca participava. Era confortavelmente familiar: quase a mesma programação do ano anterior, ainda que todo o resto de seu mundo estivesse diferente.

Recostou-se na cadeira e desligou-se dos sons dissonantes da afinação da orquestra, do clamor e da tagarelice de todos os outros pais ali presentes. Aquele concerto era algo pelo qual ansiava todo Natal. E, depois de perder a maior parte da comemoração de Natal de seu trabalho, não deixaria nada atrapalhar aquela noite.

– Você não me disse que *ele* viria – Jack murmurou, emburrado.

Amy olhou para trás, sabendo exatamente de quem Jack estava falando.

– Eu não sabia que ele viria.

Na noite anterior, em meio a todo o caos de encontrar as crianças e trazê-las para casa, ela e Jim não tinham discutido como administrariam a vida separados. Não tinham falado como dividiriam todas as coisas que costumavam fazer juntos.

Demorou um pouco a localizar Jim, sentado algumas fileiras para trás, do outro lado do corredor. Mas levou apenas alguns segundos para perceber quem era a morena baixinha ao lado dele. Bonnie. A famosa e infame Bonnie.

Nunca tinham se encontrado antes – aliás, por que teriam? Jim tinha feito tudo direitinho para garantir que elas ficariam afastadas. Mas isso não significava que Amy não a tivesse imaginado. Como ela era, como se vestia, como andava, como falava. O que ela tinha que fez Jim ir embora, acabando com um casamento que estava prestes a completar duas décadas.

Talvez fosse justamente isso, Amy pensou, enquanto observava o ex-marido tirar o casaco de Bonnie, dobrá-lo com cuidado e colocar embaixo de sua cadeira. Talvez ele tivesse se cansado da mesmice. Talvez precisasse de uma mudança de ritmo, de alguma emoção na vida, de algo novo. Enquanto ela ficou encurralada, tentando segurar sozinha a barra daquela vidinha que o entediava tanto.

Ela desviou o olhar, antes que se demorasse demais no penteado de Bonnie, ou no vestido dela, mais curto do que Amy jamais ousaria usar. Ou antes que Jim notasse que ela estava olhando.

Precisava se concentrar: não estava mais interessada no futuro de Jim, a não ser no que isso afetaria seus filhos. Amy tinha o próprio futuro para cuidar.

– Ele não tem o direito de estar aqui – resmungou Jack, os braços cruzados sobre o peito enquanto olhava para o palco vazio.

– Claire também é filha dele – Amy lembrou o filho, sem se alterar, segurando-se para não gritar: *Você tem razão! Vamos juntar uma galera para expulsá-los daqui*!

– Não acha que ele perdeu o direito de chamar a si mesmo de "pai" quando foi embora e nos abandonou?

Jack olhou nos olhos da mãe e Amy sabia que ele estava procurando alguma pista de que ela mentiria.

– Acho que ele é o único pai que você tem, independentemente do que fez. Então, você precisa pensar com muito cuidado sobre a relação que quer ter com ele.

Jack era quase um adulto e merecia sua honestidade, por mais difícil que fosse a pergunta. Ele merecia o direito de tomar suas próprias decisões sobre seu futuro, da mesma forma que ela.

Amy sabia que não poderia forçar o filho a manter o pai em sua vida. Mas poderia encorajá-lo firmemente. Porque, quer Jack soubesse ou não, ele precisava de Jim. A noite anterior era prova disso. Amy poderia ser mãe e pai todos os dias da semana, mas chegaria a hora em que Jack precisaria falar com outro homem. E ela preferiria que fosse Jim e não um colega de 17 anos que sabia tão pouco sobre o mundo quanto Jack.

Felizmente, as luzes se apagaram e a cortina subiu antes que Jack pudesse argumentar. Respirando fundo, Amy recostou-se na cadeira, decidida a desfrutar do que sempre fora uma das suas tradições favoritas de Natal.

O intervalo chegou rápido demais, depois de uma comovente performance de "O Holy Night" da orquestra e do coral. Ainda enxugando os olhos, Amy levantou-se rapidamente. Sabia, por experiência, que era preciso sair logo se quisesse ficar bem posicionada na fila de refrescos, antes de chamarem todos de volta para o salão principal.

Infelizmente, não era a única que sabia disso.

– Amy! – Jim pareceu surpreso ao vê-la, o que era um tanto bizarro, já que era a filha dela no coral também. Pelo menos, ele parecia estar sozinho: Bonnie devia ter ido ao banheiro ou ficou cuidando dos assentos. – E Jack. Que bom ver que você veio dar uma força para sua irmã esta noite.

Havia um tom diferente em sua voz, uma sugestão de censura que Jim simplesmente não conseguia evitar: um lembrete de que na noite anterior Jack não tinha sido um bom irmão. É claro que Jim não podia deixar isso quieto, só por uma noite, quando estavam todos ali no concerto de Claire. Já que não estava por perto o tempo todo, ia estragar aquela noite mesmo. Ótimo!

– Jack, por que não volta e guarda nossos lugares? – Amy disse, mantendo o olhar em Jim. – Pego as bebidas e te encontro lá.

Jack, obviamente ansioso para fugir do pai, desapareceu no auditório sem dar um pio.

– Está tentando afastá-lo de mim? – perguntou Jim, as maçãs do rosto ficando quentes e rosadas.

– Estou tentando garantir que nenhum de vocês faça um escândalo no concerto de Claire – corrigiu Amy. – Precisa entender o ponto de vista dele, Jim.

– Não o vejo tentando entender o meu!

– Talvez devesse tentar dar o exemplo, então.

Amy tentou não parecer irritada, mas foi difícil.

Jim parecia esperar que a vida seguisse do jeito que ele queria: todas as partes de que gostava em sua vida antiga copiadas e coladas na vida nova, enquanto desprezava aquilo que não lhe servia mais. Como ela. E as responsabilidades – financeiras, entre outras – que significavam que ele não poderia simplesmente largar tudo e ir esquiar no Natal.

Bem, como a pessoa encarregada de lidar com todas as questões que Jim tinha escolhido deixar para trás, Amy sentiu que ainda tinha o direito de chamar a atenção do ex-marido por seu comportamento, mesmo que não tivesse mais esse direito como esposa. Situação que, a julgar pelo comportamento dele nos últimos dias, a deixava cada vez mais satisfeita.

– Jack ainda tem 17 anos, Jim – Amy disse, mantendo a voz suave. – Sim, em muitos aspectos, ele é quase um adulto. Mas, em outros, como entender o comportamento de pessoas com quase o triplo de experiência de vida que ele tem, Jack ainda é uma criança. Você não pode esperar que ele entenda a sua escolha quando ele não tem nenhuma experiência de vida para conseguir comparar. Jack praticamente não teve nenhuma namorada que durou mais de um mês.

– É, pode ser. – Jim franziu o cenho do jeito que costumava fazer quando estava intrigado com uma ideia nova. – Acho que estava esperando que ele quisesse me ver feliz.

– Acho que ele prefere ser feliz primeiro – disse Amy, secamente. Então, suspirou. – Tenho certeza de que ele vai acabar entendendo. Mas terá que dar mais tempo a ele. E terá que tentar entendê-lo primeiro.

– Entender um garoto de 17 anos? Vai ser bem fácil – brincou Jim. – Afinal, eu já fui um.

– É verdade. – Amy pensou no garoto que Jim tinha sido aos 17 anos, e a garota que ela tinha sido naquela época também. – Mas sugiro que não tente reviver sua juventude transviada. Especialmente porque acho que é a sua nova namorada que está vindo para cá neste instante.

Amy apontou para a porta dos banheiros, e Jim virou-se rapidamente, a tempo de ver Bonnie caminhando em direção a eles.

– Quer nos apresentar, ou prefere me deixar passar na sua frente na fila de refrescos? – Amy perguntou, arqueando as sobrancelhas. Estava muito orgulhosa da maneira como tinha mantido a calma, de verdade.

Ainda que não estivesse se concentrando em quão incrível seu futuro seria, poderia ter golpeado os dois com o contrabaixo do pequeno Tommy Finn por terem arruinado o futuro que ela tinha planejado antes.

– Eh... pode passar na frente – disse Jim, parecendo desconcertado com a ideia de ambos estarem no mesmo lugar ao mesmo tempo. – Vou só...

– Boa ideia – disse Amy, como se ele tivesse dito algo sensato pela primeira vez.

Passando por ele, chegou à frente da fila e comprou vinho quente para ela e Jack. E duas tortinhas de fruta. Ela merecia...

HENRY

Dormi a maior parte do caminho de volta ao Palácio. Correr pelo Castelo de Windsor durante todo o dia teria sido cansativo por si só, mas a tensão adicional pelo medo de ser descoberto como um falso Cão Real tinha me desgastado para valer.

Claro, depois disso, uma vez em casa (ei, quando é que eu tinha começado a pensar no Palácio como "casa"?), depois do jantar, eu não tinha um pingo de sono.

Sarah nos levou de volta para a Sala dos Corgis depois do jantar e os outros rapidamente se aninharam em suas cestas. Sarah me acariciou por um tempo quando deixei claro que ainda não iria para a minha.

– Pelo que Quentin contou, vocês quatro tiveram um dia cheio de aventuras – ela disse, acariciando meu pelo liso. – E muito mimo também. Seus pelos estão lindos e brilhantes.

Me aprumei ao ouvir aquilo.

– E você não perdeu nada por aqui – ela continuou. – Só o de sempre: limpar, tirar o pó e assim por diante. Nem consegui me encontrar com Oliver no intervalo da manhã.

Era uma pena. Torci para que mesmo sem mim aqui eles tivessem continuado seu relacionamento incipiente. Mas, pelo visto, ainda precisavam de minha ajuda. Ou talvez não. Assim que pensei nisso, a porta da Sala dos Corgis se abriu, e a cabeça de Oliver apareceu perto do batente, seguida rapidamente pelo resto de seu corpo depois que ele viu Sarah lá dentro.

– Bem que achei que te encontraria aqui – ele disse, sorrindo. – Ouvindo as aventuras de Henry?

– Mais ou menos isso – respondeu Sarah. – E você? Quer ouvir as últimas fofocas de Windsor do nosso amigo peludo?

– Na verdade, vim convidá-la para uma festa.

Os olhos de Sarah se arregalaram.

– Uma festa?

– Claro! – Oliver fechou a porta atrás de si e entrou para se sentar na borda da mesa que continha nossas tigelas de comida.

– Todo mês, os funcionários fazem uma "festa do corredor". É chamada assim porque acontece literalmente no corredor dos funcionários, fora dos nossos quartos.

– Então essa festa é basicamente na minha casa e você está me convidando? – perguntou Sarah, sorrindo.

– Bem, dessa vez é no corredor dos homens, não no das mulheres...

Sarah riu.

– Estou brincando. E tenho certeza de que ninguém mais teria pensado em me chamar, então obrigada.

Ela tinha razão, percebi. Se não fosse por Oliver, Sarah teria ficado de fora novamente. Dali, teria voltado para o quarto, passado direto pela festa, sabendo que não era desejada.

Graças a Deus por Oliver.

– Bom – continuou ele –, todo mundo leva uma garrafa de algo alcoólico e, em geral, alguém leva caixas de som para tocar alguma música, e todos conversamos e nos conhecemos um pouco melhor.

– Parece legal. – Sarah parecia incerta, no entanto. Provavelmente porque tinha certeza de que nenhum deles queria conhecê-la melhor.

Mas deveriam! Se conhecessem Sarah como eu a conhecia, como Oliver a conhecia, *com certeza* iam adorá-la. Como não? O que significava que precisávamos levá-la a essa festa do corredor.

– Será uma ótima oportunidade de conhecer o restante dos funcionários – disse Oliver. Olhei em seus olhos e vi que ele também percebia a hesitação de Sarah.

– Não tenho tanta certeza de que é uma boa ideia.

Precisava melhorar. Eu tinha que fazer alguma coisa. Pulei, fiquei de pé em minhas quatro patas com um latido agudo e corri até a porta, me esquivando atrás de Oliver e batendo na madeira.

Talvez Sarah fosse à festa se eu fosse com ela.

– Parece que Henry quer ir à festa – Oliver disse. – Mas tenho certeza de que ele só irá se você for. Não gostaria de decepcionar um cachorrinho, gostaria...?

Sarah revirou os olhos.

– Henry já teve aventuras demais hoje.

Eu lati novamente, e ela riu.

– Vamos lá – Oliver disse, obviamente sentindo que ela estava cedendo. – Com ou sem Henry, eu gostaria muito que fosse à festa comigo. Por favor.

Ela levantou a cabeça e vi os olhares dos dois se encontrarem. Por alguns instantes, eles apenas se encararam. Então, Sarah sussurrou:

– Bem, se você quer... – E eu sabia que estávamos dentro.

* * *

Não tive motivo para visitar os corredores dos funcionários do Palácio de Buckingham antes, afinal, Sarah não passava muito tempo lá, então eu a encontrava e passeava pelo Palácio e seus jardins. Ainda assim, estava interessado em ver onde ela e Oliver moravam – e se era melhor do que a Sala dos Corgis (eu suspeitava que não).

Porém, não tive muita chance de ver o interior dos quartos. Quando chegamos, a festa já estava acontecendo e o corredor estava preenchido com música e conversas, pessoas falando alto para serem ouvidas. Havia muitas garrafas e copos também: pelo visto, estavam se divertindo bastante.

– "Enquanto o gato está longe..." – Oliver murmurou, perto do ouvido de Sarah, em um volume que só ela e meus ouvidos excelentes puderam ouvir.

– Parece que todo mundo está se divertindo. – Sarah aparentava estar mais nervosa do que eu a tinha visto desde que chegara ao Palácio.

– É o que também vamos fazer. Vamos lá. – Oliver pegou a mão dela e arrastou-a para a festa. Fui atrás, mantendo-me tão perto de seus calcanhares quanto pude.

– Quem trouxe um corgi para a festa? – alguém gritou ao me ver.

– Por quê? Está preocupado que ele conte alguma coisa para Sua Majestade? – alguém perguntou, e todos riram.

Claramente, eles não sabiam com que tipo de corgi estavam lidando. Eu sabia me divertir: Amy e Jim costumavam dar ótimas festas de Réveillon todos os anos, e eu dançava, pulava e celebrava entre eles.

Oliver tinha trazido bebidas para os dois, embora, até onde eu podia ver, nem ele nem Sarah estivessem dando mais do que uns golinhos. Ficaram de lado, conversando mais entre si do que realmente se juntando à festa.

De vez em quando, porém, alguém parava para conversar com Oliver e ele apresentava a pessoa a Sarah. Oliver era claramente um membro conhecido e querido dos funcionários. Se tudo corresse bem, apenas o fato de ser amiga dele convenceria os outros de que valia a pena conhecer Sarah. Ela parecia estar relaxando, dizendo oi para mais e mais pessoas. E todos pareciam estar sorrindo e sendo amigáveis com ela.

Sem dúvida, aquela tinha sido uma ideia brilhante. Que bom que Oliver e eu tínhamos pensado nisso.

– Só preciso ir falar com o Russell, logo ali – Oliver disse, a certa altura. – Vai ficar bem aqui com Henry?

Sarah deu um meio-sorriso.

– Acho que consigo me virar sem um cão de guarda.

– Claro que consegue. – Oliver sorriu e começou a se afastar. – É com Henry que estou preocupado – ele falou por cima do ombro, fazendo Sarah rir.

Assim que ele saiu da nossa vista, porém, perdido naquele mar de gente, Sarah ficou tensa novamente. Sabia que ela ainda não se sentia confortável com o restante dos funcionários do Palácio – da mesma forma que eu não me sentia confortável de verdade com Willow, Vulcan e Candy. É difícil estar em um lugar em que sabe não ser desejado. Mas *Oliver* queria Sarah ali. E eu também. No fim das contas, espero que isso seja o suficiente.

Então, Harriet, dos Correios, aproximou-se para dizer olá, a caminho de buscar outra bebida. E outra funcionária parou para uma rápida conversa antes de ser levada para dançar por um dos rapazes. Sentei-me feliz aos pés de Sarah, observando-a ganhar cada vez mais confiança.

Ela poderia fazer aquilo, mesmo sem Oliver. E finalmente estava começando a perceber. Lindo.

– Você é Sarah, não é? – Uma mulher ruiva que parecia um pouco mais velha se aproximou de nós. Ela sorria, mas era o tipo de sorriso em que eu não confiava, não inteiramente. Não era como o sorriso dos outros que pararam para conversar. Eu me aproximei um pouco mais de Sarah, caso ela precisasse de mim.

– Você veio com Oliver.

– Sim. – Sarah virou-se para a mulher, respondendo o sorriso falso com um de seus sorrisos brilhantes. – Para as duas perguntas.

– Meu nome é Jessica. – O sorriso dela se contorceu um pouco. O suficiente para me dizer que eu estava certo em confiar em meus instintos.

Aquilo não era bom.

– Ah, sim, acho que nos conhecemos no meu primeiro dia – respondeu Sarah, seu sorriso desaparecendo e sua voz um pouco tensa. Será que aquela era uma das pessoas que a estavam humilhando?

– Você parece estar se adaptando bem – Jessica disse, olhando por cima do ombro de Sarah para onde Oliver estava conversando com seu amigo. – Ter Oliver ao seu lado foi um golpe de mestre.

– Ele não é… você entendeu tudo errado. – A sobrancelha de Sarah se enrugou, confusa. – Ele é só meu amigo.

– *Claro* que é. E você fez amizade até com os cachorros da Rainha. – Ela olhou para mim com evidente repugnância.

Não é uma pessoa muito amiga de cachorros, beleza. Tudo bem. Nós não queremos alguém como ela mesmo.

– Henry é um cachorro muito amigável – Sarah respondeu, neutra.

– Bem, creio que isso a deixará muito bem com Sua Majestade – disse Jessica, de repente toda sorridente e afável de novo. – Ela *adora* quando outras pessoas idolatram seus cachorros. Especialmente se os cães os adoram também. Você definitivamente deve demonstrar sua proximidade com Henry quando a Rainha voltar.

– Olá, Jessica – Oliver cumprimentou, aparecendo de repente ao nosso lado. Fiquei feliz. Não sabia exatamente o que Jessica estava fazendo, mas tinha certeza de que não era tão amigável quanto ela queria que acreditássemos.

– Oliver. – Sarah sorriu para ele, alívio evidente em seu rosto.

– Estava dando um oi para a nossa nova garota – Jessica disse, já se afastando.

– Sim, ela estava me contando que a Rainha adora quando os funcionários se dão bem com os cachorros – Sarah disse. – Até sugeriu que eu paparicasse Henry na frente dela, quando ela voltar.

Os olhos de Oliver se apertaram ao encarar Jessica.

– Ela disse isso?

– Foi só uma brincadeira! – Jessica falou, recuando novamente. – Uma brincadeira, sabe... como sempre fazemos com os novatos. Apenas o trote habitual com os novos membros da equipe. Ou você já se esqueceu, agora que é um funcionário sênior e poderoso? Você costumava prender os lençóis das pessoas ou colocar corante alimentício na pasta de dentes, assim como o restante de nós.

– Uma brincadeira? – perguntou Sarah, obviamente confusa.

– A Rainha é muito criteriosa com seus animais de estimação – disse Oliver. – Lembra que lhe disse que normalmente ninguém tem permissão para acariciá-los, a não ser ela? Henry é obviamente a exceção, mas ainda assim não seria nem um pouco bem-visto você paparicá-lo na frente de Sua Majestade.

– Então você estava tentando me meter em problemas – Sarah disse, olhando para Jessica com desapontamento.

– Foi uma brincadeira – resmungou Jessica novamente.

– Não muito boa. – Oliver olhou para ela de novo e Jessica decidiu tomar um rumo muito sensato, o de se afastar dali. Ele se virou para Sarah. – Peço desculpas por ela.

Sarah deu de ombros.

– Eu disse que eles não gostavam de mim.

– Pode ser por minha causa também – disse Oliver. – Desde que fui promovido a criado sênior... Acho que algumas pessoas acham que esqueci de onde comecei. Claro que não esqueci, mas... Às vezes isso acontece por aqui.

– Bom, eu estou no degrau mais baixo e eles ainda conseguem encontrar um motivo para não gostar de mim!

– Nem todos são como Jessica – Oliver insistiu. – A maioria das pessoas que trabalha aqui é adorável. Depois que você os conhece, são como uma família. Mas demora um pouco mesmo para se adaptar.

Sarah endireitou os ombros.

– Bom, ficarei aqui por um bom tempo. É melhor se acostumarem comigo.

Oliver sorriu.

– É isso aí.

– Mas agora... Acho que está na hora de voltar para o meu quarto. Acho que já me diverti o bastante por uma noite.

Ah não. Aquilo não era nada bom. Eu precisava dar um jeito de manter Sarah na festa. Se ela saísse naquele momento, Jessica teria vencido, o que era inaceitável.

– Nós ainda nem dançamos – disse Oliver, mas Sarah balançou a cabeça.

– Não sou boa em dançar.

Mas eu era. E ia fazer Sarah dançar de um jeito ou de outro.

A música estridente dos alto-falantes mudou para algo que reconheci de um dos filmes de Amy – e, pelo visto, todos os outros também reconheceram, pois muitos se levantaram para dançar. Lati em aprovação e, então, com um rápido olhar para Sarah, mergulhei na multidão de dançarinos, pronto para agitar meus pelos.

É Henry... Ele está dançando? – Ouvi Oliver perguntar, por cima do barulho da música. Mas eu estava ocupado demais para conferir fazendo minhas patas se moverem no ritmo e sacudindo meu rabo.

Os dançarinos ao meu redor se espalharam um pouco, me dando espaço para me movimentar, batendo palmas no ritmo enquanto eu dançava. Então, quando a música chegou ao meu trecho favorito, corri para Sarah e lati para ela, encorajando-a.

– Acho que Henry quer que nos juntemos a ele na pista de dança – Oliver disse.

Sarah estava balançando a cabeça de novo, mas agora eu tinha a multidão ao meu lado.

– Vamos, Oliver! Vamos lá, Sarah! – todo mundo chamou.

Rindo, Oliver puxou Sarah para a pista de dança para se juntar a mim, e ela enterrou a cabeça contra seu ombro enquanto seus braços a envolviam.

Então, como se eu tivesse orquestrado, a música mudou de novo – desta vez, para uma mais lenta e suave. Recuei e sentei-me nos bastidores, observando enquanto Sarah e Oliver balançavam no ritmo da música. Perfeito! Como o final feliz de um filme.

Do jeitinho que planejei.

8º DIA

Sábado, 21 de dezembro

AMY

– Tem certeza de que vocês dois ficarão bem sem mim hoje? – Amy olhou nervosa para os filhos enquanto enrolava um cachecol macio no pescoço. – Lembrem-se, se precisarem de mim, estou logo ali na clínica e o pai de vocês também está a um telefonema de distância. Há ingredientes para fazer sanduíches na geladeira, e lembrem-se de alimentar a gata...

Ela parou quando seus filhos a encararam, impassíveis. Sentada ao lado do aquecedor, até mesmo Sookie a estava observando. Julgando, como os gatos sempre pareciam fazer. Henry nunca a julgava.

Amy suspirou.

– Olha, sei que ficar em casa enquanto eu saio para trabalhar não é a maneira mais emocionante de passar o primeiro dia de férias, mas...

– Na verdade, mãe... A gente tinha tipo um plano para hoje. – Jack parecia um pouco culpado antes mesmo que Amy perguntasse qual era o plano, o que não era nada bom.

Ela tirou o cachecol do pescoço. Aquilo poderia demorar um pouco.

– Que plano?

– Jack pensou em irmos a Londres de novo, de trem – disse Claire, animada.

Amy sentiu um aperto no peito. Na última vez em que tinham ido a Londres, voltaram para casa com um membro da família a menos. Não aguentaria aquilo mais uma vez.

– Poderíamos colocar alguns cartazes da página "Em busca de Henry" para as pessoas que passam por ali e talvez não tenham visto –

explicou Jack. – E talvez pudéssemos até dar uma olhada no abrigo de cães e gatos em Battersea. Ver se Henry acabou indo parar lá por engano.

– Ele tem um microchip, Jack – disse Amy. – Tenho certeza de que verificariam isso.

Mas e se não tivessem verificado? Ela tinha ligado para Battersea? Não conseguia se lembrar se estava em sua lista de lugares para checar. Se não estava... Valia ao menos tentar, certo?

– E se deu alguma coisa errada com o microchip? – perguntou Claire. – Li sobre isso, e às vezes dá. Eles podem estar com Henry e não ter ideia de que ele é nosso.

Ambos pareciam tão animados, tão ansiosos, que Amy queria dizer sim. Mesmo que não desse em nada, pelo menos eles estariam fazendo alguma coisa. E juntos, o que fazia Amy sentir um quentinho no coração. Por causa da diferença de idade, não era comum que Jack e Claire encontrassem um interesse em comum. Mas, por Henry, eles estavam trabalhando juntos. Aquilo era bom. A única questão era se ela conseguiria confiar nos dois de novo, depois do que tinham feito algumas noites atrás.

– Olha, isso é diferente do cara que disse que estava com Henry – disse Jack, lendo a mente de Amy de um jeito que só ele parecia capaz de fazer para conseguir o que queria. – Não vamos nos encontrar com mais ninguém, nem fazer nada arriscado. A gente te disse exatamente aonde estamos indo e podemos mandar uma mensagem de texto com os horários em que pegarmos o trem, se você quiser. Não é a primeira vez que vou a Londres sem você.

Era verdade. Jack tinha 17 anos, maduro o suficiente para pegar o trem para a capital sozinho. Ele ia com frequência com amigos nos fins de semana e, no verão anterior, tinha trabalhado como voluntário em um abrigo de animais no centro da cidade, preparando-se para a faculdade de veterinária. Ela não precisava se preocupar com Jack andando pela cidade grande.

Mas levando a irmãzinha? Era uma proposta completamente diferente.

– Já tenho 12 anos, mamãe – Claire acrescentou. – Não sou mais um bebezinho.

– Você sempre será meu bebê – disse Amy, distraída, e Claire fez uma careta.

– Mãe!

– Eu sei, eu sei. – Ambos estavam crescendo. E ela não podia mantê-los em casa, e em segurança e em sua companhia 24 horas por dia, por mais tentador que isso às vezes pudesse parecer. Era só que... recentemente, ela tinha perdido tanta coisa que jurava que nunca perderia, que era difícil aceitar correr qualquer risco.

– Talvez eu consiga alguém para me cobrir na clínica. Então poderia ir com vocês.

Amy só tinha aceitado fazer um turno extra na clínica em pleno sábado porque eles estavam desesperados por funcionários, e porque um dinheirinho a mais seria muito útil naquele mês. As chances de encontrar alguém disposto a trabalhar no fim de semana eram limitadas, ela sabia. Mas talvez...

– Mãe. – Jack lançou-lhe um olhar sério e, de repente, ele era mais um homem do que um menino. Mais pai que filho até. – Vamos ficar bem. Você sabe que vamos.

E esse era o problema. Ela sabia que sim. Eles eram filhos capazes e sensatos – pelo menos na maioria das vezes. Ela não tinha nenhum motivo para não apoiar o plano, a não ser não querer passar o dia todo se preocupando sem necessidade. Amy suspirou.

– Ok. Tudo bem.

Claire gritou e jogou os braços ao redor da cintura da mãe. Até Jack deu um sorriso verdadeiro.

– Mas quero que me enviem uma mensagem de texto a cada uma hora para me dar uma posição.

– Certo. Faremos isso – prometeu Jack.

Claire pegou uma pasta floral cor-de-rosa em cima da mesa da cozinha e colocou nas mãos de Amy.

– Veja! É isso que vamos pregar para todo mundo ver.

Amy abriu a pasta. Dentro havia cópias e mais cópias da foto de Henry com um gorro de Natal, junto com o *link* para a página do Facebook "Em busca de Henry", e a palavra "Desaparecido!" em letras grandes. Abaixo, havia uma descrição completa de Henry, começando com as palavras: "Um animal de estimação muito amado por sua família".

Ajudaria? Provavelmente não. Mas pelo menos eles sentiriam que estavam fazendo alguma coisa. Amy conseguia entender a necessidade daquilo.

– Melhor não pendurar nada nas grades do Palácio, ok? – Ela sugeriu. – Tenho a sensação de que a Rainha não gostaria…

Jack sorriu.

– Não vamos pendurar, mãe.

– Nesse caso… Boa sorte!

Ela deu um abraço nos filhos e pegou seu cachecol.

– Espero de verdade que vocês o encontrem.

– Eh, mãe? – Jack disse, com um olhar culpado de novo. – Você não poderia emprestar um dinheiro para gente hoje, poderia? Só…

Na tentativa de recuperar Henry, Jack tinha perdido tudo para um golpista. Claro.

Amy suspirou e pegou sua bolsa, fazendo cálculos mentais rápidos sobre o custo dos bilhetes de trem, e o quanto o turno extra daquele dia renderia. Pelo visto, seus filhos não eram tão crescidos e autossuficientes *ainda*.

HENRY

Acordei com a sensação de estar sendo observado. Cautelosamente, abri um olho e vi Willow, Candy e Vulcan em pé ao redor da minha cesta, todos olhando para mim. Abri o outro olho.

– O quê?

– Para onde, exatamente, você foi ontem à noite? – perguntou Willow.

– Sarah te trouxe de volta e te colocou na cama – acrescentou Candy. – Era muito, muito tarde.

– E você deixou que ela te carregasse. – Vulcan estremeceu. – Não tinha sequer a desculpa de estar sedado ou algo do tipo.

– Você estava? – perguntou Candy. – Digo, foi ao veterinário ou algo assim? O que aconteceu?!

– Eu estava em uma festa – respondi, fechando os olhos novamente. – No corredor dos criados.

Houve um silêncio. Então os três, chocados, começaram a falar ao mesmo tempo.

– Alguém viu você?

– O que estava fazendo *lá*?

– Está levando esse negócio de ser amigo longe demais!

Pelo visto, não tinha a menor chance de dormir mais. Com um suspiro, me levantei e pulei da minha cesta.

– Olha, Oliver queria que Sarah fosse com ele, então fui como seu cão de guarda. Alguns dos outros funcionários não foram muito gentis com ela.

O eufemismo do ano, mas eu sabia que eles não entenderiam como era se sentir daquela forma.

– Provavelmente porque ainda não sabe qual é o lugar dela – disse Vulcan, obviamente tentando parecer sensato.

– O lugar dela é aqui, no Palácio – eu disse com firmeza. – E com Oliver.

– Talvez – disse Willow. – Mas é preciso ser uma pessoa muito especial para trabalhar para *Ela*.

– Sarah é especial – retruquei. – Muito mais do que o restante deles.

Candy ficou me olhando com uma expressão aborrecida, mas também não falou nada para defender Sarah.

– Vamos ver – Willow respondeu. Mas dava para ver que não acreditava naquilo.

Eu não precisava ficar ali ouvindo tudo aquilo. Dei as costas para os três, saí da Sala dos Corgis e percorri o corredor, resmungando sobre cachorros esnobes incapazes de reconhecer uma pessoa boa nem se a mordessem. O que eles provavelmente fariam.

Na semana anterior, eu tinha explorado quase todo o Palácio, uma sala de cada vez. Tenho certeza de que ainda tinha muito mais segredos – talvez mais passagens secretas, como a porta espelhada que Sarah me mostrou na Sala de Estar Branca – mas naquela manhã eu não tinha pressa para encontrá-las. Apenas vaguei pelos corredores, pensativo.

Muita coisa no mundo do Palácio de Buckingham não fazia sentido para mim. Mas o mais confuso de tudo era a atitude dos outros cães. Em minha experiência, pessoas que se importam com você, que cuidam de você, que são gentis com você, são as pessoas a quem você se dedica. E, para mim, essa pessoa ali era Sarah. Em casa, é claro, eram os Walker – e eu não conseguia não morrer de saudade deles, todo dia, por mais gentis que Sarah e Oliver fossem. Mas, para Willow, Candy e Vulcan, quem era essa pessoa?

Parei perto da entrada de uma nova sala, quando um pensamento que me ocorreu. A Rainha. Era *Ela* quem eles amavam, era *Ela* quem se importava com eles, quem os amava e cuidava deles. *Ela* os alimentava, levava para passear, escovava... e não estava ali. Willow tinha dito que *Ela* quase sempre os levava consigo quando viajava. Mas daquela vez não tinha levado. E, por outro lado, tinha levado um cachorro novo.

Claro que eles estavam mal-humorados e difíceis. Estavam com saudade de sua dona, da mesma forma que eu estava com saudade dos Walker. De certa forma, estávamos todos no mesmo barco. Porém, a Rainha estaria de volta em breve, e eu estaria no meio da rua – e ainda sem minha família.

Ouvi uma porta se fechar em algum lugar atrás de mim e entrei na sala para continuar pensando sobre aquilo. A sala em que eu estava tinha uma luz estranha no centro, um pouco como um guarda-chuva de cabeça para baixo. Havia todo o ouro habitual nas paredes e decorações régias – coisas com as quais quase tinha me acostumado desde a semana anterior. Mas o mais interessante era que também havia uma porta aberta. E ela levava para o lado de fora!

Olhando para trás, para me certificar de que ninguém estava me observando, caminhei até a porta. Era de vidro, como uma janela enorme, e obviamente tinha sido deixada entreaberta por acidente. Empurrei-a com o focinho para abri-la completamente e olhei lá fora. Na minha empolgação por ter encontrado uma porta aberta, eu tinha me esquecido de um detalhe muito importante: eu ainda estava no primeiro andar.

A porta não levava, como eu esperava, para uma área externa que eu ainda não tinha explorado. Levava a uma longa varanda de pedra, com vista para o pátio em frente ao Palácio. Pressionei o focinho entre duas das colunas de pedra que compunham a parede da varanda, e olhei pela abertura.

A primeira coisa que me impressionou foi o quão longe eu podia ver – ao fundo, podia ver prédios altos e estruturas de formato estranho e uma rua longa, ladeada com árvores e parques, até uma rotatória com uma grande estátua de pedra e, acima dela, uma imagem dourada. Todos lugares em que nunca estive – e parques em que nunca corri.

Um pombo passou voando, e eu quase pulei para persegui-lo, antes de me lembrar da enorme queda até o chão. Dei um passo para trás, com mais segurança na varanda, e observei o pombo ir pousar no chão.

Então, vi algo muito mais familiar.

Avistei as grades perto das quais eu tinha ficado com Amy, Jack e Claire. E a rua pela qual a gente tinha passado. Os arbustos pelos quais eu tinha entrado. Era ali que eu tinha perdido minha família e agora estava preso no Palácio, até que alguém descobrisse a verdade sobre mim.

Estava prestes a dar a volta e entrar, fugindo do vento gelado de dezembro, quando algo chamou minha atenção. Uma cabeça escura e uma mais clara, pressionadas contra as grades lá embaixo. Um casaco vermelho brilhante e fofinho que reconheci de uma épica viagem de compras com Amy e Claire. Uma mochila maltratada coberta de remendos que Jack nunca jogaria fora. E eles estavam segurando um pedaço de papel branco, tentando mostrá-lo a quem quer que estivesse do outro lado da grade – um dos guardas, pelo que parecia.

Jack e Claire.

Tinham vindo me procurar afinal! Não tinham se esquecido de mim!

Lati freneticamente, o mais alto que consegui, pulando para tentar alcançar o parapeito da varanda com minhas patas dianteiras, na esperança de ser visto lá de cima. Mas Jack e Claire nem sequer olharam. Eu estava longe demais para eles me verem ou me ouvirem.

– O que está fazendo aqui? – Uma voz brava atrás de mim me fez pular de volta para o chão da sacada. Eu me virei e dei de cara com Jessica em pé atrás de mim na porta aberta, as mãos nos quadris. – Se cair lá embaixo, vai ser um inferno. E sabe que será minha culpa. Venha, para dentro, agora.

Ela tentou me conduzir para dentro, agitando os braços para a porta, mas voltei para dar uma última olhada para a minha família perdida. Lá embaixo, Jack e Claire também tinham se virado. Estavam se afastando das grades. Do Palácio. Afastando-se de mim.

Fiquei observando, até quase sumirem do alcance da vista. Então segui Jessica de volta para dentro do Palácio, choramingando um pouco enquanto ela trancava a porta da varanda atrás de nós.

Eu me perguntei se aquela seria a última vez que eu veria Jack e Claire.

No caminho para a Sala dos Corgis, os corredores e as salas do Palácio pareciam vastos e vazios. Não vi mais o esplendor do Palácio, nem notei os fios de ouro no tapete sob minhas patas. Sentia falta do carpete listrado e gasto do corredor da casa dos Walker e da pilha de sapatos que nunca chegava à sapateira (e por isso estava pronta para eu mastigar de vez em quando).

Estava com saudade de casa. E estava com saudade das minhas pessoas.

– O que há com você? – Candy me seguiu pela sala enquanto eu voltava para minha cesta.

– Nada – menti.

– Saudade? – Adivinhou Candy, e pulou dentro da minha cesta.

– Talvez.

Com certeza.

– Sabe, o Natal com a Família Real não é tão ruim. Você pode até se divertir. – Candy pressionou o nariz em mim. – Pode até fazer você querer ficar com a gente.

– Como se isso fosse opção. – Eu ainda estava esperando para ser descoberto e jogado no meio da rua.

– Acho que poderia ser – respondeu Candy. – Quando se trata de corgis, *Ela* é tranquila. Não acho que te jogaria na rua sem ter para onde ir.

Inclinei a cabeça para um lado. Não tinha considerado essa possibilidade antes, mas depois que Candy falou aquilo – em vez de Vulcan espalhando veneno – fazia um pouco de sentido. Afinal de contas, uma Rainha que dava comida e escovava os cachorros, levava-os a quase todos os lugares, passeava com eles e não gostava de outras pessoas tocando neles... era uma Rainha que amava cachorros. E uma Rainha que recebeu o animal de estimação de um velho amigo depois que ele tinha morrido, só para ter certeza de que o cachorro teria um bom lugar para viver em sua velhice... Não era uma Rainha que jogaria um cachorro na neve em pleno Natal. Era?

E havia espaço suficiente no Palácio para mais um pequeno corgi bem-comportado. Só que não era o mesmo que estar na *minha* casa no Natal.

Acomodei-me um pouco mais confortavelmente na minha cesta, enquanto Candy se aninhava ao meu lado.

– Então, me conte um pouco mais sobre o Natal no Palácio – pedi.

Candy encolheu os ombros.

– Bem, antes de tudo, não passamos no Palácio. Digo, não neste aqui.

– Espere. – Endireitei-me de novo. – Vocês têm esse Palácio incrível, todo enfeitado e nem sequer passam o dia de Natal aqui?

– Não. Nós vamos para Sandringham. – Candy inclinou a cabeça. – Fazemos um almoço de Natal em família antes de irmos embora. Então, suponho que é por isso que eles colocam algumas bolas e tal.

– Algumas bolas? Já andou por aí para ver todas as decorações deste lugar?

– Bem, vi algumas delas. A caminho do jantar ou de um passeio.

Todo aquele esplendor, e os cães que moravam ali não sabiam nem apreciar.

– Muito bem. – Pulei para fora da cesta. – Você vem comigo.

– Para onde estamos indo? – perguntou Candy, mas me seguiu em direção à porta.

– Vou mostrar este Palácio a você através dos meus olhos, para variar – eu disse. – Vamos.

Comecei pela grande escadaria, fazendo Candy parar e olhar para todas as bolas coloridas penduradas nas guirlandas que entrelaçavam os corrimãos.

– São muito bonitas. – Candy olhou para seu reflexo em uma delas. – Então é isso que queria que eu visse?

– É apenas o começo – assegurei. – Vamos continuar.

Conhecia bem o Palácio agora para conseguir levar Candy a todos os meus lugares favoritos. Fui com ela à Sala Arredondada, com sua enorme árvore, carregada de enfeites vermelhos e dourados. Levei-a pelas salas de banquetes com vasos cheios de raminhos de bagas vermelhas brilhantes em todas as mesas. E em cada parte do Palácio que eu mostrava a ela, falava sobre como era o Natal em casa, com os Walker.

No entanto, deixei o melhor para o final. Justo quando Candy estava começando a reclamar que suas patas estavam doloridas, eu a levei para a Grande Entrada, com suas três árvores enormes todas iluminadas e brilhantes.

– Vê, agora? – perguntei. – Como esse lugar deve ser para pessoas que não nasceram aqui?

– Acho que sim – admitiu Candy. – Mas os seus Natais com os Walker... Parecem mágicos.

– *Este* lugar é mágico – admiti. – Este Palácio… parece que saiu de um filme. Mas o Natal nos Walker… é minha casa. É o que parece certo para mim.

– Acho que consigo entender – disse Candy, encostando-se ao meu lado, enquanto olhávamos as árvores cintilando no meio da noite. – Sempre passamos o Natal em Sandringham, então é lá que estão minhas melhores lembranças de Natal. Este Palácio… é tão grande, e a Rainha está sempre tão ocupada quando estamos aqui. Mas quando estamos fora e somos apenas nós e a família… São os melhores momentos. Todos recebemos meias vermelhas na manhã de Natal, cheias de doces e brinquedos. E há sempre uma longa caminhada na manhã de Natal, mesmo na neve. Depois todos nos aconchegamos perto da lareira… Isso é Natal para mim, sabe. Não todas essas decorações e balbúrdias.

– Faz sentido – admiti. – Para mim, Natal é me aconchegar com Jack e Claire quando eles abrem seus presentes. É um passeio no parque enquanto Amy faz o jantar e depois assistir a um filme de Natal juntos quando escurece.

– Espero que ganhe isso de Natal de novo – Candy disse, sincera. – Sei que é o que te fará feliz. Mas…

– Mas? – perguntei.

Ela me deu um pequeno sorriso e encostou a cabeça na minha.

– Mas ao mesmo tempo eu gostaria que você ficasse com a gente. Faz algum sentido?

Senti um nó na garganta.

– Sim. Faz sim.

Porque, por mais que eu ainda quisesse ir para casa, para minha família, eu também não estava pronto para deixar o Palácio. Ou as pessoas, e cachorros, que moravam lá.

AMY

Amy chegou em casa da clínica antes de Jack e Claire voltarem de Londres. Sentou-se à mesa da cozinha com uma caneca de chá na mão e leu de novo cada uma das mensagens de texto que recebera – de hora em hora – ao longo do dia.

Tinham começado tão cheios de esperança, tão otimistas de que a qualquer momento dariam sorte ou encontrariam uma pista. Mas à medida em que o dia se aproximava do fim, foram ficando menos confiantes, menos esperançosos. Agora estava completamente escuro lá fora e a última mensagem dizia:

> Nada ainda. Indo para a estação.
> Daqui a pouco em casa.

Nada ainda – parecia um resumo de toda aquela temporada para Amy. Como se ela ainda estivesse chegando a lugar nenhum, não importava o quanto tentasse. Como caminhar em meio a um monte de neve, sendo empurrada para trás pelo vento. Como quando ela finalmente conseguiu sair à noite, e teve a chance de se sentir como *Amy* novamente, cantando no karaokê com Luke Fitzgerald, só para ser arrastada de volta ao mundo real pelo telefonema de Jim. O futuro parecia um lugar muito solitário naquele momento.

Balançou a cabeça. Não podia deixar as crianças vê-la deprimida assim, e elas chegariam a qualquer instante.

Levantou-se e ligou o rádio, sintonizando na estação que estivesse tocando música natalina. Então, tirou do armário alguns pacotes de enfeites de Natal de chocolate. As crianças adoravam pendurá-los na árvore e insistiam em comer aqueles que vinham sem os fios de pendurar. Era sempre espantoso quantos eles encontravam assim, incompletos, e quantos fios ela achava espalhados pela casa depois.

Amy tinha acabado de pegar a tesoura para abrir o pacote quando a porta da frente bateu na mesa do telefone, indicando que as crianças finalmente estavam em casa.

– Ei, como foi? – Ela os encontrou no corredor com um sorriso no rosto, mas nem Jack nem Claire retribuíram.

– Perda de tempo. – Jack passou por ela para jogar o casaco na ponta do corrimão e colocar os sapatos na pilha que nunca era guardada na sapateira. Amy sorriu tristemente para os sapatos, todos sem sinais de mordidas, desde que Henry não estava ali. Apenas outro sinal da perda, como os restos de comida que ela encontrava debaixo da mesa da cozinha depois do jantar, que ela sabia que estavam lá porque Claire havia esquecido, mais uma vez, que Henry não estava ali para devorar as partes que ela não gostava.

– Procuramos em todo lugar – disse Claire, em voz baixa. – Ninguém viu Henry. Nem mesmo no abrigo.

Amy envolveu a filha em um abraço e a apertou.

– Pelo menos vocês tentaram.

– Não sei por que a gente se importa – resmungou Jack. – Henry nunca vai voltar para casa. Assim como papai.

Ai. O coração de Amy se contraiu com a dor na voz do filho. Ela teve a sensação de que os enfeites de chocolate não chegariam nem perto de consertar aquela situação, mas eram tudo o que ela tinha para oferecer naquele momento.

– Vamos lá – ela tentou animá-los. – Tenho chocolates para pendurar na árvore. Podemos colocar um filme de Natal e vou fazer chocolate quente também, se quiserem. O que acham?

Precisou insistir um pouco, mas ninguém conseguia recusar seu chocolate quente. Amy cantarolou baixinho "Baby, it's Cold Outside", enquanto acrescentava chantilly e granulado, e levou as canecas até a sala. Sorriu ao notar que alguns chocolates já tinham desaparecido e que na TV estava passando o *The Muppet Christmas Carol*.

– Adoro que vocês dois ainda amam os Muppets – ela disse, distribuindo as canecas.

Claire revirou os olhos.

– Mãe, a gente só colocou aí porque é o seu favorito. Não o nosso.

Amy sentiu um aperto na garganta.

– Então, obrigada, querida.

– Este chocolate não tem fio – declarou Jack, arrancando o fio da embalagem sem sequer tentar despistar. Então, entregou-o a Amy. – É melhor você comer isso.

Ela comeu. Por um instante, enquanto os Muppets cantavam, as luzes da árvore de Natal brilhavam e o mundo tinha gosto de chocolate, Amy começou a pensar que talvez, só talvez, a situação estivesse melhorando.

E então o telefone tocou. De novo. Estava começando a odiar telefones.

– Oi, Jim. – Amy tentou não suspirar ao ouvir o som daquela voz, mas foi difícil. Sinalizou para as crianças que ia para cozinha falar no telefone, e viu que elas se entreolharam. Será que os dois tinham conversado sobre ela e Jim durante o dia em Londres? Provavelmente. Ela abriria mão de tomar chocolate quente por um ano só para saber o que eles disseram.

– Amy. Oi. – Jim parecia tenso, contido. Amy se perguntou se Bonnie estava perto dele, ouvindo, certificando-se de que ele ia dizer o que quer que tivessem combinado. Como ela costumava fazer quando ele ligava para a mãe para dizer quando eles a visitariam.

– Tudo bem? – Amy afundou em uma das cadeiras da cozinha e olhou para o relógio na parede. Estava parado há seis meses e não tinha muita utilidade. Mas, de alguma forma, enfatizou o tamanho da pausa de Jim antes de começar a falar.

– Bonnie e eu estávamos pensando que seria legal ficar com as crianças no Réveillon. Quando voltarmos da França.

– Ah. – Amy não deixou de reparar que também era uma ideia de *Bonnie*, o que significava que estavam morando juntos e que Jim planejava apresentar as crianças para ela. Um novo ano, um novo começo, e uma nova família para seus filhos. Exatamente o que queriam, ela tinha certeza. Só que não.

Mas, seguindo em frente: era isso o que ela queria. Não era?

– Achamos que também seria bom para você – Jim prosseguiu, subitamente ansioso. – Sabe, te dar uma folga das crianças.

Amy piscou.

– Peraí. Está de verdade tentando me dizer que apresentar nossos filhos à sua nova namorada é um favor para mim?

Jim suspirou.

– Não quero que isso seja difícil. Só queria passar algum tempo com Jack e Claire durante as férias.

E é por isso que você vai esquiar durante a maior parte das duas semanas em que eles não terão aula. Tá bom.

Mas ela não disse nada, porque no fundo aquilo era o que ela queria. Queria que as crianças tivessem um bom relacionamento com o pai. Queria que Jim se esforçasse para ser importante na vida delas. E, acima de tudo, Amy queria seguir em frente, chegar à próxima fase onde quer que aquilo a levasse.

Jim não ia voltar, ela sabia. E talvez Henry também não voltasse. O que significava que a única atitude que lhe restava era aceitar e buscar seu próprio futuro. Construir uma vida nova em uma nova situação. Talvez até ir a um encontro ou dois. Achar coisas que *ela* gostava de fazer, simplesmente porque gostava e não porque outra pessoa queria que fizesse. Era o momento de redescobrir a Amy. O Réveillon era tão bom quanto qualquer outra data para isso.

– Tudo bem – ela concordou. – Me diga que dias você quer e aonde e vou deixá-los com você.

Ela torceu para que as crianças também gostassem desse novo arranjo.

– Ótimo. – Ela podia ouvir o alívio na voz de Jim. Uma parte pequena e malvada de Amy estava com raiva por dar a ele o que queria, mas ela se forçou a se concentrar na situação como um todo.

Ele tinha uma vida nova. Era hora de ela começar a construir uma para si também.

Desligando o telefone, Amy voltou para a sala, onde os Muppets tinham sido trocados por algo no YouTube, pelo que ela pôde ver.

– O que ele queria? – Jack perguntou sem olhar para ela.

– Seu pai ligou para convidar vocês para passar a virada do ano na casa dele. – Amy se preparou para a resposta dos filhos.

– O quê? Eu não vou! – Jack sacudiu a cabeça com tanta força que Amy ficou até com medo de que pudesse se soltar.

– Já falei com ele que vocês dois vão. Ele é seu pai, Jack, e isso é importante para ele. *Você* é importante para ele.

– É mesmo? Então por que ele foi embora? – Jack não esperou pela resposta. – Você não tinha o direito de dizer a ele que eu vou. Não sou mais uma criança, mãe. Posso tomar minhas próprias decisões, sabia?! E nunca vou querer passar um dia com ele. Nunca mais.

– Para alguém que se diz tão maduro, você anda se comportando como um bebê chorão – Amy retrucou, e se arrependeu quase instantaneamente. – Desculpe, filho. Eu só...

Mas era tarde demais. Jack jogou o controle remoto da TV no chão e saiu, resmungando baixinho. Ela ouviu a porta do quarto dele bater. Nesse momento, soube que não o veria novamente antes do amanhecer. Que ótimo.

Claire olhou para ela, um olhar cheio de julgamento.

– Eu sei, eu sei – disse Amy, esfregando a testa. Ela suspirou. – Vamos ver mais Muppets?

– Não, obrigada. – Até o tom de Claire era duro. – Vou ligar para a Lucy.

E assim, Amy estava sozinha de novo. Outra noite perfeita em casa. Bem, pelo menos tinha conseguido o controle remoto.

Amy ligou nos Muppets de novo e foi buscar as sacolas de presentes de Natal e papel de embrulho. Ao contrário dos filhos, ela não tinha tempo para ficar de mau humor. Havia muito que ainda precisava ser consertado por ali, se ela quisesse encontrar aquele futuro fabuloso onde tudo não era tão difícil o tempo todo.

9º DIA

Domingo, 22 de dezembro

HENRY

Me senti muito mais animado ao sair para os jardins com Sarah na manhã seguinte. Afinal, no Palácio tinha muita coisa boa – e eu devia aproveitar. Acordar com Candy, desta vez na *minha* cesta, enrolada em volta de mim para me aquecer, poderia ter algo a ver com o meu bom humor também.

Depois que terminamos de apreciar as decorações na noite anterior, Candy e eu voltamos para a Sala dos Corgis, onde encontramos Willow e Vulcan já dormindo. Ainda querendo esticar um pouco mais a noite, pulamos na minha cesta, onde Candy sussurrou para mim histórias de comemorações reais e Palácios, até que adormeci.

Por um tempo, quase me esqueci totalmente de que tinha avistado Jack e Claire.

Depois que Sarah nos alimentou naquela manhã, dei um tchau para Candy e segui Sarah para lhe fazer companhia durante o trabalho. Mas eu tinha grandes esperanças de que Candy estivesse a fim de outra sessão de contação de histórias naquela noite!

Quando Sarah e eu saímos para os jardins, encontramos Oliver esperando por nós, um pouco mais a frente em nosso caminho habitual.

O sorriso de Sarah ao vê-lo foi de um brilho só.

– Não é um dia lindo? – Ela inclinou a cabeça para olhar para o céu azul brilhante, e deixou o pálido sol de inverno iluminar seu rosto.

– Dizem que pode nevar mais tarde. – Oliver veio caminhar ao nosso lado. – Mas não consigo acreditar. Vejam como este céu está azul.

Sarah balançou a cabeça.

– Não. Eles estão certos. Quase consigo sentir o cheiro. Só queria que fosse logo.

Oliver riu.

– Você parece uma criança esperando para fazer um boneco de neve.

– E o que há de errado nisso? – Ela ergueu as sobrancelhas enquanto esperava uma resposta.

– Absolutamente nada – respondeu Oliver, muito sensato, na minha opinião.

Seguimos pelo caminho, nós três andando no mesmo ritmo. De muitas maneiras, parecia uma manhã perfeita e normal. Torci para que eles continuassem fazendo isso por muitos anos. Tudo parecia estar em seu devido lugar. O que, na verdade, deveria ter sido meu primeiro sinal de que tudo estava prestes a desmoronar ao nosso redor.

– Sarah? – Um criado que não reconheci se aproximou. – Sarah Morgan?

Ela olhou curiosa quando ele se aproximou.

– Há algum problema? – Dava para ouvir a tensão em sua voz. Oliver obviamente percebeu, porque estendeu a mão para apertar a dela.

– Tem uma pessoa na entrada lateral exigindo ter ver – informou o criado. – Pedi que te telefonasse, mas ele disse que não vai embora. Desculpe, mas acho que terá que ir até lá.

– Claro. – Sarah franziu o cenho enquanto íamos em direção à entrada lateral.

– Alguma ideia de quem poderia ser? – Oliver perguntou.

– Nenhuma.

– Eu não me preocuparia com isso. – Oliver deu-lhe um sorriso tranquilizador e soltou a mão de Sarah, mas ainda ficou por perto. Fiquei contente. Mas todas as palavras reconfortantes de Oliver me fizeram ter um mau pressentimento sobre o que estava prestes a acontecer. E eu estava certo. Como sempre.

Quando chegamos à entrada, Sarah parou, de repente, quando o homem apareceu. Ele estava vestindo uma calça jeans e um suéter sob uma jaqueta grossa, e mudando de pé para pé como se estivesse com frio. Ou nervoso.

– David! – Os olhos de Sarah se arregalaram com a surpresa.

– Seu ex – Oliver disse, com a voz firme.

– Eu não… Não sei o que ele está fazendo aqui. – Sarah parecia perdida e confusa. Eu me esfreguei em suas pernas para tranquilizá-la, mostrando que ainda estava lá.

– Achei que poderia ser isso. Mas como ele diz que não vai embora até falar com você, sugiro que descubra – disse o criado, abrindo o portão para David entrar. – Estarei por perto se precisar de ajuda com ele.

– Sarah! – David correu e abraçou Sarah. Oliver deu um passo para trás, seu sorriso se foi e seus olhos ficaram sérios.

– O que está fazendo aqui? – perguntou Sarah, com o rosto abafado no ombro de David. Não consegui entender se ela estava feliz ou não em vê-lo. Presumi que não estaria, mas ela não o afastou.

Pelo olhar no rosto de Oliver, ele também não tinha certeza.

– Nós… nos encontramos mais tarde, Sarah – disse Oliver.

Sarah se virou, afastando-se dos braços de David.

– Sim. Claro. Obrigada, Oliver.

Então ela se virou para David.

Vi Oliver ir embora, com os ombros caídos, e torci para que todo o meu trabalho duro não tivesse ido por água abaixo.

Sarah levou David para os jardins, para que pudessem caminhar enquanto conversavam. Segui ao lado de Sarah, claro, minha guia ainda estava na mão dela. Tive medo de que me mandasse de volta à Sala dos Corgis. Não queria deixá-la sozinha com seu ex-namorado em hipótese alguma.

Ele não se parecia muito com Oliver, pensei, estudando-o. Tinha cabelos escuros, mas as semelhanças paravam aí. Era mais baixo, seus traços eram mais suave e seus olhos azuis eram inseguros e lacrimosos. Quando Oliver olhava para alguém, não havia fraqueza alguma. Oliver sabia o que queria e tinha trabalhado duro para conseguir. David, pelo pouco que Sarah me falou dele, não sabia reconhecer as coisas boas que tinha. Ainda que eu não soubesse muito sobre ele, minha intuição me dizia que ele não era confiável. Eu precisava encontrar um jeito de afastar Sarah dele.

– Por que veio aqui, David? – Sarah perguntou de novo, quando estávamos um pouco afastados do Palácio e dos olhares curiosos. Ela parou de andar no meio do caminho, ao lado de um dos meus arbustos favoritos para explorar. Puxei minha coleira um pouco, mas Sarah ficou firme, olhando para David. Ah, não gostei daquilo. Torcendo minha cabeça, tentei ver se havia alguma maneira de me soltar da guia presa à coleira. Então eu poderia correr para o arbusto, e Sarah teria que me seguir, e ela esqueceria totalmente esse tal de David.

– Vi o cartão que enviou para a mamãe – ele disse, com a voz exultante. – E, claro, entendi o que significa.

Os olhos de Sarah se estreitaram.

– O que significa?

Olhei ao meu redor novamente, ainda procurando uma rota de fuga, um meio de afastar Sarah. Talvez, se eu puxasse muito forte, de repente… Estava estudando as melhores rotas para fugir quando algo chamou minha atenção. Havia alguém atrás do arbusto, ouvindo?

– Significava que você ainda estava pensando em mim, mesmo depois de se mudar para cá. Que ainda estamos ligados. Ainda somos feitos um para o outro. – David se inclinou para se aproximar e eu corri para ficar entre os dois, para que ele não chegasse perto demais da minha Sarah. Ou da Sarah de Oliver, para ser mais preciso.

– Significa que você também me ama.

– Espere aí, o quê? – Sarah deu um passo para trás, e David quase tropeçou em mim tentando ficar perto dela. Foi surpreendentemente gratificante.

Mas então algo mais chamou minha atenção. Aquele arbusto tinha acabado de se mexer? Sim! Tinha. Definitivamente havia alguém escondido lá. Mas quem? E por quê?

Olhei para a massa de folhas verdes, até que tive um vislumbre de cabelo vermelho e, em seguida, da lateral do rosto de uma mulher.

Jessica. O que ela estava fazendo ali? Pelo pouco que sabia sobre ela, não pude deixar de pensar que ela provavelmente estava procurando outra maneira de causar problemas para Sarah, depois que Oliver tinha frustrado seus planos na festa do corredor. Mas eu não podia me preocupar com isso agora. Precisava afastar Sarah de David, antes que ele arruinasse tudo entre ela e Oliver.

– Cometi um erro deixando você ir embora – disse David, com sinceridade. Mas eu ainda não conseguia acreditar nele. Se me perguntar, ninguém que tivesse feito Sarah se sentir tão pequena quanto ele merecia uma segunda chance.

– Entendo isso agora. Quando você se foi, percebi o quanto ainda te amo. E quando vi aquele cartão, entendi que era um sinal, um sinal de que você sentia o mesmo. Claro que eu tive que vir.

Ele encostou o pé na lateral do meu corpo, tentando me empurrar e me tirar do caminho para se aproximar de Sarah. Lati, indignado, mas no momento em que me virei para pensar se lhe daria uma boa mordida no tornozelo, era tarde demais.

David estava beijando Sarah.

Suas mãos estavam pressionando as costas dela, segurando-a com força, e não consegui ver a expressão de Sarah, porque a cabeça grande e estúpida de David estava no caminho. Lati, o mais alto que pude, tentando fazer com que Sarah saísse daquela armadilha, mas não adiantou nada.

Era terrível! Não tinha feito todo aquele esforço para mostrar a Sarah como a vida no Palácio poderia ser boa, e o quanto ela merecia aquilo, para vê-la voltando para o homem que lhe dizia exatamente o oposto.

Então, só para piorar tudo, Jessica saiu de trás do arbusto com um sorriso cruel no rosto. Tentei me afastar de Sarah para persegui-la, impedi-la antes que fizesse algo que colocasse Sarah em apuros. Mas Sarah ainda segurava minha guia e eu não podia ir a lugar nenhum.

Com uma última olhada no casal se beijando, Jessica correu em direção ao Palácio antes que Sarah sequer pudesse ver que ela estava ali.

Tive muito medo de saber exatamente para onde ela estava indo. Ou melhor, a quem ela contaria sobre o que tinha visto.

Oliver.

Aquilo seria um desastre.

AMY

Amy sempre acreditou que manhãs de domingo eram feitas para esticar o tempo na cama, tomar café e curtir o silêncio. Ou, em semanas estressantes, pelo menos um bom momento para comer panquecas.

Depois do desastre do telefonema de Jim na noite anterior, Amy decidiu que aquela sem dúvida seria uma manhã para panquecas. Assim, enquanto o café era filtrado no balcão da cozinha, misturou os ingredientes para suas famosas panquecas matinais, e torceu para que houvesse calda suficiente para servir a todos os três.

Sookie, normalmente desinteressada pela comida, a não ser que houvesse peixes envolvidos, se enroscava em torno das pernas de Amy enquanto ela se movia pela cozinha. Amy estava começando a ter a impressão de que, na ausência de Henry, a gata havia assumido a função de guardiã da família – ou talvez estivesse apenas aproveitando a ausência do cachorro para passar mais tempo dentro de casa.

De qualquer forma, Amy estava feliz com aquela companhia, ainda que não fosse o mesmo que ter Henry em casa. Para começar, Sookie não gostava de sair para passear, e Amy sentia falta do ar fresco e do tempo para pensar que tinha todos os dias nas caminhadas com Henry. Claro que poderia sair para caminhar sem o cachorro, mas nunca fazia isso. Luke tinha até deixado Amy passear com Daisy no dia anterior, durante o intervalo para o almoço, mas a dálmata não estava tão interessada em esquilos e cheiros quanto Henry. Além disso, Amy tinha tanto medo de perder o cachorro de outra pessoa que não conseguiu relaxar a caminhada inteira.

Luke riu quando ela contou isso a ele.

– Vou ter que ir com você da próxima vez, então – ele falou, e Amy sorriu.

– Encontro marcado – ela respondeu. Só para depois passar as três horas seguintes imaginando o quanto ele leria naquele deslize linguístico.

Ela balançou a cabeça. Precisava se concentrar em cozinhar e não ficar sonhando com um médico divorciado que estava apenas sendo gentil porque sabia o que ela estava passando.

– Uhuu, panquecas! – O entusiasmo de Claire quando ela pulou em um dos bancos no balcão foi o suficiente para alegrar a manhã de Amy, e distraí-la da preocupação sobre o que disse ou não para Luke.

Até Jack parecia um pouco menos mal-humorado do que quando desceu as escadas. Ele olhou para a mãe por alguns segundos, e Amy prendeu a respiração, esperando ouvir o que ele teria a dizer. Seria outro discurso sobre o pai dele? Ou – pelo amor de Deus – um pedido de desculpas?

Nenhum dos dois, no fim das contas.

– Vou pegar os jornais de domingo, está bem? – ele disse, já calçando os tênis.

– Seria ótimo – disse Amy, sem demonstrar muita emoção. – Começo a virar as panquecas quando você voltar.

Os jornais de domingo eram outra tradição da família. Jim sempre gostou de ler no papel aos domingos, em vez de ficar olhando as notícias nos celulares e tablets, como faziam no resto da semana. Jack gostava das tirinhas e das críticas de filmes e música, Claire gostava de ver todas as fotos luxuosas e extravagantes dos suplementos coloridos. E Amy gostava que todos ficassem quietos e felizes por meia hora num domingo de manhã, sentados juntos ao redor da mesa.

– Não lemos os jornais de domingo há meses – comentou Claire, quando Jack saiu. – Não desde… Bem, desde que papai foi embora.

– É verdade – disse Amy – Não lemos. Mas foi legal Jack ter se oferecido para buscar os jornais, não acha? Especialmente desde quando ele costumava levar…

Ela se interrompeu antes de dizer “Henry”.

Jim não era a única peça que faltava no retrato perfeito da família, não é?

Amy suspirou e voltou sua atenção para a massa das panquecas. Uma coisa de cada vez.

Jack voltou com os jornais e, além deles, uma revista de música, Amy reparou. Ele e Claire sentaram-se à mesa dividindo-os enquanto Amy aquecia a frigideira e acrescentava a primeira porção de massa.

– Uh, olha! – Claire levantou a frente do suplemento colorido para Amy ver. – Natal no Castelo de Windsor! Aposto que eles têm uma decoração fantástica. Ainda mais incrível do que as árvores que vimos do lado de fora do Palácio de Buckingham.

Com certeza melhor do que a pequena árvore artificial e meia guirlanda de azevinho que ela colocara em casa, Amy pensou. Não tinha nem conseguido desenterrar as renas de vime de Claire. Era bom que as crianças também tivessem comido os chocolates que ela comprara para a árvore. Quando olhou para a árvore depois que todos foram devorados, percebeu que não tinha ramos suficientes para todos eles. E a guirlanda de azevinho artificial que ela costumava enrolar no corrimão tinha perdido metade das folhas – algo que, na verdade, ela suspeitava ter sido culpa de Henry. Então sempre que olhava para ela, meio pelada e ainda perdendo mais raminhos, pensava em Henry e sentia ainda mais saudade. O que era ridículo. Ninguém deveria se sentir emocionado com plantas artificiais.

Claire ainda estava admirando as fotos do Castelo de Windsor e Amy se inclinou por cima do ombro da filha para dar uma conferida enquanto servia a primeira rodada de panquecas na mesa.

– Oh, olhe só para os corgis! – Eles se pareciam tanto com Henry que o coração de Amy doeu. – E os dorgis são muito fofos também.

– Olhe para este aqui usando uma coroa! – Claire apontou para a página e, em seguida, franziu a testa. – Espere aí…

Ela folheou rapidamente umas poucas páginas para encontrar um *close-up* do corgi de coroa, desta vez sentado em um trono, de língua para fora diante da câmera.

– Veja! Jack, olhe! É Henry!

O coração de Amy se agitou com as palavras de Claire, diante da certeza com que foram ditas. Seria possível? Não. Aquilo era loucura. Henry tinha fugido, com certeza. Mas não poderia ter chegado ao Castelo de Windsor, certo?

– É um corgi, Claire – disse Jack, com desdém. – Claro que parece Henry.

– Não se parece com Henry. *É o Henry.* – A certeza teimosa de Claire não vacilou nem por um segundo. – Está até usando a coleira que comprei para ele no Natal passado!

A coleira, Amy tinha que admitir, era bem característica. Vermelha, de couro falso de crocodilo, com uma fivela dourada e uma plaquinha dourada com o nome "Henry" gravado. Claire tinha economizado para comprar aquele presente, para que Henry também tivesse algo especial para receber na manhã de Natal. Claro, Henry tinha ficado muito mais feliz com os biscoitos de chocolate que Jack lhe comprara, mas, ainda assim, era a intenção que contava. E, neste caso, a semelhança.

Amy se aproximou e olhou para a foto. A plaquinha do nome do cachorro estava virada e ela não conseguiu ler.

– Se parece muito com ele...

Era exatamente igual a ele. Mas, na verdade, ela nunca tinha sido muito boa em diferenciar um cachorro de outro, a menos que estivessem lado a lado. Uma vez, quando Henry era pequeno, ela quase levou o corgi errado da aula de filhotes. Não era a fonte mais segura para isso.

Amy balançou a cabeça.

– Não pode ser ele, Claire. Não é possível.

– Por que não? – perguntou Claire. – Estes são os corgis da Rainha. E nós o perdemos no Palácio de Buckingham. Claro que pode ser ele!

– Não acha que a Rainha notaria se de repente tivesse um cachorro a mais? – perguntou Jack.

– Talvez não! É um Palácio enorme... – Claire estava apelando e todos sabiam disso.

Bem, todos exceto Claire.

– Vou escrever para ela. Pedir meu cachorro de volta.

– Escrever para quem? – perguntou Amy. – Espere, você vai escrever para a Rainha?

– Sim! – Claire pulou do banco e correu para a gaveta onde guardavam os envelopes e selos (junto com baterias usadas, lanternas que não funcionavam e velas de aniversário meio usadas). – Não, isso é estúpido.

– Muito estúpido – Jack concordou, enquanto atacava um prato cheio de panquecas encharcadas em calda.

Claire lançou-lhe um olhar penetrante.

– Quis dizer que vai demorar muito para ela receber a carta e ler. Correios no Natal... Tenho uma ideia muito melhor.

– Qual é? – perguntou Amy, subitamente nervosa.

– Vou fazer o que todo mundo faz quando precisa chamar a atenção de uma grande empresa ou de uma pessoa importante – disse Claire, animada. – Vou *twittar* para ela!

HENRY

Estava prestes a morder o calcanhar de David quando Sarah o empurrou para longe.

– Não! – Ela limpou a boca e se afastou. Seu cabelo estava bagunçado e alguns fios tinham escapado de seu habitualmente caprichado rabo de cavalo e suas bochechas estavam rosadas, mais por raiva do que por paixão, percebi.

Deveria ter mais fé em Sarah. Claro que ela não ia aceitar aquele idiota de volta. Por que aceitaria? Ainda mais depois que Oliver e eu tínhamos mostrado que ela valia muito mais.

– Não? O que quer dizer? – David parecia completamente perplexo com a atitude dela. Suas bochechas também estavam vermelhas, mas eu tinha certeza de que era por vergonha. Caía-lhe muito bem.

Sentei-me aos pés de Sarah, impedindo que David se aproximasse para tentar dar outro beijo e sorri com malícia para ele. Sarah não era mais dele. Ela era nossa.

– Quero dizer não – disse Sarah, com a voz clara e forte. – Não quero te beijar. Não te amo mais. Na verdade, não tenho certeza de que um dia amei. Como poderia amar alguém que vivia me dizendo que eu não era boa o suficiente, que era gorda e inútil e uma perda de tempo?

– Eu não… – protestou David.

– Sim – Sarah retrucou –, você disse isso sim. Sei porque essas palavras estão gravadas no meu cérebro e no meu coração. Eu me lembro de cada uma das crueldades que me disse, e me lembro delas cem vezes mais do que qualquer gentileza que tenha dito. Para começar que não são tantas assim para lembrar.

– Eu estava tentando te ajudar!

– Me ajudar? – As sobrancelhas de Sarah subiram tão alto que quase desapareceram em seu cabelo. – Como esperava conseguir isso?

– Bem, você sabe… Eu estava te motivando. Tentando incitar alguma ambição em você. Não queria fazer você se sentir mal – David tentou, mas até eu pude ver que era uma causa perdida. Sarah não ia mais acreditar em suas justificativas.

Na verdade, ela riu para ele.

– Você não vê? Isso só piora tudo! Você esperava tão pouco de mim que foi capaz de me dizer aquelas coisas terríveis sem se preocupar nem por um momento em como elas fariam eu me sentir. – Ela balançou a cabeça. – Você não me ama, David. Você só odeia o fato de que eu escapei de você, que estou aqui vivendo minha própria vida, construindo meu próprio futuro, fazendo tudo o que você me disse que eu nunca faria. Você odeia o fato de eu estar provando que você estava errado, a cada momento de cada dia. Apenas por viver minha vida do que jeito que eu quero.

O rosto de Sarah estava corado de frio, ou de pura raiva, eu não tinha certeza. De qualquer forma, ela parecia magnífica. Seu cabelo claro brilhava ao redor de seu rosto como um halo, e seus olhos não mostravam dúvida. Por outro lado, os olhos azuis marejados de David pareciam mais incertos a cada segundo.

– Mas o cartão que você enviou…

Sarah o interrompeu.

– Enviei um cartão de Natal para sua mãe porque ela, ao contrário de você, sempre foi gentil comigo. Não queria que ela pensasse que eu tinha esquecido disso só porque me mudei. Não sou esse tipo de pessoa.

– E você não me enviou um cartão por que…?

Nunca houve uma pergunta mais estúpida.

– Porque, para ser honesta, David, desde que cheguei o Palácio de Buckingham mal pensei em você.

Ele estava entendendo agora, estava claro. Mas não conseguiu evitar uma última tentativa.

– Sarah, eu…

Ela não o deixou continuar.

– Não. Não vou ouvir mais nada que queira me dizer. Você me tratou mal e agora sei que mereço alguém bem melhor do que você. E vou conseguir. O que significa que é hora de você ir embora.

Se eu pudesse aplaudir, aplaudiria. Me contentei em dar um latido feliz e me levantei. Mas então me lembrei da cara de alegria de Jessica correndo de volta ao Palácio, e percebi que o trabalho ainda não tinha terminado. Havia mais o que consertar.

Persuadi Sarah a me deixar sem a guia e a voltar para o Palácio, tirando-a do caminho e colocando-a em direção à porta mais próxima. Balançando a cabeça para mim, ela soltou minha coleira e corri para dentro, deixando-a para levar David até a saída. Rápido, eu esperava. Assim como Sarah, não queria ficar nem mais um segundo na companhia daquele sujeito.

Subi correndo as escadas e fui até o alojamento dos funcionários. Precisava encontrar Jessica e mantê-la longe de Oliver. Tremia só de pensar no que ela diria. Com sorte, ele estaria ocupado trabalhando e ela ainda não teria conseguido falar com ele. Mas cheguei tarde demais. Soube no momento em que entrei no corredor dos funcionários e ouvi sua voz.

– Deveria ter visto, Oliver – Jessica disse, parecendo enojada. – Estavam se beijando, bem ali nos jardins do Palácio. Fazendo uma verdadeira cena. Se tivessem sido vistos por um dos membros da realeza… – Ela estremeceu.

– Não quero saber disso, Jessica. – A voz de Oliver era seca.

– Tem certeza? – Jessica perguntou. – Mas você parecia ser tão próximo de Sarah. Deve ser difícil para você ouvir isso, tenho certeza. Mas achei que era importante que soubesse.

– Por quê? Por que diabos... – Ele se recostou na parede, passando a mão no cabelo bem penteado.

– Porque ela estava brincando com você, Oliver! – Jessica se aproximou dele e se colocou ao seu lado. – Deixou você pensar que ela era uma de nós, que ficaria aqui com você. Era mentira. Ela só estava aqui para fazer ciúme no namorado. E agora que o plano funcionou, ela vai sair para voltar com ele.

– Ela disse isso? – Oliver perguntou. – Você realmente a ouviu dizer isso?

Jessica sacudiu a cabeça tristemente.

– Ah, Oliver, não precisou. É claro como a luz do sol para todos, menos para você. Sarah nunca se encaixou aqui, e talvez nem quisesse. Talvez nunca tenha se esforçado porque sabia que não ia ficar. Era só parte do plano.

– Mas ela trabalhou duro para conseguir esse emprego – disse Oliver. – Ela queria estar aqui, sei que queria.

– Talvez. Mas talvez nunca tenha desejado isso tanto quanto desejava um final feliz com o namorado.

De repente, me lembrei de uma conversa entre Sarah e Oliver. Uma em que ela contou a ele os sonhos que tinha antes de vir ao Palácio. Um lar, uma família, um marido, todos em sua casa, em sua terra natal. Tive a sensação de que ele estava se lembrando da mesma conversa. Ele achou que, no fundo, ela ainda queria realizar todos os sonhos antigos, aqueles que tinha deixado para trás quando se candidatou para ser funcionária da Rainha. E eu não sabia como dizer a ele que estava errado.

– Oliver, você sabe como é trabalhar aqui – Jessica disse, ainda perto demais de Oliver para o meu gosto. – É preciso ser um tipo especial de pessoa.

– Achei que Sarah fosse esse tipo de pessoa – Oliver disse, soando desamparado. – Ela é...Eu achei que fosse especial.

Jessica fez uma careta. Oliver não viu.

– Talvez ela não seja tão incrível assim quanto você pensa.

– Talvez. – Mas Oliver ainda parecia em dúvida. Bom sinal.

– Você precisa ficar com as pessoas em quem sabe que pode confiar. Pessoas que sabe que se encaixam aqui.

– Pessoas como você? – Oliver arriscou.

Jessica sorriu.

– Exatamente.

Mas quando ela se inclinou em direção a ele, Oliver se afastou da parede.

– Para ser sincero, Jessica, acho que o que precisamos fazer é trabalhar. Não é?

Ele arqueou a sobrancelha e ela corou.

– Certo. Sim. Vejo você mais tarde, então?

– Acho que sim. – Ele observou Jessica ir embora, depois olhou para mim, que estava sentado, observando. Lati para ele, querendo que entendesse tudo que eu não podia dizer.

Não desista de Sarah, pensei, o mais forte que consegui.

Mas Oliver não entendeu a mensagem. Ele suspirou.

– Agora não, Henry, ok? Preciso escrever um cartão de Natal. Agora, antes que eu perca a coragem.

10º DIA

Segunda-feira, 23 de dezembro

HENRY

Não vi Sarah nem Oliver de novo naquele dia. E, na manhã seguinte, o Palácio estava movimentado demais para eu sequer pensar em reuni-los para terem uma boa conversa e colocarem os pingos nos is.

– Que diabos está acontecendo aqui hoje? – perguntei a Willow, enquanto observávamos os membros da equipe apressados pelo Palácio, carregando móveis e talheres e sei lá o que mais. Desci da Sala dos Corgis para minha habitual excursão matutina e encontrei os salões de recepção em absoluto caos. Todos os homens e mulheres com os uniformes do Palácio estavam ocupados limpando e arrumando mesas e cadeiras. Um deles estava medindo a distância dos jogos americanos da borda de uma das mesas. Outro estava polindo as taças antes de colocá-las no lugar.

Definitivamente, não era *só mais um dia* no Palácio.

– Hoje é um dia para ficar fora do caminho das pessoas – explicou Willow, recuando um pouco para se sentar contra a parede atrás de nós.

– Achei que tivesse dito que a regra no Palácio era que os funcionários não deveriam entrar no *nosso* caminho – lembrei a ela.

– Normalmente é assim mesmo – ela concordou. – Mas amanhã é o dia do almoço de Natal do Palácio de Buckingham. Então, hoje todos estarão meio loucos deixando tudo pronto. Em geral, é mais seguro ficar fora do alcance dos pés deles.

Como que para provar o que Willow dizia, uma criada veio correndo com uma bandeja de prata gigante – não muito diferente daquelas que eu tinha feito voar no meu primeiro dia no Palácio – e quase pisou em mim. Dei um latido agudo e saí do caminho.

Willow e eu nos retiramos para um local tranquilo sob a curva da grande escadaria, onde ainda podíamos observar todas as idas e vindas sem arriscar a vida e as patas. De lá, vi alguns criados transportando um desfile de malas. Foram seguidos por um casal mais velho, elegantemente vestido, que não carregava nada.

– Qual é a desse almoço de Natal? – perguntei. – Pelo que entendi, Candy disse que a Rainha costumava ir ao Sandy Palace no Natal?

– Sandringham – Willow me corrigiu. – E sim, *Ela* vai, junto conosco e com os membros mais próximos da família. Esta é uma espécie de celebração pré-natalina, para toda a Família Real, antes de partir para Sandringham.

É verdade. Candy não tinha mesmo dito algo sobre um almoço de Natal aqui no Palácio? Deve ter sido disso que ela estava falando.

– Normalmente, acontece antes – prosseguiu Willow. – Creio que devem ter precisado esperar até que *Ela* retornasse da viagem.

A Rainha.

– Então, *Ela* estará de volta para o almoço? – Senti um nó apertado se formando no meu estômago.

– Ah, certamente. – Willow me deu um olhar de conhecedor.

– *Ela* nunca perde esse almoço. E quando *Ela* voltar...

– Eu sei. – No instante em que a Rainha retornasse, eu conheceria meu destino. Seguiria para sempre como um cão do Palácio? Ou seria mandado embora e, em caso afirmativo, para onde? Para as ruas? Um abrigo de cães?

Quase não suportava pensar nisso. Então, decidi não pensar. Pelo menos, não até que precisasse.

– Há boas sobras para comermos neste almoço?

Willow revirou os olhos.

– Você conhece as regras. Nada de comer os restos da mesa.

Suspirei. Eu sabia. Mas era Natal! Amy sempre deixava eu comer alguns petiscos especiais no Natal. Um pouco de peru, talvez algum recheio. Molho, claro, não tão bom quanto o da Rainha, mas ainda assim muito saboroso. Eu sabia que a rotina era diferente no Palácio... Mas não haveria concessões?

Além disso, apesar da insistência de Willow nesta regra de restos-proibidos, Candy tinha deixado escapar que a Rainha às vezes deixava que comessem bolinhos no chá da tarde. Eu torcia para conseguir ter essa experiência antes de sair do Palácio…

– Então, quem estará aqui amanhã? – perguntei, permitindo que Willow entrasse em seu assunto favorito, listando todos os VIPs da Família Real que eu nunca havia conhecido e em comparação aos quais eu não tinha a menor importância. Me distraí depois dos primeiros da lista. De qualquer forma, aqueles nomes não significavam nada para mim.

Mas a distração de Willow me permitiu focar em toda a atividade sem ser interrompido. Observei como criadas e criados trabalhavam apressados deixando tudo pronto para o que deveria ser um almoço grandioso, com uma enorme quantidade de convidados. Na casa dos Walker, no Natal, geralmente eram apenas os quatro, mais vovó, Sookie e eu. Ali, eles pareciam estar se preparando para receber uns cem convidados.

– É claro que eles não serão convidados novamente – disse Willow, com ar de censura. – Não depois da última vez.

Eu não tinha ideia do que ela estava falando. Mas também tinha algo muito mais importante para me preocupar: do outro lado, vi Sarah correndo, ocupada. Seus olhos estavam vermelhos e seu nariz parecia rosado. Parecia a Claire quando chorava por causa de algo que alguma garota malvada dissera na escola. (Amy nunca me deixou mordê-las, apesar de eu querer muito. Mas isso não me impediu de latir e rosnar à beça para elas.)

– Com licença – eu disse a Willow, interrompendo-a. – Preciso ir ali.

Persegui Sarah por várias salas – e o que pareceram centenas de pares de pernas – antes de finalmente alcançá-la.

– Oh! Henry! – Ela olhou para baixo, surpresa, enquanto eu roçava suas panturrilhas. – Desculpe por não ter tido tempo para um passeio esta manhã. Tudo está bastante movimentado e…

– Sarah! – Alguém gritou seu nome e ela parou, virando-se para dar atenção. – Está mesmo perdendo tempo falando com um cachorro? Logo hoje?

– Não, absolutamente – mentiu Sarah. – Vejo você mais tarde, Henry – ela sussurrou e saiu novamente.

Suspirei e recuei até a parede, saindo do caminho de novo. Claramente, os corgis não eram uma prioridade naquele dia. Para qualquer um.

A hora do chá tinha passado quando Sarah chegou à Sala dos Corgis. Ela ainda parecia quieta e triste, e eu sabia que tinha mais a ver com Oliver do que com um dia de muitas tarefas no Palácio.

Sarah se abaixou para se sentar no chão e eu me sentei ao lado dela, minha cabeça pressionada contra a sua perna, tentando lhe dar força.

– Oh, Henry. Como foi acontecer essa confusão toda?

Apoiei a cabeça em seu colo e me virei para ela. Era meu melhor olhar de "conta tudo". Sempre funcionava com minha família. Até com Jack. Comparada a eles, Sarah era tarefa simples.

– Ele me enviou um cartão, sabe? Oliver, digo. Dizendo que estava feliz por David e eu termos nos acertado e que ele gostaria de ser meu amigo no Palácio. Meu amigo! – Ela balançou a cabeça, espantada. – E o pior é que David e eu não acertamos nada. Essa é a parte boa. A melhor parte. Tomei a decisão certa e isso não mudou, menos a pior parte. Ainda estou aqui, sozinha, e Oliver está me evitando.

Ela suspirou e coçou entre minhas orelhas, mas não consegui aproveitar, estava preocupado demais com Sarah e Oliver.

– Realmente achei que estávamos chegando a algum lugar, Henry. Achei mesmo. Mas eu deveria saber. Não deveria ter criado esperanças. Tipos como Oliver Kinchen-Williams sempre serão bons demais para mim. Ser "amigos" é mais do que eu poderia esperar.

Ela estava errada, é claro. Eu sabia que ela estava errada. Mas como fazê-la enxergar isso?

– Eu nunca deveria ter vindo para cá. – Sarah soltou um soluço e, de repente, eu não estava mais sozinho em seu colo. Candy correu de sua cesta e se encostou do outro lado de Sarah. Então, para minha surpresa, Willow pulou também, vindo devagar, e colocou a cabeça sob a mão de Sarah para receber um carinho.

Olhei para a única cesta ainda ocupada. Vulcan revirou os olhos para mim e, em seguida, pulou para se juntar a nós. Senti que meu coração ia explodir de alegria com aqueles cães, meus amigos.

– Oh, queridos – disse Sarah, com a voz cheia de lágrimas. – Vocês quatro são meus melhores amigos no Palácio.

– Então ela está mesmo desesperada – Willow murmurou.

– Mas isso vai ajudar – respondeu Candy. – Sempre fazemos as pessoas se sentirem melhor.

– Quase nunca fazemos as pessoas se sentirem melhor – disse Vulcan, com mais honestidade.

– Bem, Henry faz. – Candy me cutucou com o focinho. – Henry *sempre* faz as pessoas se sentirem melhor. É um talento que ele tem.

– Dessa vez não sei como fazer Sarah se sentir melhor – admiti. – Queria tanto saber. Gostaria que houvesse uma maneira de falar com ela, explicar que tudo vai ficar bem. Fazer Oliver entender também.

Willow soltou uma risadinha baixa de divertimento.

– Parece-me que a resposta é óbvia.

– Sério? – perguntei. – Como?

– Conserte o que deu errado. – Willow deu de ombros. – Simples assim.

Ah, se fosse…

Espere.

Talvez fosse.

Talvez…

Sentei-me um pouco mais ereto e chamei a atenção dos outros cães.

– Tenho um plano.

AMY

— Claire, pode me ajudar com essas sacolas? – Amy lutou para conseguir atravessar a porta da frente, as sacolas de supermercado deixando-a larga demais para passar pela abertura. Onde Claire tinha ido afinal? Há poucos minutos, estava sentada com ela no carro, mas quando Amy abriu o porta-malas para pegar as compras para a ceia de Natal, Claire já havia desaparecido casa adentro. Quando, exatamente, as crianças aprendiam essa habilidade de estar a um milhão de quilômetros de distância no exato momento em que poderiam ser realmente úteis?

– Espere! – gritou Claire, de algum lugar dentro da casa.

– Meio difícil – Amy gritou de volta. – As sacolas estão bem pesadas!

Onde estava Jack quando precisava dele? Adolescentes geralmente não eram as criaturas mais úteis, mas eram muito bons em carregar sacolas de compras. Isso, é claro, se conseguisse encontrá-los. Ele também só costumava aparecer quando ela terminava de guardar as compras, parando ali tempo suficiente apenas para fazer um lanche que arruinaria seu jantar.

Amy largou as sacolas na mesa da cozinha, depois virou-se para voltar ao carro e pegar o resto. Mas foi interrompida pelo grito de Claire.

– Eles responderam – ela gritou, do outro lado do corredor.

Amy correu em direção à sala, onde a filha estava sentada no sofá com o notebook aberto sobre os joelhos.

– Quem respondeu? E a quê? – Tratando-se de Claire, poderia ser desde uma nova amiga na escola, a um menino de quem uma de suas amigas gostava, a uma professora respondendo a uma pergunta sobre o dever de casa. Ou, neste caso…

– A Família Real! Ou, melhor, a pessoa que gerencia as redes sociais deles, suponho. – Claire virou a tela para mostrar a notificação para a mãe. – Provavelmente não é mesmo a Rainha, né?

– Provavelmente não – concordou Amy. – Ela deve ser ocupada demais para o Twitter. Então, o que diz a mensagem? "@TheRoyalFamily respondeu ao seu *tweet*." Isso não é muito informativo.

– Espere um minuto – disse Claire. – Essa é apenas a notificação. A mensagem mesmo deve estar bem… Aqui.

Amy não pôde evitar o aperto que sentiu no estômago enquanto esperava Claire abrir a aba do navegador e ler o *tweet*. Por mais que quisesse acreditar que aquilo faria Henry voltar para casa, era impossível. Mesmo os milagres de Natal eram poucos naqueles dias. Era difícil acreditar que a família Walker recebesse um, quando tantas outras famílias não recebiam nada.

E, como Amy temia, assim que Claire leu a mensagem seu ânimo murchou.

– Dizem que eu devo estar enganada, mas esperam que nós encontremos nosso cachorro em breve.

Não havia emoção em sua voz, nenhum sentimento, mas Amy sabia da decepção que ela deveria estar sentindo. Principalmente porque ela também estava sentindo aquilo.

Ah, Henry. Onde está você?

Amy abraçou forte a filha, as compras esquecidas no carro por um momento.

– Pelo menos você tentou. Era difícil mesmo, querida. Mas você deu o seu melhor. Isso é tudo que pode fazer.

– Mas, mãe! Eles estão errados! – Havia um desespero na voz de Claire de que Amy não gostou. Ela estava depositando todas as suas esperanças na ideia ridícula de Henry estar no Castelo de Windsor e, por mais fantástico que fosse, Amy sabia que não era possível. E precisava convencer Claire também. Mesmo que fosse só para não doer ainda mais depois, quando ficasse claro que Henry nunca voltaria para casa.

Amy suspirou e desejou, só por um instante, que tivesse alguém com quem compartilhar esse fardo.

– Claire, pense nisso logicamente, querida – ela disse, com o máximo de carinho. – O Palácio de Buckingham é um dos lugares mais vigiados do mundo. Mesmo que Henry tivesse encontrado uma maneira de entrar, alguém teria notado que ele não é de lá. A Rainha deve conhecer seus próprios cães. O pessoal do Palácio certamente conhece. As chances de um cachorro estranho ter permissão para ficar no Palácio... devem ser ínfimas.

– Eu sei que é Henry – Claire disse, com teimosia. – E eu vou provar.

Pelo visto, não ia dar para tirar aquela ideia da cabeça dela.

Empurrando Amy, Claire voltou para seu notebook.

Amy observou por um momento, depois se levantou e voltou a carregar as compras. Sozinha, já que todos pareciam ter outras prioridades naquela noite. Por enquanto, tinha feito o que podia. Claire era uma menina sensata. Acabaria percebendo que aquela ideia era ridícula. E Amy lidaria com o choro e o aborrecimento quando isso acontecesse. Amy tinha acabado de guardar as compras quando ouviu Jack entrar. Assim que terminou, voltou para a sala para ver como estava Claire – e parou na porta.

No sofá, estavam seus filhos; Claire encolhidinha ao lado de Jack, que parecia ter assumido o controle do notebook. Ambos falavam em voz baixa, apontando para a tela, debatendo uma coisa ou outra.

Amy sorriu. Não tinha planejado que acontecesse daquele jeito, mas, pelo menos, todo o tumulto dos meses anteriores tinha deixado Jack e Claire mais próximos.

Ela torcia apenas para que eles a deixassem participar também.

– O que estão fazendo? – Amy entrou e se sentou na beira do sofá ao lado deles.

– Juntando provas – Claire declarou, parecendo decidida, – o que, em geral, significava problema.

– Provas de quê?

– De que a Rainha roubou nosso cachorro – disse Jack.

Amy estremeceu.

– Não acho que...

– Olhe! – Claire girou a tela para que Amy pudesse ver no que estavam trabalhando.

Eram duas fotos de corgis colocadas lado a lado – em uma, estava o cachorro com a coroa que tinha saído no jornal de domingo. Na outra, uma foto de Henry do último Natal, usando uma coroa de papel e a coleira que Claire comprara. A mesma que o cachorro da Rainha parecia estar usando.

– Como podem negar? – perguntou Claire. – É claramente o mesmo cachorro!

– E outras pessoas também estão começando a ver – disse Jack. – Publiquei as fotos on-line e já estão compartilhando e comentando na página "Em Busca de Henry".

Ah, aquilo não cheirava nada bem. Amy era a favor de qualquer medida que pudesse trazer Henry para casa em segurança, desde que também não levasse a polícia até a porta dela na noite de Natal por ter acusado a Rainha de sequestro canino. Aquilo contava como traição? Não tinha certeza – mas não era o tipo de risco que queria correr.

– Talvez seja melhor não fazer um estardalhaço com isso – Amy começou, mas Jack a interrompeu com um grito incomum de alegria.

– E as fotos acabaram de ser aceitas por um site de notícias para o qual eu as enviei – ele disse. – Henry está viralizando.

– Ah. Que bom... – disse Amy, baixinho, e desejou ter comprado mais vinho quente. Não havia como aquilo acabar bem.

HENRY

Precisei esperar um pouco para colocar meu plano em ação, mas acabou sendo melhor. Ganhei mais tempo para conversar com os outros.

Willow, em particular, não estava feliz com o plano.

– Não me parece muito digno – disse ela.

– E eu não entendo por que temos que fazer isso – acrescentou Vulcan. – Os humanos não podem resolver seus próprios problemas?

– Sarah tem sido gentil com todos nós – disse Candy. – Devemos ser gentis com ela também.

– Mas ela é uma funcionária – lamentou-se Vulcan. Pelo visto, ele nunca iria superar essa diferença.

– Ela é minha amiga – eu disse com firmeza. – E nós vamos ajudá-la. E dessa forma.

Decidimos esperar até a hora do jantar para colocar o plano em ação, trabalhando com a teoria de que tudo fica mais fácil com o estômago cheio. Além disso, nos alimentar era a última tarefa do dia de Sarah, e eu tinha certeza de que Oliver teria terminado o trabalho. Tudo estava se encaixando perfeitamente.

Mas então apareceu algo mais para atrapalhar nossos planos.

– Boas notícias! Todos vocês vão receber uma bela escovada e tomarão um banho depois do jantar. Ficarão prontos para quando Sua Majestade chegar em casa amanhã.

Sarah tentava parecer alegre, dava para ver, mas não estava tendo muito sucesso. A confirmação final e oficial de que a Rainha definitivamente estaria de volta ao Palácio no dia seguinte também não causou maravilhas para o meu humor.

Candy e eu trocamos olhares. Dei uma pequena sacudida de cabeça para dizer "não agora". Teria que esperar até que pelo menos os outros três estivessem limpos e arrumados. Então eu teria a chance perfeita de colocar meu plano em ação. (O fato de que também poderia me tirar de mais uma sessão de embelezamento era um bônus.)

Sarah levou cada um de nós, um por um, para tomar banho, ser tosado e escovado. Considerando que todos tínhamos sido totalmente paparicados no salão apenas alguns dias antes, calculei que não demoraria muito. Mas ainda assim, passei cada minuto, cada segundo, tenso, esperando para colocar meu plano em ação. Para, enfim, consertar a situação de Sarah.

Finalmente chegou minha vez. Sarah se aproximou, guia na mão, pronta para me levar aonde quer que nossa cabeleireira estivesse. Quando ela chegou bem perto, fiz um aceno com a cabeça para os outros cães.

– Sabem o que fazer.

Sarah se inclinou para prender a guia à minha coleira e esperei, esperei, esperei… Agora!

No momento em que ela estava prestes a prendê-la, quando já estava abaixada e não conseguiria se levantar de novo muito rapidamente, me esquivei do seu caminho e saí correndo.

– Henry! Henry!

Quase não consegui ouvir Sarah me chamando com Willow, Candy e Vulcan latindo ao mesmo tempo. Eles manteriam Sarah ocupada, eu sabia. Só por tempo suficiente para me dar uma vantagem inicial. Eu não podia ir muito longe, ou como Sarah conseguiria me perseguir? Mas eu também sabia que minhas pernas não eram longas o suficiente para fugir dela sem uma ajudinha.

Os latidos cessaram e eu sabia que Sarah devia estar no meu encalço. Agora, os outros cães tinham que manter o resto do pessoal distraído. A última coisa de que precisava era de outro membro da equipe ajudando a me pegar antes de eu chegar ao meu destino planejado.

Mantendo a cabeça abaixada, corri pelos salões de recepção, sem nem sequer olhar para qualquer pessoa que se esquivava do meu caminho. Não tinha tempo para me preocupar com eles naquele momento.

– Henry! – Ouvi um deles chamar, indignado.

– Esse maldito corgi – outro murmurou. – Por que ela teve que pegar mais um, afinal?

Na Sala de Estar Azul, trombei frente a frente com dois criados que carregavam um enorme arranjo decorativo – velas brancas e bagas vermelhas de azevinho saíram voando por toda parte. Lati um pedido de desculpas e continuei correndo, mesmo quando os ouvi gritar meu nome atrás de mim.

Era bom saber que todos no Palácio me conheciam, pelo menos. Depois de dez dias ali, pelo visto eu tinha causado uma boa impressão. Embora eu não conseguisse imaginar nenhum deles me defendendo para a Rainha naquele momento…

Então cheguei à Sala de Jantar, passando debaixo de mesas e cadeiras e entre vários pares de pernas, tentando desesperadamente não levar um pisão. Eu não tinha mais tempo para me preocupar com o que a Rainha pensaria; Sarah era prioridade agora.

Olhando para trás sobre meus flancos, vi Sarah correndo atrás de mim, cada vez mais rápido. Eu precisava me mexer. Passei por uma porta, depois outra e outra e logo eu estava nas áreas privadas do Palácio. Tinha certeza de que a escada que eu procurava estava por ali em algum lugar…

Ali!

Eu só tinha ido ao corredor dos funcionários duas vezes, mas fora o suficiente. Encontrar o quarto de Oliver, porém, foi um pouco mais difícil. Ainda assim, descobri que, se você latir por bastante tempo e alto o suficiente, em algum momento todos virão tentar descobrir do que se trata. Uma a uma, as portas dos quartos dos funcionários se abriram, enquanto criados e funcionários da cozinha olhavam para mim ou gritavam, dependendo de seu temperamento.

– Henry? – Vi Oliver à porta de seu quarto, olhando para mim, confuso. – O que você…

Corri por entre suas pernas e peguei um sapato que estava perto do armário. Então saí correndo de novo, sabendo que ele iria me seguir. Oliver era muito criterioso com suas roupas, eu notei, e seus sapatos estavam sempre brilhantes. Ele não arriscaria me deixar destruir um deles, assim como Amy não me deixaria fugir com um dos seus melhores saltos altos!

Descendo a escada, corri, rápido o suficiente para conseguir passar por Sarah e tomar à frente de novo antes que ela percebesse o que estava acontecendo.

– Henry! – ela me chamou. – Volte aqui! É só um banho, pelo amor de Deus!

Então ouvi outro estrondo e um baque.

Freando com tudo, me virei para verificar se ela estava bem.

Oliver obviamente tinha sido mais rápido do que eu esperava. Ele e Sarah estavam praticamente sentados um em cima do outro, enroscados no pé da escada, depois do que deve ter sido um acidente espetacular.

Fiquei tempo suficiente para ouvir Oliver perguntar:

– Você está bem?

E Sarah responder:

– Precisamos pegar Henry.

Eles estavam bem. E, então, comecei a correr de novo.

Voltei pelos corredores, passando pelos salões de recepção, através das mesas, cadeiras e pernas, pisando em algumas bagas de azevinho perdidas pelo meu caminho.

Quando cheguei à Grande Escadaria, me esquivei para um lado para evitar trombar com um criado e, por acidente, minha coleira agarrou-se na ponta de uma guirlanda verde que estava enroscada no corrimão.

– Henry! – Ouvi Sarah chamar atrás de mim. Não havia tempo para me desvencilhar, então continuei correndo até bater com tudo em um homem alto e calvo de terno cinza.

– Meu Deus do céu! – O homem se virou para tentar ver o que o tinha atingido, mas infelizmente isso só fez com que a guirlanda se enrolasse ainda mais ao redor dele.

– Vossa Alteza Real! – Oliver gritou, parando para ajudar a desembrulhar aquele homem que, percebi, um pouco tarde, deveria ser um dos membros da Família Real que tinha vindo para o almoço. Oops!

Sacudindo a guirlanda, continuei correndo, um pouco mais devagar para ter certeza de que Sarah e Oliver não ficariam muito para trás. Não demorou e os dois estavam na minha cola de novo.

Meu plano estava quase completo. Oliver e Sarah estavam juntos de novo, trabalhando por uma causa comum: me pegar. Tudo que eu tinha que fazer agora era levá-los exatamente ao ponto onde eu precisava deles.

Freei subitamente quando cheguei ao Grande Hall, bem na entrada principal. Todo aquele esforço tinha me deixado ofegante, mas eu sabia que tinha valido a pena. Do lado de fora do Palácio, a neve começava a cair, flocos brancos faiscantes estavam cintilando com as luzes de Natal em plena escuridão da noite. Era um momento perfeito! Perfeito para um romance...

Olhando para cima, vi exatamente o que estava procurando, aquilo que eu tinha visto logo nos meus primeiros dias no Palácio, ao explorar aquela área. Azevinho. Até um cachorro sabia o que aquilo significava.

Sarah e Oliver vieram atrás de mim, ambos um pouco sem fôlego, e pararam ao meu lado.

– Henry! No que estava pensando? – Sarah me repreendeu, ajoelhando-se ao meu lado para certificar-se de que eu estava bem.

Sentei-me e olhei para cima.

– Para o que ele está olhando? – Oliver perguntou, franzindo a testa.

Os dois seguiram o meu olhar e percebi quando viram o azevinho: as bochechas de Sarah ficaram rosadas e Oliver começou a sorrir.

– Acho que ele está tentando sugerir algo – disse Sarah, ainda olhando para o enorme ramo de azevinho pendurado lá em cima.

Oliver deu um passo para trás.

– Não acho que seria apropriado. Digo, devido às circunstâncias. Dado que você voltou com seu ex.

– Eu não voltei! – protestou Sarah. – Não sei o que você viu ou ouviu, e também não importa, David e eu... Acabou. Completamente. E foi o que eu disse a ele quando veio me ver. Minha vida está aqui agora.

– De verdade? – Oliver se aproximou. – Tem certeza?

– Mais certeza do que já tive de qualquer coisa. – Sarah sorriu e Oliver retribuiu.

Esperei, paciente. Sabia o que viria a seguir. Acontecia em todos os filmes a que assisti com Amy e Claire. Azevinho mais neve mais confissões vindas diretamente do coração é igual a...

Lentamente, com um pouco de timidez, Oliver baixou a cabeça na direção de Sarah. Pousando a mão sob o queixo dela, ele o levantou suavemente e a beijou.

Eu sorri. Era aquele o motivo pelo qual vim para no Palácio de Buckingham, ainda que eu não soubesse disso na época. Meu trabalho ali estava feito. Eu poderia ir embora sem me preocupar com Sarah.

Deixando os dois se beijando sob o azevinho, rodeados pelas luzes das três árvores de Natal, voltei para a Sala dos Corgis. Queria passar mais uma noite na minha cesta, com os cães que se tornaram meus amigos ou, no caso de Vulcan, que pelo menos não eram mais meus inimigos.

Amanhã a Rainha chegaria.

E quem podia saber o que ia acontecer?

11º DIA

Terça-feira, 24 de dezembro
Noite de Natal

HENRY

Dormi estranhamente bem (ajudado por Candy na minha cesta, de novo), mas já acordei com borboletas esvoaçantes em meu estômago. Naquele dia, eu descobriria meu destino. Assim que o café da manhã acabou, Sarah apareceu para nos levar para um passeio matinal, antes que a Rainha chegasse em casa.

Sarah, não pude deixar de notar, parecia decididamente radiante e sorridente demais para alguém que tinha passado boa parte da noite anterior me perseguindo por todo o Palácio.

– Ah, você – ela disse, sorrindo para mim enquanto colocava a guia na minha coleira. – Não vai fugir para lugar nenhum esta manhã, vai? Suponho que já conseguiu o que queria na noite passada. Ou o que eu queria.

Ela me deu um beijo entre orelhas e nos levou para o jardim.

Precisava admitir que tinha um certo orgulho de como a noite anterior acabara. Obviamente, Oliver e Sarah tinham resolvido suas diferenças, e eu tinha a sensação de que, a partir daquele momento, eles não deixariam nada tão bobo se colocar entre eles. Aqueles dois foram feitos um para o outro. Estava feliz por tê-los ajudado a perceber isso. A única desvantagem era que agora eu não tinha nada com que me distrair do que estava por vir.

– Está preparado? – Candy me perguntou, enquanto caminhávamos pelos jardins sobre a neve recém-caída. – Digo, para conhecer Sua Majestade.

Ponderei a questão com cuidado, enquanto admirava a paisagem. Ali estava eu, no pátio do prédio mais opulento em que provavelmente entraria em minha vida. Eu, Henry Walker, morando num Palácio. Tinha comido coelho cozido recém-caçado em tigelas de prata brilhantes. Tinha sido paparicado e arrumado até o último pelo da minha cabeça. Dormido em uma cesta especial elevada para evitar correntes de ar. Tinha até usado uma coroa! E agora eu ia conhecer a Rainha da Inglaterra. E *Ela* decidiria meu destino.

– Não sei – respondi, com honestidade. Como alguém poderia realmente estar pronto para aquilo?

– Depende do que *Ela* disser quando perceber que há um impostor em sua casa – disse Vulcan, dando uma risadinha.

– Henry não é um impostor – protestou Candy.

– Ele está mais para um... convidado-surpresa – disse Willow. O que era bem mais gentil do que o que ela dissera nas minhas primeiras noites ali.

– Um *penetra* – resmungou Vulcan. Que era basicamente a mesma coisa. Vulcan não mudava, pensei. Para ninguém. Mas conhecer um pouco mais dele, saber sobre as suas perdas e como deveria sentir falta, e ver seu gesto de bondade com Sarah na noite anterior, tornava mais fácil ignorar suas provocações.

– De qualquer forma, eu não deveria estar mesmo aqui. – Chutei uma pequena pilha de neve que havia se acumulado ao longo do caminho.

Se a Rainha me expulsasse, eu não sentiria falta de toda a comida chique, da Sala dos Corgis ou de nada disso. (Ok, talvez do molho. Sim, eu definitivamente sentiria falta do molho. Será que ela me deixaria levar a receita?) Eu sentiria falta dos amigos que fiz aqui. De Oliver e Sarah. Candy e Willow. Até de Vulcan. (Ok, talvez não de Vulcan.) Talvez eu estivesse pronto para conhecer a Rainha. Só não tinha certeza se estava pronto para dizer adeus.

Depois da nossa caminhada, Sarah começou a nos levar de volta à Sala dos Corgis. Mas foi impedida por Oliver que, parecendo tenso, veio correndo ao nosso encontro.

– O que foi? – Sarah se colocou na mesma hora ao lado dele, descansando uma das mãos em seu braço.

Oliver sorriu e balançou a cabeça.

– Nada para se preocupar. Apenas o caos habitual do almoço natalino. Mas o mais importante agora é que acabamos de saber que a Rainha retornará ao Palácio antes do previsto. – Ele checou o relógio. – Na verdade, estão a cinco minutos de distância. Você deve levar os cachorros direto para a entrada principal para se encontrarem com ela.

Os olhos de Sarah se arregalaram.

– Eu? Tem certeza? Eu nunca nem...

– Eles gostam de você – Oliver interrompeu, seu tom reconfortante e gentil. – Mais do que de qualquer outro funcionário aqui, na verdade. Henry, em especial. Eles vão se sentar e esperar com você. E ninguém mais quer assumir essa tarefa depois das palhaçadas da noite anterior!

– Ok, então – disse Sarah. Para mim, ela ainda parecia ligeiramente em pânico.

– Comportem-se, todos vocês – murmurei para os outros cachorros, e vi Vulcan revirar os olhos. Eu sabia que qualquer bagunça naquele momento poderia causar problemas a Sarah, e a mim!

Sarah nos manteve em nossas guias e nos levou para a entrada principal, que estava bastante movimentada com os preparativos para a chegada da Rainha, sem contar todos os outros convidados do almoço. Sarah se postou de um dos lados, enquanto nós nos sentamos pacientemente a seus pés. Eu a vi olhar para o azevinho e sorrir.

Meu coração batia forte contra o peito, e eu sabia que minhas orelhas estavam quase grudadas na cabeça. Tinha chegado o momento que, ao mesmo tempo, eu mais temia e aguardava desde que chegara ali. A qualquer minuto, eu saberia meu destino.

Um burburinho veio dos funcionários reunidos ali quando um grande carro preto entrou pelos portões recentemente abertos. Sem que eu sequer pedisse, Candy, Willow e Vulcan se aproximaram para se sentar à minha frente, se estavam planejando me esconder ou proteger, eu não sei. Fiquei grato pelo esforço, de qualquer maneira. Ainda que não tivesse muita esperança de que aquilo funcionaria.

O carro parou lentamente, pouco antes da entrada, e Oliver correu para abrir a porta de trás. Enquanto eu observava, uma mulher baixa, de cabelos prateados, usando um casaco lilás e chapéu desceu do automóvel. Todos que a aguardavam se curvaram ou fizeram uma reverência.

Sua Majestade Elizabeth II, Rainha, pela Graça de Deus, do Reino Unido da Grã-Bretanha e Irlanda do Norte e de seus outros Reinos e Territórios, Chefe da Commonwealth, Defensora da Fé. (Sim, Willow me fez memorizar o título real. Embora só Deus saiba quando ela esperava que eu realmente o usasse. Não era como se eu pudesse impressionar a própria Rainha latindo toda essa lista, não é mesmo?)

Ela era bastante imponente por si só, não porque era alta ou ameaçadora, mas justamente porque não era. Toda aquela dignidade, compostura e autoridade em uma figura bastante pequena só a tornavam mais impressionante. Um pouco como os corgis, suponho.

Mas, então, a Rainha fez algo que confundiu a todos, menos os cães. De dentro do carro, ela tirou uma pequena criatura peluda. Monty, o corgi, presumi. O cachorro cujo lugar no Palácio eu roubara sem que ninguém percebesse.

Ninguém disse nada, é claro, mas pude ver o olhar de Sarah passando freneticamente de nós quatro para o cachorro nos braços de Sua Majestade. Oliver ainda estava segurando a porta do carro, ligeiramente boquiaberto.

Sim, definitivamente, era o fim.

Sua Majestade veio direto para nós e colocou Monty-o-outro-corgi no chão. Ela cumprimentou Willow, Vulcan e Candy, um de cada vez.

E então olhou para mim.

Sem saber o que fazer, olhei de volta.

Por favor, mentalizei o mais forte que pude. *Por favor, não me jogue fora. Ajude-me a encontrar minha família ou deixe-me ficar. Só não me jogue sozinho na rua, longe de todos os meus amigos e familiares. Por favor.*

A Rainha endireitou-se para ficar em pé novamente e virou-se para os funcionários.

– Parece que se adquiriu um novo corgi, na ausência de *alguém*.

E foi aí que o verdadeiro caos começou.

Demorou um pouco para os humanos descobrirem exatamente o que havia acontecido. A Rainha manteve todos nós ao seu lado em um cômodo particular enquanto o assunto estava sendo investigado. Mas a notícia se espalhou rapidamente pelo Palácio.

Enquanto esperávamos, Willow, Candy e eu explicamos os acontecimentos da última semana e meia para Monty, que parecia completamente confuso com aquilo tudo.

– Então você fugiu? De sua família? – ele perguntou. – Por quê?

– Não fugi deles, não exatamente – respondi. – Tinha muito barulho, e avistei um belo pombo gorducho para perseguir… Então, vi os jardins para explorar…

– Resumindo, ele é intrometido demais para seu próprio bem. – Vulcan fungou, me repreendendo. Não parecia muito mais impressionado com Monty do que comigo, apesar do pedigree aparentemente superior do outro cachorro, ou melhor, do seu falecido dono.

Por fim, uma mulher um tanto envergonhada vestida com um uniforme azul-marinho foi apresentada no escritório da Rainha.

– Susan Yeats, senhora – disse o criado na porta, apresentando a mulher. – Gerente de Marketing aqui no Palácio de Buckingham.

Susan fez uma rápida reverência e esperou a Rainha falar primeiro, seu olhar percorrendo o quarto.

Sua Majestade pousou a caneta e dedicou toda a atenção à Susan.

– Descobrimos de onde veio este corgi tão adorável?

Dei um sorriso para Vulcan. Um elogio da Rainha compensava todos os seus comentários grosseiros.

– Acreditamos que sim, Vossa Majestade. – Susan deu um passo à frente, segurando uma folha de papel, sua mão trêmula. – Parece que uma jovem entrou em contato conosco há alguns dias, ao ver fotos dos cães em Windsor no jornal do domingo. Aparentemente, eles estavam passeando com o cachorro perto do Palácio há pouco mais de uma semana quando ele fugiu. Desde então, o estão procurando em toda parte. Ela reconheceu seu animal de estimação, Henry, nas fotos, e mandou um *tweet* para a conta da Família Real, perguntando se esse poderia ser o seu cachorro.

Claire! Claire tinha visto minha foto e me reconhecido! Dei pulinhos de alegria com aquela notícia.

– E suponho que disseram que isso era impossível? – disse a Rainha, secamente.

Susan estremeceu.

– Sim, senhora.

– Ainda não entendi completamente como os funcionários não perceberam que havíamos adquirido um cachorro extra aqui no Palácio.

– Hum, ao que tudo indica houve alguma confusão por causa do novo corgi – disse Susan, com as bochechas rosadas.

– Por causa de Monty? – A Rainha ergueu as sobrancelhas. – Está sugerindo que foi culpa de *Monty*?

– Não! Absolutamente não, senhora. Só que os funcionários ainda não estavam familiarizados com Monty, então, quando acharam outro corgi nos jardins, deduziram que deveria ser ele, e que no fim das contas, tinha decidido não levá-lo na viagem.

Batendo os dedos em sua mesa, a Rainha olhou para Susan.

– E ninguém notou que ele estava usando uma coleira que dizia "Henry"?

O rubor de Susan se aprofundou.

– Como eu disse, senhora, houve alguma confusão. Em relação ao nome do novo cachorro e também sobre sua localização.

Desde a chegada de Monty, vimos que seu nome completo era Montague Hercules Henry Pentrose-Smythe. Não fiquei surpreso que ninguém no Palácio tivesse sido capaz de lembrar. Mas Henry era um de seus nomes, pelo menos.

– Entendo. – A Rainha deu um pequeno aceno de cabeça. – Este não parece ter sido o melhor momento da minha equipe, é isso? Mas tenho certeza de que todos se redimirão no almoço de Natal desta tarde.

– Tenho certeza de que sim, senhora – disse Susan, balançando a cabeça com um pouco de entusiasmo demais.

– Mas, primeiro, a questão de Henry deve ser resolvida, não acha?

Levantando-se da cadeira, a Rainha foi até onde eu estava sentado, encolhido atrás dos outros cachorros. Candy tentou me encobrir, mas a Rainha gentilmente a empurrou para o lado.

Eu me levantei, pronto para enfrentar meu destino.

– É um cachorro muito bonito – disse a Rainha, me acariciando. – E parece ter feito muitos amigos aqui no Palácio, pelo que ouvi.

– Sim, senhora – disse Susan, sem mencionar o tumulto da noite anterior, o que foi gentileza da parte dela.

A Rainha suspirou.

– Mas seria uma maldade manter um cãozinho longe de sua família. Especialmente nesta época do ano. – Ela se levantou e se virou para encarar Susan novamente. – Acho melhor encontrar um jeito de levar Henry para casa a tempo para o Natal. Não é?

Lati, concordando. Eu estava indo para casa!

– E providencie algo para compensar a família pelo sequestro canino, sim? – acrescentou a Rainha. – Não é nada bom ganhar uma reputação por esse tipo de comportamento.

AMY

Amy jogou a bolsa na mesa da cozinha e desenrolou o cachecol ao redor do pescoço. Finalmente era noite de Natal. Tinha, até que enfim, terminado as compras, e a clínica ficaria fechada até o dia 27. Estava oficialmente de férias pelo menos nas próximas 60 horas, e planejava relaxar em cada uma delas.

Bem, assim que terminasse de embrulhar os presentes.

O jantar de Natal estava pronto na geladeira: um banquete menor que nos outros anos, ela sabia, mas as crianças gostavam mais de frango assado do que de peru. E ninguém precisava de bolo de Natal *e* pudim de Natal, certo? Luke até lhe presenteara com uma garrafa de seu vinho favorito para tomar naquela noite, um mimo adorável.

As meias de Natal podiam estar um pouco mais sem graça do que nos anos anteriores, mas todo mundo sempre precisava de um sabonete cheiroso para o banho e vitaminas, então pelo menos seriam úteis. Ainda que fosse tudo o que ela tinha condições de dar naquele ano, Jack e Claire tinham escolhido um presente que realmente queriam. Amy tinha certeza de que os filhos iriam gostar. Até Sookie ia ganhar uma lata de comida de gato extraespecial e um novo rato de borracha estridente.

Seria um Natal em família tranquilo, descontraído e íntimo. Vovó estava em um cruzeiro com a tia Mary. Mas tudo bem; Amy estava feliz com a ideia de serem apenas eles naquele ano. Tinham passado por semanas difíceis, e a situação era bem diferente do ano anterior. Parecia o ideal passar aquele tempo juntos, próximos e unidos, acumulando forças para irromper no novo ano e fazer dele ótimo para todos.

Sim, um jantar íntimo e familiar de Natal seria perfeito.

A única coisa que ainda faltava, na verdade, era Henry. Amy evitou se aprofundar nesse pensamento quando o telefone começou a tocar. Fazia quase duas semanas. Se Henry não tinha encontrado o caminho para casa até agora, era improvável que o vissem antes do Natal. Talvez nunca o vissem de novo. Não que ela planejasse dizer isso para as crianças. O Natal era uma época de esperança. Ela deixaria os filhos alimentar a deles um pouco mais.

– Alô – ela atendeu o telefone, ainda pensando a que horas deveria começar a aquecer o jantar de Natal.

– Ah, alô. Seria possível falar com a senhorita Claire Walker, por favor. – A voz bem-educada do outro lado da linha parecia quase envergonhada por fazer aquela pergunta.

Amy franziu a testa, todos os pensamentos sobre aquecer o jantar e a celebração se evaporaram. Quem ligaria para Claire na véspera de Natal?

– Posso perguntar quem gostaria de falar com ela?

– Aqui é Susan Yeats, do Palácio de Buckingham.

Ah, Deus. O que aquelas crianças tinham aprontado agora? Ela sabia que aquela campanha na internet iria colocá-los em apuros! Amy sentiu a boca seca enquanto tentava encontrar as palavras certas para consertar o que estava errado.

– Certo. Claro. Ouça, se isso é sobre os *tweets*...

Jack enfiou a cabeça pela porta da sala, e Amy gesticulou expressivamente na direção das escadas enquanto pronunciava as palavras "chame a Claire! Agora!". Jack pareceu confuso, mas correu escadas acima para buscar a irmã.

– Você precisa entender, Sra. Yeats, minha filha Claire tem apenas 12 anos e está arrasada pela perda de seu cachorro – continuou Amy, esperando conquistar um voto de compaixão.

– Entendo, Sra. Walker. Na verdade, é por isso que estou ligando...

– Ah, eu sei, eu sei, e peço desculpas – Amy a interrompeu. – Não sei por que ela está tão convencida de que o cachorro na foto é Henry, mas ela está. Tentei conversar sobre o assunto... Mas é Natal, e ela está se agarrando a essa esperança, eu acho.

Jack e Claire vieram trovejando escada abaixo e pararam logo após o último degrau para ouvir a ligação.

– Quem é? – Claire perguntou, baixinho.

Amy colocou a mão sobre o bocal.

– É do Palácio de Buckingham!

Os olhos de Claire se arregalaram.

– Oh, inferno – Jack murmurou. – Agora vamos nos ver com eles.

– Compreendo perfeitamente, Sra. Walker – disse Susan ao telefone. – E garanto, ninguém está em apuros por causa dos *tweets*. Pelo menos, não do seu lado. Se pudesse me deixar falar com Claire, gostaria de dar a ela essa notícia.

Perplexa, Amy entregou o telefone para Claire.

– Alô – Claire atendeu, reticente. Então ouviu por um tempo, fazendo que sim com a cabeça para o que quer que Susan estivesse dizendo, seus olhos ficando cada vez mais arregalados.

– O que foi? – Amy sussurrou bruscamente. Mas Claire não respondeu.

Jack estava bem atrás da irmã, obviamente tentando ouvir, mas pelo jeito que balançou a cabeça, também não estava tendo sucesso.

O que diabos estava acontecendo? Não poderia ser... Amy sentiu uma pequena fagulha de esperança começando a se formar em seu peito, mas engoliu em seco. Não adiantava nada criar expectativas ou nutrir esperanças. Sempre terminava em decepção.

Não, o mais provável é que a Rainha tivesse ouvido falar do cachorro desaparecido e quisesse enviar um cartão de Natal, ou algo assim. Só isso. E seria uma linda surpresa de Natal para todos eles, realmente, não seria?

Mas então o queixo de Claire caiu, seu rosto se iluminou e ela começou a dar pulinhos.

– Obrigada! Obrigada, obrigada, obrigada!

Ela largou o telefone e se jogou nos braços de Amy.

– O que aconteceu? – Jack perguntou, claramente frustrado.

– Encontraram Henry! – gritou Claire. – Ele vai voltar para casa. Esta noite!

HENRY

— Acho que não estou preparada para dar adeus a ele. – Sarah se ajoelhou no chão diante de mim na Sala dos Corgis, acariciando meus pelos várias vezes, como se, enquanto estivesse me tocando, eu não pudesse ir embora.

Oliver colocou a mão no ombro dela.

– Ninguém nunca está pronto de verdade para despedidas.

– Ele tem razão – disse Candy. Ela estava sentada ali perto, não em sua cesta, não ao meu lado, mas perto. – Despedidas são difíceis demais.

– Quando tivemos que dizer adeus a Holly, no ano passado... – Willow balançou a cabeça. – Ela foi a última corgi da Rainha antes da chegada de Monty. E bem, da sua. Quando ela morreu, sabíamos que provavelmente não teríamos outro irmão ou irmã. Que nós três éramos tudo o que tinha restado.

Dava para ouvir a dor em sua voz, e eu sabia que Vulcan devia estar sentindo o mesmo. Candy disse que ele tinha sido o mais próximo de Holly.

– E então você chegou – acrescentou Candy. – E tudo ficou diferente.

– Vai ser diferente com Monty também – eu disse, me sentindo um pouco envergonhado por toda a emoção. Monty ainda não tinha sido apresentado à Sala dos Corgis, estava sendo escovado pela equipe do Palácio primeiro.

– Ele não é você – Candy disse, simplesmente.

Vulcan revirou os olhos.

– O que ambos estão tentando dizer é que o Palácio não será o mesmo sem você. Agora, se isso é bom ou ruim... Vai depender de para quem você pergunta.

Lati uma risada. Vulcan corta qualquer clima.

– Também vou sentir sua falta – eu disse. – De todos vocês.

– Até de Vulcan? – perguntou Candy.

– Até de Vulcan.

Descansei a cabeça no joelho de Sarah, e lamentei um pouco para mostrar que era dela que eu sentiria mais falta. A gente tinha cuidado um do outro quando éramos novatos no Palácio e estávamos um pouco assustados e inseguros. Pensar que talvez nunca mais a veria fez meu coração doer.

– Sabe, se não fosse pelo Henry, acho que nunca teria tido coragem de conversar com você – ela disse a Oliver.

– Se não fosse pelo Henry, sei que não teríamos uma história tão romântica sobre o nosso primeiro beijo – ele respondeu, e Sarah riu.

– Estou falando sério – ela disse. – Ele me deu uma confiança que eu não conseguia ter sozinha. Me fez acreditar que aqui podia ser meu lugar.

– E eu aqui achando que era um feito meu. – Oliver fingiu estar chateado, até que Sarah pegou sua a mão e a apertou.

– É seu também – ela disse. – Você me fez sentir em casa aqui. Me fez acreditar que eu poderia ficar, me fez querer ficar! Mas Henry... Ele me fez acreditar em mim mesma.

– Então todos devemos muito a ele – disse Oliver. – Porque não posso imaginar não ter você na minha vida. Mas sei que não fui eu, nem Henry, que ajudou você a encontrar o seu lugar aqui.

– Não? – Sarah perguntou, confusa.

Oliver balançou a cabeça.

– Você fez isso sozinha. Você se esforçou, manteve seu jeito amoroso e leal e conquistou as pessoas. Inclusive Henry e eu.

Ele se inclinou para beijá-la, de leve, nos lábios, e Vulcan se virou de costas, enojado.

– Isso é insuportável – ele resmungou. – Quando você vai embora levando esses humanos com você?

– Infelizmente não – respondi, assim que a porta se abriu para revelar um criado, já vestido com um casaco pesado de inverno. – Mas acho que a resposta para sua primeira pergunta é: agora.

Sarah e Oliver se levantaram. Ela me segurou em seus braços.

– Adeus, Henry – ela disse, me abraçando. – Sentirei saudade.

– Talvez possamos tentar visitá-lo em sua casa – Oliver sugeriu. – Depois das festas.

Meus ouvidos se animaram com aquela possibilidade, e lati em aprovação.

Sarah riu.

– Acho que Henry adorou essa ideia. E eu também.

Ela me vestiu com uma jaqueta quente e conectou a guia na coleira, antes de me colocar no chão e entregar a guia para o criado.

– Tchau, Henry. – Oliver me acariciou entre as orelhas, depois recuou para segurar a mão de Sarah enquanto eu saía do quarto.

Para minha surpresa, todos os outros cães vieram atrás.

– Vocês não podem ir todos para Surrey – o criado disse a eles. – Sua Majestade sentiria muita saudade.

Ainda assim, todos caminharam até a entrada lateral comigo, onde se sentaram e esperaram, e onde Monty se juntou a eles.

Enquanto o criado tentava me encorajar a atravessar a porta, observei meus amigos por algum tempo. Willow, que me ensinou tudo o que eu sabia sobre o Palácio e a Família Real. Candy, que me animou quando eu estava triste, de quem, entre todos, eu tinha ficado mais próximo. Vulcan, que... Bem, no geral, foi chato o tempo todo, mas que parecia genuinamente triste por me ver partir agora que a hora tinha chegado. Até mesmo Monty, sem sua ausência eu nunca teria ficado no Palácio.

– Tchau, todo mundo – eu disse. Meus olhos coçaram. Como se eu estivesse rolando em grama cortada no verão. Talvez fosse a neve.

– Adeus, Henry – disse Willow.

Um por um, cada um deles deu um passo à frente (os mais antigos primeiro, é claro) e tocou minha pata.

– Boa sorte – disse Vulcan, sua voz um pouco áspera.

– Vou sentir sua falta – sussurrou Candy.

Monty não disse nada, apenas me deu o mesmo olhar confuso que ele sempre parecia ter.

Olhei para cima e vi Sarah tentando esconder as lágrimas, com o braço de Oliver em volta dos ombros. Apesar da saudade que eu ia sentir, estava feliz por saber que ela tinha Oliver e que os dois ficariam bem agora que tinham um ao outro.

Então, era hora de partir.

Meu coração estava um pouco pesado quando dei minha última olhada para o Palácio, de dentro do carro, enquanto nos afastávamos. Ele estava iluminado na escuridão da noite de inverno, brilhando como luzes de Natal na árvore de Londres. Não havia, eu sabia, nenhum outro lugar como aquele em todo o mundo. E mesmo que eu nunca mais pusesse minhas patas ali, tinha uma vida inteira de histórias para contar sobre o Natal em que me tornei o corgi da Rainha.

Em pouco tempo, porém, o Palácio de Buckingham e todos os meus amigos estavam fora do alcance da minha vista. E eu estava avançando em direção ao único outro lugar no país onde queria passar o Natal.

Na minha casa. Com minha família.

Finalmente.

Eu estava quase dormindo quando chegamos a Redhill. Lá fora, a noite estava escura e fria, com uma camada de neve cobrindo tudo. Mas quando começamos a nos aproximar da minha vizinhança, me levantei para tentar ver alguma coisa pela janela. Lá estava a escola primária de Claire, na qual eu costumava levá-la de manhã, quando ela era menor. Lá estava a clínica onde Amy trabalhava. O parque onde eu fazia excelentes caminhadas. A loja da esquina onde Jack me levava nas manhãs de domingo para comprar os jornais. E lá estava ela…

A minha porta da frente, um número sete prateado e brilhante pendurado.

Eu estava em casa.

Quando o grande carro preto parou, a porta se abriu e meu coração acelerou. E lá estavam eles: Amy, Jack e Claire, todos vestidos com os pijamas de Natal do ano passado, esperando por mim.

Pulei para fora no momento em que o motorista abriu a porta e corri para eles. Jack me envolveu em seus braços, segurando-me contra seu peito enquanto Amy e Claire me acariciavam e me diziam o quanto tinham sentido minha falta.

Gostaria de poder lhes dizer o mesmo, mas acho que eles sabiam.

– Com licença, senhora? – O criado que me trouxe falou com Amy.

– Muito obrigada por trazer Henry para casa! – Amy abriu os braços para abraçar o criado, surpreendendo-o. – Não posso dizer o quanto isso significa para nós.

– O prazer foi nosso – disse ele. – Henry certamente animou as coisas no Palácio, pelo que ouvi falar.

– Aposto que sim – Amy murmurou, sorrindo para mim ao dizer aquilo.

– Na verdade, temos um presente para vocês – continuou o criado. – Do Palácio. Um agradecimento por terem nos emprestado seu cachorro.

– Emprestado? – perguntou Jack, mas Amy fez sinal para ele ficar quieto.

– Ah, bom, é muita gentileza. Não precisavam... – Amy parou de falar quando o motorista apareceu, quase completamente escondido da cintura para cima atrás de uma gigantesca cesta de vime. O criado correu para ajudá-lo.

– Uau! – Claire exclamou, os olhos arregalados. – Henry realmente deve ter causado uma boa impressão no Palácio.

– Pelo visto, sim – Jack concordou. – Mas eles estão nos recompensando por deixá-lo ficar lá, ou por aceitá-lo de volta?

Amy riu.

– Não me importo. Estou feliz por tê-lo em casa.

Não tão feliz como eu por estar lá.

O criado e o motorista colocaram o cesto gigante sobre a mesa da cozinha, deram a Amy instruções rigorosas de que não fosse aberto até o dia seguinte, depois partiram novamente, voltando para o Palácio.

E então, éramos apenas nós outra vez, os Walker. Todos, exceto Sookie, que eu não tinha visto desde que voltara.

– Então, o que fazemos agora? – Jack perguntou, sentando-se na escada para me acariciar um pouco mais.

– É noite de Natal – disse Claire. – E Henry está em casa. Temos que fazer algo em família.

Amy sorriu.

– Chocolate quente e um filme de Natal? E biscoito de chocolate para Henry.

– Perfeito! – Claire correu para a sala. – Vou pegar o melhor lugar, tá. Venha, Henry! Você pode se sentar comigo.

Lati em aprovação e corri atrás dela.

Sim, era bom estar em casa.

12º DIA

Quarta-feira, 25 de dezembro
Manhã de Natal

HENRY

— Então você está de volta.

Acordei na manhã de Natal com uma gata rabugenta e peluda me olhando cheia de malícia do lado de fora da minha cesta. Foi como se eu nunca tivesse saído. Fechei meus olhos novamente.

– É o que parece. Onde você estava ontem à noite, Sookie? Você perdeu minha grande recepção.

– Você me conhece – Sookie disse, com um encolher de ombros felino. – Odeio essas cenas dramáticas. Além disso, eu os ouvi falando mais cedo que você voltaria. Achei que não precisariam mais de mim.

– Precisar de você? – Eu esperava que Sookie estivesse tentando cuidar de nossa família na minha ausência, mas não acreditava muito que ela fosse fazer um bom trabalho.

Sookie suspirou.

– Nunca tinha percebido como os humanos eram carentes até que você sumiu. Suponho que será bem melhor agora que está de volta. Significa que posso voltar a me dedicar a afazeres importantes, em vez de ficar de babá da família.

Afazeres realmente importantes para Sookie, até onde eu percebia, eram cochilar, bocejar, comer e sair rondando o bairro como se fosse dona do pedaço.

– Bem, eu odiaria afastar você dos afazeres *realmente* importantes – eu disse. – Fico feliz em assumir a responsabilidade pela família de novo.

– Bom ouvir isso – disse Sookie, saindo para se acomodar no lugar de costume: o aquecedor do corredor.

Observei-a ir, imaginando se ela tinha mesmo sentido minha falta, não apenas por causa da família.

Amy desceu as escadas primeiro, parando para me bagunçar todo antes de ligar o forno na cozinha.

– Ah, é tão bom ter você em casa. Você é o nosso milagre de Natal, Henry.

Pressionei o rosto contra a mão dela para mostrar como estava feliz por estar em casa também.

– Já podemos abrir os presentes? – perguntou Claire, descendo as escadas em seguida. Ela também parou para me acariciar. – Vou escovar seu pelo mais tarde, Henry. Nem tente me impedir.

Amy sorriu para ela.

– E feliz Natal para você também.

Claire revirou os olhos.

– Feliz Natal, mãe – disse ela, dando um abraço em Amy. – Mas sério. Os presentes.

– Você sabe que há apenas um presente para cada um de vocês este ano, certo? – Amy parecia ansiosa. Normalmente, haveria pilhas e pilhas de presentes esperando pelas crianças na manhã de Natal. Naquele ano, a situação era diferente.

– Eu sei, mamãe. Além disso, ter Henry em casa é o único presente que eu queria de verdade. – Claire se abaixou até ficar ao meu lado e passou um dos braços em volta de mim.

– Bem, isso deixa tudo bem mais barato! – Amy brincou.

– Mas não significa que eu não quero abrir o presente do Palácio – Claire respondeu.

– Ah, aquilo… – As duas se voltaram para olhar para a cesta gigante embrulhada em papel vermelho e verde, com um laço de fita xadrez amarrado em volta. Amy mordeu o lábio.

– É melhor chamar o seu irmão, então. Ele nunca nos perdoará se abrirmos sem ele.

Enquanto Claire subia as escadas para acordar Jack, e Amy se virou para tirar da geladeira o café-da-manhã, aproveitei para farejar a cesta, para ver se conseguia descobrir o que havia dentro.

Estranhamente, o embrulho tinha o cheiro do Palácio. O cheiro de pinho das árvores de Natal, junto com o cheiro do esmalte que Sarah sempre usava, e outro perfume, mais profundo, que me lembrava muito daquele lugar. Mas, sob ele, eu conseguia sentir o cheiro de outras coisas também: especiarias, frutas, açúcar e delícias. Tive a sensação de que Jack e Claire ficariam muito felizes quando abrissem aquele presente!

– Ele está vindo. – Claire pulou os últimos degraus e voou para a cozinha. – Podemos abrir agora?

– Espere por mim. – Jack chegou na cozinha um pouco atrás dela e se jogou em uma das cadeiras de madeira ao redor da mesa. Pulei no colo dele. De jeito nenhum eu queria estar longe das minhas pessoas hoje.

Jack me deu um abraço apertado, e percebi que ele sentia o mesmo. Tinha sentido saudade de todos, claro, mas era com Jack que eu mais me preocupava. Um menino precisava de seu cachorro, ainda mais quando estava prestes a se tornar um homem. Eu era o único com quem podia conversar e eu queria estar com ele.

– É tão bom ter você em casa, Henry – Jack sussurrou em meu ouvido.

Claire olhou para a mãe, pedindo permissão, depois começou a rasgar as camadas de papel, enquanto Jack se aproximava de mim para desamarrar o laço. Amy deixou de lado a geladeira e puxou uma cadeira, então eu escapei do colo de Jack para o dela quando ele ficou um pouco frustrado com a fita, que estava bem amarrada.

Mas então o último papel caiu e todos nos sentamos e observamos os presentes diante de nós.

Não era uma mera cesta. Claro, havia bolo de Natal e tortas, patês, doces e todos os tipos de delícias, mas não era tudo. Havia café da manhã. Doces que cheiravam a recém-assados pelas cozinhas do Palácio, e frutas e geleias para comer com eles. Havia enfeites de Natal, como aqueles das árvores do Palácio: coroas vermelhas com costura dourada. Havia bolachas de Natal, biscoitos e um conjunto de sinetas de notas diferentes para tocar canções natalinas. No meio deles, havia também caixas embrulhadas. Amy, Claire e Jack se entreolharam, depois mergulharam naqueles presentes, cada um abrindo um, todos rindo e brincando ao revelar o conteúdo.

– O que você ganhou? – perguntou Claire, inclinando-se para Jack.

– Um jogo de tabuleiro. *Monopoly*. E você?

– Algo parecido. *Detetive*.

– Eu também. – Amy levantou outra caixa, com triângulos coloridos e brilhantes. – Parece que nossa diversão para o dia está resolvida. E podemos ter nosso próprio Natal Real!

– Tem mais alguma coisa aqui – disse Claire, cavando mais fundo na cesta. Lá de dentro, ela retirou uma grande meia vermelha, com uma etiqueta amarela.

– É para o Henry!

Ela estendeu a mão para mim e eu bati com a minha pata.

– Acho que terá que ajudá-lo com isso – disse Amy, rindo.

Sorrindo, Claire abriu a meia para mim e tirou sacos de guloseimas de chocolate no formato de pudins de Natal e um brinquedo macio na forma de um peru. Devorei algumas guloseimas e, depois, me acomodei na cesta com o brinquedo.

– Espere, tem mais uma coisa para Henry aqui. – Jack levantou outro pacote quadrado, este mais fino e embrulhado em papel verde.

– Diz: De Sarah e Oliver. Quem são esses?

– Não faço ideia – disse Amy, franzindo a testa. – Por que não abre para ele?

Jack tirou o papel e revelou um quadrado de borda prateada.

– É um porta-retrato.

– E uma foto – disse Claire. – Que deve ser o presente de verdade!

– Esses devem ser os outros cães do Palácio – disse Amy, olhando para a imagem. – E esses dois devem ser Sarah e Oliver.

Lati agudo, de pé na minha cesta. Era meu presente e eu queria ver! Amy riu.

– Veja aqui, Henry. – Ela apoiou o porta-retrato no chão, ao lado da minha cesta. – Mas precisaremos colocar em um lugar mais seguro mais tarde.

Me acomodei de novo e olhei para a foto. Lá estavam Sarah e Oliver, cercados por Willow, Vulcan, Candy e Monty. Só Deus sabia quando eles teriam conseguido fazer aquele clique, mas eu estava muito feliz por terem conseguido. Agora eu tinha uma lembrança do meu Natal mágico no Palácio, mesmo sabendo que eu nunca seria capaz de me esquecer daqueles dias.

Agora, com todos os abraços e as carícias e as promessas de escovação, eu me sentia tão parte da realeza e importante em casa com os Walker quanto tinha me sentido no Palácio.

Sorrindo para mim mesmo, acariciei meu brinquedo de peru e olhei para minha foto. Ao meu redor, minha família falava, ria e brincava, e por um momento foi quase como se eu nunca tivesse partido.

Uma coisa era certa, no entanto. Eu nunca mais queria ir embora.

AMY

Amy sorriu enquanto observava Jack e Claire brigando para ver quem jogaria *Monopoly* com a pecinha do terrier escocês. Eles já tinham jogado uma rodada de *Detetive* enquanto comiam as guloseimas enviadas pelo Palácio (Claire ganhou), e tinham feito um rápido quiz do *Trivial Pursuit* enquanto ela terminava de deixar o jantar pronto para ir ao forno. Enquanto a comida cozinhava, todos foram tomar banho e se vestir. Henry ficou dormindo em sua cesta com seu peru de brinquedo.

E Amy... Bem, ela tirou um tempinho para chorar um pouco de puro alívio e felicidade: tudo parecia estar voltando ao lugar. Henry estava em casa, e a cesta espetacular do Palácio tinha mais que compensado a falta de presentes debaixo da árvore. E, o melhor de tudo, as crianças pareciam genuinamente felizes pela primeira vez em meses.

Talvez, apenas talvez, aquele Natal não seria o desastre que ela temia, depois de tudo.

O celular tocou e ela pegou para ver uma mensagem de Luke. Naquela manhã, ela tinha mandado uma mensagem para ele, desejando Feliz Natal e contando as fantásticas novidades sobre Henry.

> Uau! Que presente de Natal incrível. Estou ansioso para ouvir tudo sobre as aventuras de Henry com a realeza... Aproveitei o feriado para viajar, mas talvez pudéssemos levar Henry e Daisy para um passeio de Ano Novo juntos. Se não tiver outros planos...

Amy pensou. As crianças ficariam com Jim e Bonnie e ela tinha dito que queria um novo começo naquele ano novo, olhando para o futuro...

Digitou uma resposta. Olhou para a mensagem alguns segundos mais antes de apertar "enviar". Será que devia fazer aquilo? Respirou fundo e apertou o botão.

Encontro marcado.

A resposta de Luke foi quase imediata.

Estava torcendo por isso. Beijo!

Amy sorriu para a tela. Sim, aquele Natal não parecia mais um desastre.

O almoço foi aquela mistura costumeira das piadas ruins dos biscoitos (até os do Palácio de Buckingham vinham com piadas terríveis) e chapéus de papel, e Amy enfiou restos de frango extras debaixo da mesa para Henry, embora soubesse que Jack e Claire estavam fazendo a mesma coisa. Ele merecia.

Claire colocou um chapéu de papel na cabeça de Henry e tirou uma nova foto dele, em casa com sua família, para compartilhar na página "Em Busca de Henry". Assim, todos que tinham ficado atentos à procura do seu cachorrinho ou tentado ajudar nas últimas semanas saberiam que a história teve um final feliz. Claire até escreveu um *tweet* em agradecimento para o Palácio.

– Quer que a gente limpe tudo, mãe? – Jack perguntou, quando rapavam o prato de pudim de Natal.

Amy olhou para ele com espanto.

– Seria ótimo. Obrigada. Mas por que não fazemos isso juntos depois? Achei que poderíamos levar Henry para uma caminhada de Natal primeiro. E então acho que este ano, mais do que nos outros, devemos realmente nos sentar para assistir ao discurso da Rainha. Não acham?

Jack sorriu.

– Com certeza.

– Dá tempo de fazer um Skype com Lucy primeiro? – perguntou Claire. – Quero mostrar a ela os enfeites do Palácio.

Amy olhou o relógio.

– Dez minutos – disse, enquanto Claire subia as escadas.

Amy se serviu de uma taça de vinho e, sorrindo, foi para a sala, sabendo que Claire levaria uns vinte minutos. Certificou-se de que o discurso da Rainha seria gravado, caso se atrasassem na caminhada. Henry definitivamente merecia a chance de sair e brincar na neve. Agora, se o parque ali perto estaria à altura dos jardins do Palácio, era outra história...

Era difícil imaginar que Henry, o Henry *deles*, tivesse morado no Palácio de Buckingham por quase duas semanas, e ninguém havia notado. Imaginá-lo vagando pelos salões, latindo para a realeza... era inacreditável. Mas ele parecia feliz por estar em casa. Mais feliz ainda estava Amy por tê-lo de volta.

Ligou a televisão e, quando o telefone tocou, estava sentada. Com um suspiro, levantou-se novamente. Mas Jack chegou antes.

– Alô?

Amy ficou parada na porta, esperando ouvir quem estava do outro lado. Provavelmente sua mãe, pensou, ligando do telefone do navio no cruzeiro de Natal que estava fazendo com tia Mary.

Então, ela olhou nos olhos de Jack e viu centenas de emoções passarem por eles de uma só vez. Não era a vovó, então.

– Oi, pai – disse Jack, e Amy entendeu.

Sentiu o ar apertar seu peito, esperando o que viria a seguir. Jack explodiria com Jim mais uma vez? Desligaria como tinha feito nas outras ocasiões em que o pai havia ligado? Ou seus milagres de Natal continuariam acontecendo?

– Sim. Feliz Natal – disse Jack. – Ei, ficou sabendo do Henry?

E, então, Amy soube que tudo ia ficar bem.

Descansando a cabeça no batente da porta, tomou um gole de vinho e ouviu Jack contagiar seu pai com a história da aventura de Henry.

– Não, eu juro! O Palácio mandou uma cesta gigantesca de presentes quando o trouxeram de volta ontem à noite, junto com um bilhete pedindo desculpas por terem "pegado emprestado" nosso cachorro!

Houve outra pausa, mas até isso era um bom sinal. Significava que Jack estava realmente ouvindo Jim. Mais uma vez.

– Ano Novo? – Jack disse, olhando para Amy.

– Você escolhe – ela sussurrou. Porque Jack estava certo; ele era quase um adulto e podia decidir sozinho quem deixaria participar de sua vida.

Ela só podia torcer para que ele escolhesse bem. E torcia para conseguir fazer o mesmo. Haveria muito mais mudanças e desafios no futuro, Amy sabia, mas finalmente sentia que podia enfrentá-los. Conseguiria lidar com Jim e Bonnie, com Jack se tornando um adulto, Claire crescendo todos os dias, com o trabalho, Henry e Sookie, a casa, e tudo o mais que surgisse em seu caminho. E ela faria isso mantendo a família unida, feliz e amorosa, lembrando-se de como era sortuda por tê-los com ela. O futuro estava em aberto, mas agora quando pensava nisso Amy sentia uma onda de empolgação.

– Sim. Acho que consigo. – Ele sorriu. – Ótimo. A gente se fala então. Tchau, pai. Quer falar com Claire? Ok.

Ele subiu correndo as escadas, o telefone na mão, chamando a irmã, e Amy teve a chance de finalmente se sentar no sofá e checar a programação da TV para a tarde. Talvez fosse passar um filme bom a que todos pudessem assistir juntos.

Quando se sentou, Henry pulou ao seu lado, aconchegando-se contra seu quadril. Amy acariciou-o atrás das orelhas, feliz com a sensação de tê-lo em casa, no lar a que ele pertencia. Ele era parte da família também, afinal de contas.

– Sentimos sua falta, Henry – ela sussurrou. – Não teria sido um Natal em família sem você.

HENRY

Claire e Jack desceram juntos, ambos sorrindo, o que pareceu fazer Amy relaxar ainda mais também. Sentei-me, os ouvidos atentos, prontos para escutar a palavra que eu estava esperando.

– Passeio, Henry? – Claire disse, e pulei, latindo em concordância.

Do lado de fora, a neve cobria tudo, fazendo o mundo parecer mágico e branco. Embrulhados em seus casacos e cachecóis, Jack e Claire riram e brincaram enquanto seguiam para o parque, revezando-se ao tentar jogar neve nas costas um do outro.

Saltitei contente ao lado de Amy, absorvendo todos aqueles lugares familiares, sons e cheiros da minha cidade. Amy não tirou minha guia quando chegamos ao parque, o que achei compreensível, mas ela parecia feliz em me seguir enquanto eu reencontrava vários dos meus cantos e lugares escondidos entre as árvores e os bancos.

Tudo parecia mais ou menos do mesmo jeito de antes, menos a neve. Me perguntei se Candy e os outros tinham neve em Sandringham. Gostaria de saber se eles estavam pensando em mim, naquele dia de Natal.

Mas então Jack veio para assumir a minha guia, e corremos juntos pelo parque. Claire veio logo atrás, e Amy tirou a neve de um banco e se sentou para nos observar. Havia muitos outros cães e seus donos no parque, e eu lati um Feliz Natal para todos eles.

No momento em que Amy declarou que era hora de voltarmos para casa para ver o discurso de Natal da Rainha, minhas patas estavam frias e doloridas. Eu estava ofegante graças às minhas aventuras, e nunca tinha sido tão feliz.

De volta para casa, Claire e Jack correram para a sala depois de pendurarem seus casacos e se amontoaram no sofá perto de Amy e de mim, no momento em que os créditos da BBC começaram a rolar. A imagem na TV então se abriu para mostrar uma figura familiar sentada atrás de uma mesa familiar, com uma árvore de Natal cintilante no fundo.

– Lá está ela – disse Claire. – Não é estranho pensar que Henry a conheceu de verdade?

– Shhh – disse Amy. – Quero ouvir o que ela tem a dizer.

Eu também. Aquela era a mulher que meus amigos amavam mais do que ninguém, e isso era mais importante para mim do que ela ser a Rainha. Aquela era a pessoa que me mandou de volta para casa da minha família. A mulher que permitiu que nosso Natal fosse completo. O mínimo que podíamos fazer era ouvir sua mensagem.

Enfiei minhas patas debaixo do meu corpo para me aquecer e prestei atenção.

– O Natal, para muitos de nós, é um tempo de encontro familiar e de união; mas nunca devemos esquecer aqueles que não têm uma família ao seu redor, principalmente em seus momentos de necessidade.

Sua Majestade parecia tão serena, tão respeitável. Gostaria que ela estivesse com os cachorros, para que eu pudesse vê-los novamente.

– Família nem sempre são pessoas que nascem em um mesmo núcleo. Nossas comunidades, nossas escolas, nossas igrejas, nossos negócios, todo o nosso país: todos são uma espécie de família. Cada um de nós pertence a mais famílias do que podemos contar, comunidades nas quais podemos confiar para nos apoiar e que devemos oferecer apoio em troca. Este ano tem sido desafiador para o país em muitos aspectos. Mas tenho sido encorajada a enxergar, mesmo nos tempos mais sombrios, uma grande esperança. Esperança pelo futuro e por nosso país, nas ações de indivíduos e comunidades. Nas ações das muitas famílias diferentes que compõem esta terra. Bondade e compaixão nos uniram quando tentaram nos separar.

Ao ouvir aquelas palavras, Amy passou o braço pelo ombro de Claire e a puxou mais para perto. Jack fez o mesmo do outro lado, até que estávamos todos juntinhos. Família.

Nesse momento, Sookie pulou no sofá e, com um breve olhar para mim, sentou-se na outra ponta, ao lado de Jack. Até ela sentiu, percebi, a necessidade de estarmos todos juntos naquele dia.

– *Neste Natal, talvez mais do que em qualquer outro anterior, precisamos dessa união* – continuou a Rainha. – *E sei que, como família, como país, daremos e receberemos ajuda, esperança e amor. Permaneceremos juntos, mesmo em tempos difíceis. E, assim, continuaremos a criar um dia novo a cada amanhecer. Um país e uma família que teremos orgulho de deixar para nossos filhos e netos.*

Amy deu um beijo na cabeça de Claire e eu me aninhei à coxa dela. Estávamos juntos, todos nós, mais uma vez. E eu sabia em meu coração que, agora que estava em casa, poderíamos enfrentar qualquer coisa.

Juntos.

Este livro foi composto com tipografia Adobe Garamond Pro e impresso
em papel Off-White 70 g/m² na Assahi.